宁波
诚信故事100例

宁波市文明办 编

宁波出版社
NINGBO PUBLISHING HOUSE

图书在版编目(CIP)数据

宁波诚信故事100例 / 宁波市文明办编.
— 宁波：宁波出版社，2016.6
ISBN 978-7-5526-2361-1

Ⅰ.①宁… Ⅱ.①宁… Ⅲ.①故事—作品集—中国—当代 Ⅳ.①I247.8

中国版本图书馆 CIP 数据核字(2015)第 313570 号

宁波诚信故事100例

宁波市文明办 编

出版发行	宁波出版社(宁波市甬江大道1号宁波书城8号楼6楼 315040)
网　　址	http://www.nbcbs.com
责任编辑	王晓君
责任校对	赵　茜　罗敏波
责任审读	叶呈圆
印　　刷	浙江新华数码印务有限公司
开　　本	787毫米×1092毫米　1/16
印　　张	19
字　　数	240千
版次印次	2016年6月第1版　2016年6月第1次印刷
标准印号	ISBN 978-7-5526-2361-1
定　　价	42.00元

如发现缺页或倒装，影响阅读，请与印刷厂联系调换　电话：0571-85170748

CONTENTS
目 录

01	◎阚　泽：识人伯乐　以诚荐才
04	◎孙春阳：持之以恒恪守信誉　孙春阳南货铺世代相传240余年
07	◎冯映斋：重品质严规范取信于人　"冯存仁堂"傲立商海300余载
10	◎童善长：以质取胜信誉卓著　"童涵春堂国药店"220余年长盛不衰
13	◎王立鳌：济世益民货真价实　"寿全斋"药店名闻遐迩
16	◎叶谱山：道地药材　真认不二　"叶种德堂"声名远播
19	◎乐平泉：恪守同仁堂诚信祖训　宁可断货也不偷工减料
22	◎叶鸿年：精工细作　诚信待客　"叶受和茶食"名扬苏州
25	◎华少湖：信誉至上口碑好　"升阳泰"辉煌百余年
28	◎张梓林：淳厚笃诚　得金奉还
31	◎邵六百头：严格精细　信誉服务　"邵万生"南货店众口皆碑
34	◎叶澄衷：拾金不昧　发家致富
37	◎张尊三：信守诺言　注重产品质量　"鱼翅大王"饮誉东瀛
40	◎朱葆三：一诺九鼎　信义为本
43	◎王兴儒："升大米足，老少无欺"成就百年米店
46	◎孙廷源、孙梅堂：拾金不昧　信用经商　诚信家风有传承
49	◎宋炜臣：诚信生意获贵人提携　苦心经营成汉镇巨贾
52	◎范文虎：仁心仁术　淡泊名利　甬上名医蜚声杏林
55	◎宋汉章：信义经商　独树高标
58	◎周宗良：守诚信悉数归还巨额资产　赢信任获外商提携成就大业

61	◎秦润卿:稳健谨慎 诚信立身
64	◎沈祝三:守合同抵家产坚持施工 承建"中国最美丽大学"
67	◎王才运:为实现誓言 红帮先驱弃商归故里
70	◎项松茂:药业巨子抗敌救友 尽显爱国忠诚
73	◎张继光:拾金不昧 诚信创业 "建筑大王"享誉中外
76	◎陈文生:质量过硬技术精细信誉卓著 亨达利钟表家喻户晓
79	◎陈万运:以质取胜兴国货 "三角"牌毛巾畅销国内外
82	◎曹莘耕:守信用重质量声名远扬 "白熊"牌薄荷脑畅销世界
85	◎舒　鸿:执法严明 中国执法奥运比赛第一人
88	◎方仰峰:货真价实 经营有方 "方裕和"南北货店誉满杭城
91	◎包奎祉:拾金招领 不昧钱财
94	◎周芳兴:坚守信用管理严格 "同福昌"帽扇店名闻甬上
97	◎李康年:坚持以优质产品取信市场 "钟牌414"毛巾风行80年
100	◎林汉达:为提倡语文大众化 执着认真令人钦佩
103	◎李洪黻、李达三:担保认赔不推卸责任 恪守诚信带来"大生意"
106	◎王宽诚:宽厚为怀 诚信为本
109	◎陈炳发:信誉为本扎实经营 "同仁泰"迅速跃入大店行列
112	◎陈训慈:忠诚无私 举债迁书历艰辛 保护文澜阁库书大转移
115	◎屠景山:货真价实经营有方 源康布店妇孺皆知
118	◎徐　訏:仗义执言 为鲁迅打抱不平
121	◎赵培德:三不出售三不卖 "赵大有"糕团家喻户晓
124	◎包玉刚:以信用取人 "世界船王"举世闻名
127	◎金如新:重视信用 为客户着想 获"保险大王"美誉
130	◎赵安中:诚信做人得友助 力挽狂澜赢商战
133	◎戴祖贻:精湛手艺 信誉为人 红帮奇才名扬四海
136	◎贝汉廷:用生命实践诺言 英雄船长献身航海事业
139	◎冯根生:坚守"戒欺" 从"胡庆余堂"到"青春宝"

143	◎刘所红:	工作可以丢 诚信不可失
146	◎吴 捷:	16岁少年面对巨款不动心 完璧归赵感动失主
149	◎徐水道:	不图名利 默默贡献 业余文保员上交500余件文物
152	◎潘芳女:	受婆婆临终嘱托 5妯娌守承诺照顾残疾小姑20余年
155	◎何利彩:	无言的承诺记心底 象山女警无私照顾重刑犯家庭
158	◎方肃和:	诚信经营 村民心中的老字号放心店
161	◎丁明贵:	垃圾箱里捡14万元存单 急人所急还失主
163	◎夏慧星:	信守服务承诺 爱心的哥载客不收钱
166	◎谢卫春:	爷爷下葬欠债款 60年后孙子守信把债还
169	◎林 萍:	兑承诺展现极致诚信 无偿捐肝演绎人间大爱
172	◎黎俊洁、周昕:	甬女大学生信守诺言 为陌生脑瘫患儿多奔忙
175	◎李传华:	诚实守信送奶工 捡到63万元巨款急归还
177	◎陈胜祥:	遵守爱的约定无怨无悔 照料瘫痪妻子不离不弃
180	◎李国兴:	不负重托践诺一生 历经苦难代友尽孝半世纪
183	◎严意娜:	支教情深 兑承诺筹善款建爱心桥
187	◎惠跃伦:	环卫工人穷志不穷 多次捡到财物不动心
190	◎孙茂芳:	守诺言时时处处做好事 照顾老人17年拒收对方千万房产
193	◎胡永良、胡宏串:	诚信待客服务细致 夫妻干洗店多次拾金不昧获信任
196	◎余祥瑞:	退休教师帮人帮到底 坚守承诺帮助病友十余年
199	◎邹丹丹:	支教女孩重诺守信 远赴贵州送50本字典
202	◎叶小国:	朴实农民守信践诺 照顾邻居孩子如亲生
205	◎孙朝礼:	废品收购"收到"万元现金 "破烂王"主动交还传佳话
208	◎陈洁谊:	了却牵挂20年 替父还债守诚信
211	◎方海珍:	诚实守信好老师 漏扣10万找银行主动办理
214	◎胡惊雨:	90后支教女生履承诺 带25名新疆学生圆寻海梦
217	◎郁丙龙:	"补胎哥"一诺千金 深夜奔波无偿补胎
220	◎方亚儿:	不离不弃践守承诺 照顾亡友家人20余年

223	◎沈　波:救死扶伤 拾金不昧 诚信"的哥"做好事不张扬
226	◎宁克英:拾金不昧受冤枉 再拾钱包仍归还
229	◎张铜鸽:诚信"的哥"守诚信 每周一趟早起接送不出错
232	◎邬荷仙:"放心摊位"有诚信 找寻失主归还数千元
235	◎励顺良:好人好心担保背巨债 "砸锅卖铁"还债终不悔
238	◎乐和敏:信守诺言相伴20余年 照顾中风邻居不离不弃
241	◎蔡惠星:押钞车驾驶员拾金不昧好品质 捡到贵重物品不动心
243	◎黄吉祥:鞋店老板诚信为人 上门归还顾客钱包拒酬谢
246	◎张如普:将承诺兑现到底 退休老职工助学之路不停歇
249	◎黄莲芸:尽心照顾孤寡邻居二十载 无怨无悔付出只为那份信任
252	◎傅家甫:"诚信老人"为邻居守护房产60余载
255	◎殷立明:爱心履诺感天动地 四年陪伴唤醒植物人妻子
258	◎冯君民:面对2.8万现金不动心 的哥忍腹痛觅失主显诚信
261	◎陈华民:诚信的哥坚守承诺 四年如一日免费接送老人做血透
264	◎方明富:诚信保安尽忠职守 雨夜苦守20万巨款等失主
267	◎伊祥华:坚守承诺 义务照顾孤寡邻居二十年
270	◎陆泉良:遵爱心约定13年 "警察爸爸"无私呵护车祸遗孤
273	◎王吉祥、胡汝丽:送钱还钱 诚信接力传递爱心
276	◎张继惠:高校食堂主任有大爱 敬业诚信传播正能量
279	◎娄锡英:清洁工捡钱不动心　彰显诚实守信传统美德
282	◎杨瑞珍:好妻子坚守承诺坚守爱 照顾高位截瘫丈夫24年
285	◎贺耀峰:老教师一诺千金 义务守护烈士墓18年
287	◎胡朝霞:最美警察大爱无疆 默默履诺抚养弃儿20年
290	◎刘国娟:传承宁波帮精神 弘扬诚信家风
293	◎虞春玉:承诺践诺的孝媳妇

阚泽：识人伯乐 以诚荐才

阚(kàn)泽(约170年–243年)，字德润。宁波市慈城镇人(一说会稽山阴人)。三国时期吴国学者、大臣。

阚泽家中世代务农，小时候非常喜爱学习，因家中贫寒没钱购书，便常常替人抄书。阚泽一边抄录一边诵读，诵读完毕后又追着先生论讲，故而得以博览群书、钻研学问。阚泽不仅对儒学颇有造诣，而且通晓天文历法，因此声名远扬。

东汉建安年间，阚泽被举荐为孝廉，出任钱塘长，升迁郴县令。期间他结识了孙权，与其相处得十分融洽。当孙权成为骠骑将军时，他把阚泽召至身边，任西曹掾。之后升迁不断，相继出任尚书、中书令兼侍中、太子太傅(仍兼中书令)。每当朝廷大议，遇到有可疑之处，必向阚泽请教咨询。

221年，称帝不久的蜀国刘备，决意从吴国手中夺回荆州,以洗二弟关羽兵败之耻。刘备报仇心切,倾全国之力,亲自出征伐吴。战争一开始,蜀军来势汹汹,连连得胜,东吴几乎无法抵挡。大军压境,前线吃紧,孙权一时没了主意,急得犹如热锅上的蚂蚁。情急之下,孙权竟将杀死张飞的张达、范疆送回给刘备。谁知刘备收了人却不肯退兵,孙权及手下一片慌乱。昔日大将鲁肃、周瑜、吕蒙皆已亡故,孙权到哪里再找一员猛将挥师退敌呢?

关键时刻,阚泽挺身而出,他向孙权奏道:"现有擎天之柱,为何不用呢?"孙权急问是何人。阚泽回答说是陆逊,他举例说陆逊曾率军击败关羽、夺取荆州,还夸赞他智谋过人、雄才大略,能力绝不输于周瑜,若能起用,破蜀军必定有望,并许下承诺,若有闪失,愿与陆逊同罪。孙权恍然想起,连呼自己险些误了大事,立即决定任用陆逊这员干将。

一旁的重臣老将张昭、顾雍、步骘等却竭力反对,他们认为陆逊一介儒生,年纪尚轻又无资历,难堪大任,若生祸端更会误了大事。

阚泽面对巨大的阻力,毫无惧色,他大声疾呼道:"若不任用陆逊,那东吴肯定会完蛋的!我愿意以全家性命来担保!"

孙权赞同阚泽的看法,认为陆逊确实是个奇才,当即拍板,决定起用陆逊迎战蜀军。

陆逊得到紧急召令,赶赴而来。孙权对他说:"现在蜀军来势凶猛,前线堪忧,我现在派你统帅三军前去迎敌。"陆逊面有难色,担心自己年少望轻,难以令故旧大臣们服从,便想推辞。孙权劝道:"阚泽敢以全家性命作保举荐你,我也深知你的才能卓越,你就不要推辞了!"并取出佩剑给陆逊说:"如有不听号令者,先斩后奏。"陆逊又请求孙权第二日当众授命。阚泽也上奏说,古人任命将领,必筑造神坛,在众将士面前宣誓就任,从而壮大军威、整肃军纪。孙权允奏,命人连夜筑造坛,大会百官,请陆逊登坛,拜他为大都督、右护军、镇西将军,赐以宝剑、印绶,令其掌六郡八十一州兼荆楚诸路军马,并授权说:"朝廷以内的事,由我来主持,朝廷以外的事,由你全权负责。"

如此一来,全军将士众志成城,在陆逊的统一指挥下,奋力抗敌。陆逊终不负朝廷重托,不负阚泽所望,以逸待劳,用一把火烧了刘备的八百里连营。蜀军实力受到重创,刘备落荒而逃,从而挽救了东吴的命运。

在我国古代,举荐贤能是一件重诚信的大事,不可有一丝疏忽,身为伯乐的人不仅需要眼光独到、慧眼识人,还需要有过人的胆略。正如这则历史故事中的阚泽,他不惜以身家性命,据理力争,只为保举尚缺资历与威信的陆逊。倘若陆逊不能带领吴军击退蜀军,赢得那场胜利,阚泽及其家人的性命堪忧。

孙春阳：持之以恒恪守信誉
孙春阳南货铺世代相传240余年

孙春阳，明朝万历年间生人，生长于宁波，后到苏州经商，被誉为"宁波第一商才"。

清朝前期，苏州有户人家，某日偶从家里物件中翻出一张已经泛黄的文书来，字迹尚清晰可辨。这张文书竟然是明代万历年间苏州"孙春阳南货铺"开出的一张提货单据，上面写明凭此单，可到孙春阳南货铺提取货物。

斗转星移改朝换代，此时已是大清的天下，提货单日期却在前朝，这家南货铺还在吗？即便店铺还在，年代已久的提货单能取得到货吗？

苏州那户人家要找孙春阳南货铺倒一点不难，因为这家规模甚大的南货铺在当地很有名气。当铺掌柜接过那张发黄的提货单，经过仔细核对，确认无误后，便毫不迟疑立刻吩咐下去：照单送货。

故事中的孙春阳南货铺，创立于明朝，因经营有方,店铺代代相传,历时240年之久。晚清文坛饱学之士梁章钜曾如此评价:"自明至今,已二百四十余年,子孙尚食其利,无他姓顶代者。"

孙春阳南货铺的初创者孙春阳是宁波人,明朝万历年间参加过"童子试",但没考中,他便放弃读书,转而经商。孙春阳来到苏州后,在吴趋坊北口开了一间售卖日用百货的店铺,取名"孙春阳南货铺"。

读书人出身的孙春阳深受儒家思想影响,经营中始终坚持"诚信为本"的理念。正如上面故事中那样,只要"售者由柜上给钱取一票,自往各房发货",倘若因故没有及时拿货的,不论过多长时间,即使从明代跨到了清代,只要拿着他们的提货单据前去,就能拿到货物。诚实守信的原则,即使改朝换代也不受影响。这样的"诚信",显然是别家店铺难以做到的。

在诚信经营的基础上,孙春阳对店铺出售商品的质量极其重视。无论是外面采购商品,还是内部加工产品,无不追求精细优良。例如备受赞誉的孙春阳店铺自制茶腿,据清人金安清《水窗春呓》中记载:"火腿以金华为最,而孙春阳茶腿尤胜之。所谓茶腿者,以其不待烹调,以之佐茗,亦香美适口也。"作者赞其比金华火腿还要好,原因就在于"选制之精,合郡无有也"。他家的其他商品也同样制作精良,清人袁枚《随园食单》中这样记述"玉兰片":"以冬笋烘片,微加蜜焉。苏州孙春阳家有盐、甜二种,以盐者为佳。"清代中期有一本集厨师实践经验之大成的烹饪书《调鼎集》,文中也提到:"熏鱼子出苏州孙春阳家,愈新愈妙,陈则变味。"连口味极刁的美食名家都对其商品赞誉有加,可见其品质之精良了。难怪当时孙春阳店铺中的商品,有相当数量可以作为上

等贡品。

孙春阳南货铺在其以诚信为本、童叟无欺的有效经营下,生意越做越大,店铺也越开越大。为了便于管理,孙春阳参照衙门分六个部门管理事务的制度,将店铺的货物分成六房:南北货房、海货房、腌腊房、酱货房、蜜饯房、蜡烛房。商品分柜摆放,开架以仓储的方式进行销售。顾客选好货后,在统一付款处付款。其方便快捷,类似于今日的超市。在店员人选上,孙春阳多用能写会算、文化程度较高的下层士人,并制定了严格的店规。大家分工明确,有序协调,账目清晰,逐渐将店铺发展成全国闻名的大商铺。

万历年间,江南地区商品经济十分发达,各行各业都很兴旺,但同时也涌现出不少假冒伪劣商品。将掺水的酒妄称是陶渊明埋下的千年古酒;伪造古董、虚抬价格等现象随处可见。在这样的环境下,孙春阳仍能不为所动,坚持货真价实、诚信经商,实在难能可贵。也正因为有这样的"诚信经营",孙春阳南货铺才得以传及子孙,数百年不倒。

孙春阳死后,他的子孙继续坚持诚信为本的经营理念和方法,其产业一直兴盛至清乾隆年间,前后经历了240余年,商业信誉闻名四方。

冯映斋：重品质严规范取信于人 『冯存仁堂』傲立商海300余载

冯映斋，大约清朝顺治年间生人，宁波慈城镇人。中华老字号"冯存仁堂"的创始者。

清朝顺治年间，宁波慈城有一个叫冯映斋的人，常年以采药材为生，奔走于陕西、安徽、四川一带。那时交通不便，冯映斋长途跋涉，深入山区，将采得的药材，行销于沪甬等地。略有积蓄后，冯映斋于清康熙元年（1662年）在宁波灵桥门又新街创办了"冯存仁堂"药铺。店名取"存济之心，赠仁于众"之义，并以此作为药铺的经营宗旨。

冯映斋创办的药堂，以父业子承的家族模式经营，历经数代，久负盛名，至今已有三百五十余年的历史。经历多年风雨而屹立不倒，靠的就是"诚信"二字。

首先，为了保证药材品质，冯存仁堂严把进货关。委任的进货先生，必须具备较强的药材鉴别能

力；同时要求货房严格把好来货验收关，两者相互制约和监督，以确保药材的质量。

同一种药材，因产地、土质和气候不同，药效就不尽相同。冯存仁堂特别注重选择地道的药材，宁要质好价高，也绝不选择价低质劣的。比如西黄芪，以山西产的为正路，产量少、价格高，但药效最优。又如大黄，西北、华北、西南等地都有产出，但又以青海西宁产的质量最优。

采购回来的药材，需要妥善地保存贮藏。在这方面，冯存仁堂有一套严格的程序方法，对于不同的药物，使用不同的存贮方式，保证药物不霉、不蛀、不变质，从而保证了药品的质量。比如矿石、介壳类药物不易受气候影响，一般只要存放在干燥地方就好；而含芳香是挥发性药物，那就必须贮入冷暗的容器内。

冯存仁堂对中药成品的炮制，严格按照规定要求，片型厚薄、丸粒大小都按药性来精细制作，务求一丝不苟，精益求精。比如天麻腊光片、附子飞上天等，就要分成多种片型，有瓜子片、柳叶片、顶头片，每种片型都一定要按规格要求来做。他们不嫌费工费时，只求片型悦目、洁净无屑、色泽鲜明。

对于配制成药方面，冯存仁堂专门有一本《丸散全集》作为配制标准，绝不允许偷工减料或顶替冒用。

每一种药物经过不同的修治和炮制，可以发挥不同的作用。所以，冯存仁堂一直都有非常严格的规范和要求，从不粗制滥造，因而经由他们研制出的药品，能受到群众的一贯信赖和高度赞许。

冯存仁堂有一些祖传药品，享誉国内，远销海外，极负盛望。如人参再造丸、人参大活络丹、驴皮胶、万应宝珍膏药等传统药品,销往新加坡、香港、台湾等国家和地区。

冯存仁堂自冯映斋创办以后,百年如一日,遵循"存济之心,赠仁于众"的店规祖训,精工配制优质药品。销售亦是老少无欺,不管药品畅销与否,始终保持药品应有尽有,深受群众青睐。冯存仁堂因此才能历经数百年风雨而不倒,至今依然屹立于宁波灵桥旁。

童善长：以质取胜信誉卓著
"童涵春堂国药店"220余年长盛不衰

童善长（1745年–1817年），又名童在元，宁波庄桥镇人。上海国药业四大户之一"童涵春堂国药店"创始人。

清乾隆十年(1745年)，童善长出生于宁波市郊庄桥镇。童氏家族世代经商，财力雄厚，家境十分富足。童善长自小聪明伶俐，长大后继承祖业，在家乡经商。后因不满足于现状，携资到上海发展，在小东门外开设了恒泰药行，专做中药材批发生意。在恒泰药行附近有家竺涵春药店，竺老板与童善长素有业务往来，但因经营不善，故想将店铺转让出去。童善长本有经营药店的意图，两人一拍即合，竺涵春将药店盘给了童善长。经过一番整修后，新药店于乾隆四十八年(1783年)正式开张，取名"童涵春堂"。

在经营药行的几年里，童善长已积累了丰富的经验。创办童涵春堂后，他既做批发又做零售，还开设工场,精制饮片,继承传统古方,搜罗验方、博采众长、悉心研制。

童善长对产品质量精益求精,对各个环节一丝不苟,尤其注重从源头上严格控制品质,不容丝毫马虎,比如白芍必须采用东白芍,杜仲只选神字仲,珍珠要老港魁濂珠,银花须选密银花等。有些品种进货都由专人亲自挑选,比如淮山药、北沙参、广玉金、川贝母等。

在拥有优质药材来源的基础上,童善长在经营管理上也下足了功夫,他设立刀房、原货房、细货房、格斗房、拣药房、胶房、料房、打杂房、腊壳房、酒房、膏药房、印刷房等等,各房分工清晰,层层把关,且相互制约。倘若选购的原药材不符合标准,原货房可以拒收;如果刀房切片不符合规格,格斗房可以要求返工;料房若认为丸散膏丹配料不合格,打杂房可以拒绝配合……

此外,为了扩大知名度,童善长还在药品外包装的显眼位置印上一个大大的"童"氏记号,诸如"童半夏""童胆星""童厚补"等等,既成为童涵春堂重质量、保证对出售药品质量负责的标志,又扩大了童涵春堂的名气。同时,童善长还特别讲究服务态度,注重商业信誉。可以想见,在童善长如此用心经营下,童涵春堂很快赢得了消费者的良好口碑,在同行中崭露头角,生意也日渐兴隆。

童善长在任期间研制的人参再造丸、太乙保珍膏、传统产品"水眼药"等药品,因选料地道、加工精细、疗效显著,深受大家的欢迎。

为了巩固和壮大童涵春堂的声誉,童善长及之后的继任经理们都牢牢抓住药品质量这一根本,加强管理,坚持优质服务,不断研究、调制新药,从而使童涵春堂精制的药品深受好评,享誉海内外。

　　据一些老人讲述,上世纪40年代,童涵春堂店堂里挂有"修合无人见,存心有天知"和"货真价实,童叟无欺"等金字牌匾,这充分显示出童涵春堂从业的诚信。更难得的是,当时著名外科医师顾筱岩、伤科名医石筱山和妇科专家陈筱宝等人为人看病时,开出方子后,都会关照病人到童涵春堂去配药。这些更加充分说明了童涵春堂药品优于别家的可靠质量,同时也体现出童涵春堂的诚信待客。

　　经过童氏几代人的努力,童涵春堂坚持以质取胜,不断拓展业务,220多年来长盛不衰,被消费者誉为"金字招牌"的购物放心店,跻身于上海国药业四大户之一,并成为同行业中的佼佼者。

王立鳌：济世益民货真价实"寿全斋"药店名闻遐迩

王立鳌，清朝乾隆年间生人，宁波慈溪人。民族工商业家、老字号"寿全斋"药店的创始人。

清乾隆二十五年（1760年），宁波"寿全斋"药店在今中山东路56号创建成立，创始人为王立鳌和孙将赣。两人在同考科举的路上相识，又因志趣相投、性情相融，逐渐成为莫逆之交。王立鳌酷爱医学，对药理颇为在行。于是，两个好朋友商量决定合伙开设药店，取名"寿全斋"，"寿"是祈望人们健康长寿"全"是表示药店药品品种齐全的意思。他们以济世益民、货真价实为宗旨招徕顾客，从小到大，逐步发展，遂具规模。10年后孙将赣撤股，"寿全斋"归王家独立经营。

寿全斋创设之初，王立鳌就把济世，而不是图利作为宗旨。有些很少用到的药引子，别的店堂

"抓"不到,寿全斋却是即使没利润可赚也会备着。正因为寿全斋对"货真价实""尊古泡制"的传统经营方针,始终遵循不渝,才使寿全斋能够历经200多年而盛名不衰。寿全斋在这个经营方针引导下的具体做法,可用"正、证、精、真"四个字来概括。

"正"就是进料要做到药源路正。药材是否路正,直接影响到药的效果。同一品种的药材,会因不同地点出产而效果存在差异。王立鳌严格把关,要求药店进货源必须有保障,对遍布全国各地的四百余种药材,其要求与制作方法非常考究。比如附子,为了防止变质,必须用咸卤浸过,进货后,再用清水浸漂足足七日七夜,然后再用开水煮熟。白木耳,只选太平、通江两个县的产品,因其肉质厚,发性好,每一两就可以发至三十两重。

蛤蚧,有五对、十对、十五对、二十对起斤的不同级别,寿全斋专进五对起斤的,并且要求每对的尾巴要完整,不可以有些许损伤。地龙,进货标准严格到鲜货必须达到长一市尺以上,干货必须达到长六市寸以上。

"证"指的是储运方面要做到质量和品种两个保证。为了贯彻这两个保证,必须做到"三不一全"。"三不"就是不霉不烂不受潮,而关键又在于"燥、密"二字。比如花类,菊花、红花、银花等,倘若受潮,其花瓣就会散开,甚至脱落。这样既影响花朵外观形状,又影响质量,香气也会消失。所以销售时就要根据所需数量启封拿取,每次启封拿取后,要继续封好以防漏气受潮,直至取光为止。"一全"是保证药物品种齐全不缺。

"精"是指加工时做到工序道道精粹。正因为进料路正,储运方面有保证,才使寿全斋的药品工精质粹。他们自制的各种膏类、药酒年销数万计,远销到闽、粤一带。

"真"便是撮药做到味味认真。王立鳌对撮药制度规定:营业接方,专职校对。对每一味药,都要分开,由专职检验校对无误,在处方上签章后,才可包装交给顾客。

寿全斋之所以能广招天下客,享誉海内外,虽是有多方面的原因,但根本上是与王立鳌的严格店规和经营管理分不开的。

王立鳌去世后,其子孙后代继续掌管打理药铺。到第四代子孙王仕载当家时,他熟悉业务,懂得借助外界力量,而且管理有方,使得"寿全斋"这块招牌更加广为传扬,业务越发兴隆,进入鼎盛时期。之后子孙繁衍,代代相传,直到现在,顾客中仍会流传一句话"要抓药到寿全斋"。2009年,寿全斋中医药文化入选浙江省非物质文化遗产名录。

叶谱山：道地药材 真认不二
"叶种德堂"声名远播

叶谱山，大约为清朝乾隆年间生人，宁波慈溪人。杭州"叶种德堂"国药号创始人。

清朝嘉庆十三年（1808年），浙江杭州望仙桥直街，新开了一家药铺，名曰"叶种德堂"。这是杭州城内开设最早、规模最大的国药店，创始人叶谱山，来自宁波慈溪。

叶谱山曾经在清廷刑部任职，离职后，定居在杭州。因为原本精通医术，叶谱山开始悬牌行医。他选料配药样样皆行，若遇贫苦病人求医，则慷慨施助、不计报酬，因此声誉渐著。当时杭州尚无规模较大、设备完善的国药号，叶谱山便在望仙桥直街购置房产，占地七亩多，创建了叶种德堂。药铺名取苏东坡《种德亭》诗"名随市人隐，德与佳木长"之意，宣扬乐行善事而不期名利风气。叶种德堂前店后场，坚守医药道德信誉，严格拣选各省道地药材，按古方、宫廷秘方及祖传验方,精制配合成药,药效甚佳,因此信誉远著,营业历久不衰。到光绪年间,叶种德堂已闻名浙、赣、皖、闽等省,成为杭州国药业中的翘首,是当时杭城最大的一家国药号。

叶种德堂自开业以来,便以"真认不二"作为经营宗旨,这四个大字也被刻在匾上,悬挂于店堂正中,以此来时刻警醒药铺的每个人。"真认不二"的"真",指入选的药材一定要"真",力求"道地";"不二"就是向顾客正言,叶种德堂所卖的药绝对货真价实、童叟无欺。

叶种德堂历任经理,都是本业学徒出身,他们经验丰富,熟悉货源,尤其擅长辨识各种精细名贵药材。每年春冬两季为进货季节,经理都要亲往各大药材

行采购。经理购货时,第一是口头尝味,第二是眼看外形和色彩,第三是鼻嗅香味,第四是用手掌摩擦。经过这四道测试,才可决定药材的质量等级。有一次,柴梅生经理察看犀角,他先是在缸边摩擦,然后观看花纹粗细,再闻它的香味,看它的形态,最后决定它的等级,看得当场的药材商人心服口服。

在严格配料上,叶种德堂也毫不含糊。比如配制人参再造丸、参茸卫生丸等高档成药时,必须用到参术、犀黄、真珠等珍贵原料。配制部门向细货房要料时,必须在专人监督下,按照配方点数过秤,再经过切片、捣碎等工序,以此来杜绝偷工减料和走漏珍品的可能。

为了保证药材道地,并且使百姓信服,叶种德堂想尽了办法,可谓用心良苦。据史料记载,叶种德堂当年内场设有鹿舍,饲养雄鹿近百只,牝鹿百余只。配

制全鹿丸要以雄鹿为主,饲养的牝鹿主要供交配和产仔。每逢宰鹿之期,叶种德堂就会提早一天,披红结彩,挂牌通告。第二天鸣锣敲鼓,一行人将鹿从后门抬出,沿着各街道游走一圈,吸引百姓观看,然后从前门抬回店内,当场用绳缢的方法从鹿身上取料配用。叶种德堂这样做的目的,就是为了说明以鹿取药的真实性,以此赢得百姓的信任。

叶种德堂坚持选用道地药材,秉持"真认不二"的经营宗旨和服务品质,在百姓中赢得了良好的口碑和卓著信誉。虽然此后的叶种德堂在历史沧桑变迁中也有过消沉。但是近年来,由胡庆余堂出资修复和管理的叶种德堂重现生机。这颗散落在文化遗产宝库中的璀璨明珠必会更加闪烁夺目!

乐平泉：恪守同仁堂诚信祖训 宁可断货也不偷工减料

乐平泉（1810年–1880年），又名清安，号印川，宁波慈水镇人。北京同仁堂中兴人物。

明末清初，祖上从慈水辗转到宁波的铃医①乐良才不顾亲友劝阻，启程去京城闯荡。凭着高超的医术和祖传的良方，乐良才很快在京城站稳了脚跟，后来他的儿子、孙子也都继承了父业，以悬壶济世为生。传到第四代乐显扬的时候，他使乐家地位有了根本的改变，乐显扬踏进太医院成了一名太医。在太医院供职期间，乐显扬逐渐有了开药铺的想法，但一直未能实现。

直到1702年，乐显扬的儿子乐凤鸣始创日后声名远播的"同仁堂"。初创时，乐凤鸣即立下承诺：

---

① 铃医：亦称"走乡医""串医"或"走乡药郎"，指游走江湖的民间医生。

"炮制虽繁必不敢省人工,品味虽贵必不敢减物力"。其强调用地道药材,绝不偷工减料,以次充好。乐家后人世世代代一直恪守祖训,始终树立"修合无人见,存心有天知"的诚信意识,因而成就了"同仁堂"这个历经百年锤炼的中医药品牌。

饱经风雨的同仁堂也曾几度兴衰。1831年,21岁的乐平泉成了同仁堂的铺东。但此时乐家在北京同仁堂仅存铺东之名,每日的收入只有铺号款五吊钱,其他一切全都典给外姓人了。心怀大志的乐平泉不甘于此,立下誓言一定要重振同仁堂。他卧薪尝胆,奋斗了12年,终于在1843年全部赎回同仁堂。

此后,乐平泉把全部精力都投入到了同仁堂药铺的经营中去,事必躬亲,其家人也纷纷亲自参与后场生产,并协助乐平泉逐步完善了自东自掌的经营管理制度。日复一日,年复一年,在乐平泉的努力下,同仁堂遵循古训,恪守诚信药德,严格管理,终于再次名振京城。

同仁堂有一种妇科名药——乌鸡白凤丸,为了制乌鸡白凤丸,他们还专门养了一些纯种白毛乌鸡。

1849年的某日,伙计向乐平泉报告说,剩下的十几只乌鸡已不够配制乌鸡白凤丸所需用量,市面上一时也找不到合适的纯种乌鸡。有伙计建议:实在没有纯种白毛乌鸡,可否以有点儿杂毛的鸡代替?再说这些鸡的杂色毛并不多,就那么几根,想来不会影响到药品的质量。

乐平泉瞪了一眼这个伙计,反对的态度极为坚决:"同仁堂历来讲诚信、重质量,选料必须地道,绝不能以次充好,虽说'丸散膏丹,神仙难辨',但药效差下来只会砸了我们的牌子。没有纯种乌鸡,保障不了药品的质量,宁可断货,不赚这

笔钱,也不能用杂毛鸡蒙人。"

乐平泉随后吩咐手下的伙计,立刻到外地购买纯种白毛乌鸡,如果买不到,则暂时停止生产乌鸡白凤丸。

同仁堂还有一种名药叫紫雪。制造这种药除需要滑石、磁石、沉香、元参、牛黄等矿物药和贵重细料外,还需用百两黄金。这百两黄金本身并不消耗,只起到类似催化剂的作用。而那时是在八国联军入侵北京之后,同仁堂遭受了巨大损失,元气大伤,实在拿不出足够的黄金来制紫雪。

有人出主意:别家药铺制作紫雪时,根本就不用金子。一般人也分辨不出有没有用金子,现在我们无力筹集这么多黄金,不如把金子这道工序省了吧。

当时监制药品一事由乐平泉的夫人许叶芬负责。听闻此言,她立刻变了脸色,厉声呵斥道:"你们忘记'修合无人见,存心有天知'的祖训了吗?质量是咱们同仁堂的立足之本,绝不可大意。"

为了解决这个难题,许叶芬召集乐家女眷到跟前,把此事和盘托出后,又将自己的一些金首饰放在桌上,其他女眷们知道事关重要,也纷纷捐出自己的金首饰,这才凑出了百两黄金,确保了紫雪的质量。

同仁堂自创立以来已经过了300多年,在漫长的历史长河中,一直屹立不倒,永葆青春。从乐平泉的故事中,我们可以知道产生这个不倒"神话"的原因所在。

叶鸿年：精工细作 诚信待客
"叶受和茶食"名扬苏州

叶鸿年（1847年–不详），字蕉生，宁波慈溪人。苏州叶受和茶食糖果店创始人。

叶姓是宁波慈溪鸣鹤镇第一大姓。1847年，叶氏家族再添新丁，取名叶鸿年。名门望族里走出来的叶鸿年，人到中年时，却跑到江苏苏州创办了一家日后名闻遐迩的食品商铺"叶受和"。清人《醇华馆饮食脞志》记载了这段颇为传奇的开店来历。

清朝光绪十一年（1885年）的一天，宁波慈溪富绅叶鸿年和友人结伴同游苏州。一行人坐在观前街玉楼春茶室品茶聊天，听说隔壁稻香村食铺的糕饼茶食十分美味，便打发仆人去稻香村购买些来品尝。可是，仆人去了老半天也没回来，叶鸿年等得不耐烦了，忍不住站起身来，亲自前往看个究竟。走进稻香村，只见店内人来人往、热闹非凡，生意果然异常火爆。但店里的伙计只顾招呼熟悉的大主顾，对零星散客则不予理睬。叶鸿年让仆人上前催促了几次,却遭到了伙计的冷嘲热讽:"你这么着急想买?有本事自己开家店,这样便随时可取,岂不称心如意?"叶鸿年听后气愤不已,悻悻地掉头就走。见此情形,有个刚被辞退的稻香村伙计悄悄跟随叶鸿年身后,拉住他说:"先生若咽不下这口气,不妨开一家店,与他们比试一番,我可以助您一臂之力。"叶鸿年大喜,欣然接受他的提议,并委派这名伙计先打理一切。第二年(1886),叶鸿年投资五千两纹银,创办"叶受和"茶食糖果号,店址就在稻香村东侧。店名"叶受和",意在"和气生财"。

开店之初,店铺生意并非一帆风顺,而是连年亏损。所幸叶氏家产甚丰,叶鸿年从宁波调资两千两,重整旗鼓、励精图治,生意渐渐有了起色。到1929年,叶受和翻造三层店面,进入全盛时期,此时已与稻香村齐名。

叶鸿年于创店之初就提出,要以尊重顾客、讲究信用为宗旨,在品种、风味上狠下功夫,力创名牌,尤其在质量上要不惜工本,务必赶超稻香村。他们制作的茶食糕点、炒货、糖果,博采苏浙众长,别具风格,著名的产品有小方糕、枣子糕、豆仁酥和芙蓉酥等。除了糖果、糕点,叶受和的熟食野味也力求上乘,选料、制法皆有严格规定,故声誉远超苏州其他店铺。

叶受和不仅在食品工艺上精工细作,在服务上也时刻谨记开店宗旨,诚信待客,童叟无欺。曾经有这样一则"糟枇杷"的逸闻:苏州当地某富贵人家差遣丫鬟到叶受和买合梅,碰巧合梅缺货断档。当时正值枇杷上市旺季,枇杷摊摆满街头。柜上伙计见丫鬟年幼懵懂,便和她开玩笑说:"这里没有合梅,只有糟枇杷,你可要买?"不懂事的丫鬟信以

为真,就说回去问问再来回复。正巧店里有个老师傅看到了这一幕,他知道那丫鬟的主人在本地有权有势,素难伺候,若真来叶受和要货,后果难以收拾。他立即找到经理,把刚才事情的原委及利害和盘托出。经理沉默片刻,心想:叶受和素来讲究和气生财,不能轻慢了顾客,既然话已出口,不如将错就错,给他做一回"糟枇杷"。当即命人上街购来新鲜枇杷,洗干净后装入拌有蜂蜜、酒糟、酒酿的瓮中浸泡,并将瓮密封。果然,第二天一早,那家主人亲临叶受和,黑着脸指名要买"糟枇杷"。店里的伙计小心翼翼地奉上早已准备好的糟枇杷,那人闻着扑鼻异香,忍不住拈起一只枇杷就往嘴里放,蹙眉细嚼,却有一股怪甜、怪香、说不出的好味道。看着顾客转怒为喜的表情,店里伙计紧张的心情终于平和下来。这款赶鸭子上架制作出来的"糟枇杷",就这样得到了顾客的认可,成为叶受和的一大创新,也为叶受和更添诚信的美誉。

　　如今的叶受和,虽历经百年风雨,仍以其独特风味和传统特色,在苏州观前街迎接慕名而来的海内外游客。

华少湖：信誉至上口碑好 "升阳泰"辉煌百余年

华少湖，生活在清朝咸丰年间，"升阳泰"南货店创建人。

清朝咸丰年间（1851年-1861年），宁波人华少湖创建了以经营南北果品为主的"升阳泰"，店名寓意兴旺平安。

初创时期的升阳泰，和宁波其他店铺一样，采用前店后铺、现做现卖的销售方法。不同的是，知府出身的店主华少湖更懂得诚信乃经营之本，坚持按质论价、货真价实、秤准量足的经营理念，因而使升阳泰在顾客中获得了良好的口碑，更与当时灵桥门的大同、大有南货店，东门口的董生阳南货店并称为宁波"南货四大家"。

此后升阳泰代代传承，都以信誉作为立足的根本，继续保持良好的信誉，生意一直十分兴旺，虽历经世事变幻，但依然广受好评。曾经在宁波百姓中流传着这样一句口头禅:"升阳泰黄沙也能卖三年",意思是说升阳泰这个金字招牌,信誉极好,即使把黄沙当作黄糖卖,也能卖三年。听来虽有些夸张,却足以说明升阳泰口碑之好。

升阳泰经营的商品,一直以南北果品和宁式糕点而闻名。升阳泰结合当地人的口味特点,选择上佳的原材料,严控每一步制作工序,精制而成的各类糕点深受宁波人的喜爱。宁波在海外的侨胞不计其数,而升阳泰的糕点陪伴了他们的童年,这些糕点的滋味更加深了他们对家乡的眷恋与思念。

升阳泰的糕点选料考究、加工精细,其中豆酥糖、苔生片、宁式月饼等产品最受人欢迎,其原因就在于制作过程的每一步都精益求精。

比如豆酥糖的主要用料是黄豆,升阳泰在选料上要求极其严格,必须是最新季出产的黄豆,而且要求粒粒颗粒饱满、无烂无蛀、色泽黄熟纯粹。作为配料的黑芝麻和麦芽饴糖,同样要严格挑选。黑芝麻须选本省严州(今浙江建德)出产的,因为那里的芝麻质量最优,壳薄、肉厚、油足、味浓。饴糖则要用洁白晶莹的隔年陈糯米制成。除用料精选外,包装上也不能含糊。豆酥糖要经过多道工序,四方妥帖、厚薄均匀,才更能保持其香酥脆软的特点。

升阳泰以苔菜为辅料的糕点,比如苔生片、苔菜千层酥、苔菜月饼、苔菜油赞子等都独具特色。以苔菜月饼为例,必须选用优质的东海苔条作为主料,配上宁波本地的小磨芝麻油,外加芝麻、瓜子仁、胡桃仁等辅料,再加上别具风味的椒盐馅料,甜中带咸,咸里透鲜,独特的风味不由让人竖起大拇指。

升阳泰良好的信誉和独特的经营策略一直被升阳泰传人视为珍宝,并得以保持和发扬。自清朝1851年创店以来,升阳泰迄今已有160多年的历史,是中国商务部首批认定的"中华老字号"企业。

如今,升阳泰糕点仍以其独特的风味特点,吸引着"新宁波""老宁波"前来购买。它还被誉为宁波特产的代表,吸引着四方来客。

张梓林：淳厚笃诚 得金奉还

张梓林，大约清朝道光年间生人。宁波北仑人。上海滩酱园业巨子张逸云的祖父。

清朝道光年间，在镇海江南衙前村（今属宁波市北仑区）有一个名叫张梓林的年轻人。为了一家人的生计，他在镇海江南渡口摆了个热酒摊。那时，宁波商业早已一片繁盛，商贸往来很频繁。镇海江南渡口交通十分繁忙，士商往来，人头攒动，络绎不绝，热闹非凡。

有一日，天刚蒙蒙亮，沉睡了一夜的渡口逐渐又热闹起来。勤快的张梓林早已收拾妥当，准备迎接新一天的忙碌。不远处走来一位老人，看上去便是个精明能干的生意人，他走进张梓林的摊位，坐定下来。张梓林赶紧上前招呼这位老人。老人不慌不忙，一边点了份黄酒，一边和张梓林寒暄。张梓林手脚麻利，很快就笑吟吟地端上烫好的黄酒和一小碟花生米。和蔼可亲的老人喝得高兴,便和张梓林聊起天来。言谈间,张梓林得知老人姓江,在上海开了家酱园,这次到镇海办完事,准备往回赶。老少二人聊得正欢时,只觉身边一阵骚动,杂乱的脚步声伴着焦急的叫喊声:快走快走,船来了,船来了。江大爷站起身一看,正是自己要等的船,一仰脖把最后几口酒喝完,急慌慌连招呼都没打,就挤进人群,赶着上船去了。张梓林似有不舍,他紧追几步,站在高处向江大爷挥手告别,目送老人随着人流慢慢涌上了船。

好一阵之后,喧闹嘈杂总算有了暂时的停歇,张梓林收回目光,走回摊位收拾桌上的酒杯小碟,正待转身却见凳子上有一个蓝色布包。张梓林想起一大早只来了江大爷一位客人,那布包定是江大爷遗忘在这里的了。他不由抓起布包就往外奔,但只见船已驶离渡口,纵使张梓林用尽气力高声叫喊,也叫不回江大爷来了。

张梓林沮丧地走回来,思考片刻后,他决定把蓝色布包打开看看。这一看把他吓了一跳,包内足足有200块银饼,这对于每日辛苦劳作但收入微薄的张梓林来说,无疑是一笔巨款。而张梓林丝毫不为所动,他家境虽清贫,但自小就受

到父母"要诚实做人"的教诲。纵有千百金,那也是江大爷辛苦劳动所得,与自己毫无关系。于是他想着:只好先把这布包收置好,免得丢失,看江大爷是否会自己来找。想到这里,张梓林冷静镇定地整理好布包,倍加小心地把布包放在一个安全的地方,然后继续忙生意。

第二天,张梓林一如既往在摊位上忙生意,虽然心中仍牵挂着江大爷遗失布包的事儿,但一时也没想出更好的办法来。近中午时分,张梓林收拾停当准备坐下来

休息片刻，忽觉背后有人轻轻拍他，回过头来一阵惊喜：正是江大爷。张梓林大喜过望，抓住江大爷的胳膊，一边说大爷你可来了，一边转身就去取布包。江大爷接过沉甸甸的蓝布包，竟半晌说不出话来，心里暗自感叹这个小伙做人真诚实。

摊位上来了客人，张梓林忙着招呼去了。江大爷却没有急着赶路，而是坐在桌边沉思了老半天。他看着眼前来回忙碌的张梓林，越看越喜欢，觉得这小伙不仅勤快能干，更难得的是心地淳厚、诚实可信。

等到张梓林忙完，有了休息的空当，江大爷拉住小伙的手说出自己的想法，希望张梓林可以随他一起去上海的酱园做生意。突如其来的好消息让张梓林有些措手不及，但聪明的张梓林知道这是个难得的好机会，于是一口应允了下来。此后，张梓林随江大爷来到上海江万兴酱园，这家酱园的老板正是江大爷。有了江大爷的指导和信任，再加上自己踏实肯干，张梓林很快被提拔为掌柜。

江大爷膝下无子，无后人继承，临终前他把张梓林叫到跟前，亲自把家业交给了张梓林。这样，张梓林便成为了上海江万兴酱园的当家人。之后他倾力经营，业务日益兴隆，后来增开了两家酱园。他的儿子张梅仙继承父业，又创办两家酱园。孙子张逸云，更是增开了四家酱园。三代诚信经营，历经百年不衰。

邵六百头：严格精细 信誉服务 『邵万生』南货店众口皆碑

邵六百头，大约清朝道光年间生人。宁波三北人。"邵万生南货店"创始人。

清朝咸丰年间，上海的一家南货店门前，每天大清早都有一个名叫苏州阿三的小贩赶到这里，他是来给南货店送活蟹的。几个篓子里，爬满了张牙舞爪的螃蟹，有肥有瘦，有大有小，个个瞪着眼睛横冲直撞，摆出"拳击"的架势，以为自己是八面威风的"大将军"。街道行人三三两两，渐渐有人围拢过来看热闹，凑到篓子前指指点点、议论纷纷。

这时，南货店的门开了，走出来几个伙计。他们拨开人群，直奔蟹篓而去。这几个伙计看上去颇有经验的样子，专挑重约二三两、强劲有力的雌蟹，过轻过重、死样怪气的一概不要。据说这些精挑细选出来的蟹是用来制作醉蟹的。目睹如此严格的挑选，围观者无不发出赞叹。

这家南货店就是邵万生南货店,于清朝咸丰二年(1852年)由邵六百头创办。邵六百头,原不姓邵,因为被宁波三北一个邵姓人家花六百块银圆领养,才改姓为邵,俗叫六百头。

邵六百头为谋生计来到上海,先在虹口开店,取名"邵万兴",专门配制醉糟食品和南北特产。经数年苦心经营,生意渐渐兴隆起来。1870年他把店面迁到了南京路上,并将"邵万兴"改名为"邵万生南货店"。

邵六百头很有生意头脑,颇懂经营之道,在店内专辟糟醉加工工场,以"精制四时醉糟"为经营特色,鸡鸭鱼肉蛋,无所不"糟"。对于糟醉的食品,邵六百头

从选料到加工制作都有严格的规定。文章开头所展现的场景,几乎每天都在邵万生南货店门前"上演",眼见为实,这样更能使人深信不疑,良好的口碑逐渐在百姓间传扬开来。

除了名声极盛的醉蟹,邵万生的糟醉食品还有糟鸡、醉香鸡、黄泥螺、糟青鱼、醉香螺、醉蟛蜞、糟蛋、蟹糊、虾油露、虾子佐料等,品种十分丰富。与醉蟹一样,其余所有产品进货都要严格挑选,保证用料新鲜质佳。如黄泥螺一定要选用宁波沈家门(现属舟山市)认母渡的泥螺。每年四月上中旬,当泥螺旺产、粒大无沙时,邵万生大量收购,运抵上海后,要经三次暴腌滤净,再用陈年黄酒腌制。这样制作出来的泥螺形大、肉厚、无砂、味美、鲜嫩,在夏令时节食之,能使人胃口大开。还有虾子酱油,须选苏州郊区产的新鲜河虾子和"甲晒"酱油,制成后具有天然的鲜味。

邵万生的糟醉食品经腌、洗、风、酱、糟、醉等多道工序精制而成。糟醉食品

还特别讲究"得时",也就是说制成后要在一定的时间内食用,才可以保证最佳的口感,过早或过迟食用都会在口味上大打折扣。为了使顾客能及时品尝到最佳的糟醉食品,邵万生南货店实行预约订货制度,根据顾客食用的时间来制作,并在容器封口标明启封日期。顾客按期开封,就能品尝到味道最好的糟醉食品了。

邵万生南货店以其质佳味美的食品和诚信务实的经营,受到远近百姓的欢迎,其商品甚至远销到港、澳、台地区及东南亚国家。如今的邵万生,已被原国内贸易部命名为首批"中华老字号"企业、上海市"名特商店"。拥有160多年历史的邵万生,依然坚持选料严格、配料精细、工艺认真,经营诚信、服务优良及货真价实的传统特色不变,继续以其风味独特的糟醉食品闻名海内外。

叶澄衷：拾金不昧 发家致富

叶澄衷（1840年-1899年），宁波庄市人。民族商业巨子，宁波商团的先驱和领袖。因为人处事诚信宽厚，被称为"首善之人"，亦有"五金大王"之称。

叶澄衷1840年出生于宁波镇海庄市叶家村一个贫苦人家。6岁那年，父亲叶志禹离世。母亲洪氏白天带着几个孩子在田里辛苦劳作，晚上独自纺纱织布。到叶澄衷9岁时，母亲坚持把他送进私塾读书。可惜不到半年，就因家境窘困不得不辍学。11岁时，叶澄衷到附近一家油坊做帮工。到14岁那年，有一位姓倪的同乡看到叶澄衷一家孤儿寡母的处境，深表同情，答应带叶澄衷去上海谋生。

到了上海，叶澄衷开始在一家小杂货铺做店员。三年后，17岁的他决定自立门户，独自摇一条小舢板，来往于黄浦江，给外轮供应所需物品，并以此小生意谋生。

一日清晨,叶澄衷如往常一样,一边摇着他的舢板,一边四处张望,寻机做生意。这时,岸边一位外国人正着急地向他招手,叶澄衷迅速摇船抵达他的跟前。原来这是位英国商人,要坐船到浦东去办事,因找不到摆渡船,只好搭乘叶澄衷的小舢板。叶澄衷笑吟吟地载着客人,一橹一橹向对岸摇去。一路上风平浪静很是顺利,不料船将靠岸时,天色突变,狂风大作,一场暴雨即将来临。叶澄衷更加用力摇向对岸,未及抵岸,年轻的英国商人便跳下船,飞奔而去。

大雨果然倾盆而下,叶澄衷准备系好缆绳,到岸边房子的屋檐下避避雨,不料发现甲板上有一只公文包,他猜想定是刚才那位英国商人走得急而落下的。叶澄衷打开公文包,一看,不禁吓了一大跳,包里不仅装有数千美金,还有钻石、戒指等贵重物品以及一些重要的生意单据等。如果此时叶澄衷见财起意,摆船而去,就可以轻而易举摆脱飘摇不定的生活。但叶澄衷却没有将巨款据为己有,他只想到遗失如此贵重物品的英国商人必会心急如焚,肯定会回来取包。他决定不离开小舢板,就在原来的位置等候失主。

雨依旧时急时缓地下着,叶澄衷找来一件旧衣裳把公文包包好,自己却在风雨中静静地候着。

直等到天色将暗,那位英国商人才急急忙忙赶来。他已经火急火燎地找了大半天,到处都没有结果,最后近乎绝望地来到码头。他万万没有想到叶澄衷会一直在舢板船上等他。叶澄衷连忙把公文包递到了英国商人手里,英国商人打开皮包查看,发现原物丝毫未动。这个英国商人被叶澄衷深深感动了,他立即抽出一叠美金塞到叶澄衷手里，以此来表示对他的感谢。但叶澄衷坚持不收，婉言谢绝，说这是他做人的本分，然后便要摇船离开。英国商人不肯，干脆跳上船，让叶澄衷把他摇到外滩。靠岸后，英国商人又硬拉他上岸，诚恳地叫他帮自己的忙，邀请他一起做五金生意。

叶澄衷从此结束了在黄浦江上摇着舢板、漂泊叫卖的生活。在英国商人的帮助下，叶澄衷在虹口美租界开设了上海第一家专门售卖五金零件、废旧铜铁以及洋货杂物的五金行号，取名为"顺记"。

叶澄衷拾金不昧、诚信宽厚的高尚品德让他在以后的经营过程中，赢得了人们的信任与尊重。就这样，叶澄衷一步步地登上"五金大王"的宝座，成为民族商业的巨子。

张尊三：信守诺言 注重产品质量 "鱼翅大王"饮誉东瀛

张尊三（1845年–1918年），字安澜，浙江鄞县人。近代海产业先驱，有"鱼翅大王"之称。

1845年，张尊三生于浙江鄞县，曾于清朝同治四年（1865年）在宁波江北岸广捐局任职。

清同治九年（1870年），张尊三踏上了去往日本的创业之路。7月，他来到了人地生疏的北海道函馆市，在一家旅日华侨开设的万顺号觅得账房一职。

函馆是北海道的南大门，建立于1859年，是日本最早的对外贸易口岸之一。当时，被迫打开门户的日本，在民间普遍存在排外的情绪，对待华商的态度自然也不够友好。但张尊三以宁波商人特有的勤劳聪明、坚韧不拔，尽力熟悉地理环境，了解当地的风俗民情，潜心学习业务，努力融入当地环境。

经过多年艰苦的努力，1879年张尊三在函馆开设了德新海产号,同年还在上海永安街开设元记号东洋庄。他在函馆主持进货,再交由上海元记号销售。但是,因为张尊三所进货源是由日本中间商提供的,这就增加了进货成本。为了摆脱他们的控制,疏通进货渠道,扩大收购货源的范围,张尊三深入荒凉的北海道沿海一带,详细了解当地的海产品,却没想到居然有了意外的收获。

在北海道岩内附近,堆积着一种被丢弃的小鲨鱼鳍,渔民们一直认为它没有利用价值,都当作废物丢弃了之。但张尊三却把这些"废物"当作宝贝,因为在当时上海的餐饮业,为"上流社会"提供服务的餐馆,经常会用整张的鲨鱼翅。这种形状完整、美观大方的鱼翅又称"排翅",是制作高档鱼翅菜肴的首选原料。而适用于普通大众的酒店则采用小鲨鱼翅,又称"散翅"。北海道岩内堆积如山的"废物",正是加工制作"散翅"的原料。

张尊三召来当地渔民,告诉他们自己愿意出资收购这些"废物",并教给他们加工的方法。渔民们虽然半信半疑,但还是按照张尊三教的方法制作出鱼翅成品来。张尊三果然信守诺言,按事先约定的价格全部收购,渔民们惊喜万分。消息一经传开,渔民们都如法炮制,纷纷加入到将小鲨鳍加工成鱼翅的队伍,给张尊三提供了源源不断的货源。张尊三收购鱼翅成品的数量大增,在此基础上,他又改进产品的精选、干燥和包装等各个环节的制作工艺,使鱼翅的产量和质量不断提高,销量大增,获利也随之更丰。同时,因为此举给附近的北海道渔民带来新的经济收入,也大大改善了中国人和当地日本人民的关系。名声大噪的张尊三在事业上呈现一片辉煌。

张尊三非常善于经营。在他的扶持下,其子婿们先后在函馆、上海两地开设多家海产品商号,拥有各地客户达100多家,既各自经营,又联成一体。到1914年,张氏家族商号出口的海产,占日本北海道向上海出口海产品的60%。张氏家族之所以能获得本、外地经营东洋海货行家的拥护,其中一个重要的原因就是产品质量有保障。比如海带,这是北海道出产的主要海产品,原先日商经营者不分优劣,把霉烂变质的产品夹杂在其中,所有货物一律按统一价格发送。而张尊三在进货时,一定会亲自把关,先将货物分门别类,按质论价,同时改进包装,避免运输途中受损,所以进入我国市场后,销量大增。张氏家族经营的三瑞牌海带,就因为规格全、质量高,所以获得很高的声誉。仅海带一项产品,就成为上海元记号东洋庄所经营的大宗产品之一。

由于张尊三在促进中日贸易和为日本发展对货海产事业等方面的贡献,曾得到中日两国政府的嘉奖。1890年,清廷授予他候选同知从四品衔,次年又赐盐运使衔。1916年,日本天皇为其颁授蓝绶褒章;1918年,北海道纪念开道50周年时,北海道厅长官特赠予银杯1只,表彰张尊三的功绩。

1916年,张尊三结束了在日本奋斗的46年生活,决定落叶归根。到码头给张尊三送行的多达200余人,场面盛况空前。1918年,饮誉东瀛的"鱼翅大王"张尊三在家乡宁波与世长辞。

朱葆三：一诺九鼎 信义为本

朱葆三（1848年-1926年），名佩珍，以字行。舟山定海人（现属舟山市，当时属宁波），祖籍宁波镇海虹桥，金融工商巨擘，是享有盛誉的"宁波帮"领袖之一。

1848年，朱葆三出生于浙江黄岩乍浦。3岁时全家迁往浙江定海。1861年，父亲因病去世，家道中落，14岁的他到上海一家经营罐头食品兼小五金的"协记"商店当学徒。在当学徒的三年时间里，他一边勤勉工作，一边利用业余时间认真学习英语、记账等各类实用的知识。他的勤奋好学很受商店老板的赏识，17岁时被提拔为总账房兼营业主任，三年后升任经理。

1878年，朱葆三用自己多年的积蓄，在上海外滩独资创办了"慎裕五金店"。"慎裕五金店"开始只是一个小店，但朱葆三凭着多年积累的丰富经验和

他的灵活经营,生意做得有声有色、红红火火。几年下来,"慎裕"的年营业额就达到了数十万两,朱葆三也成为当时上海滩五金行业的领军人物。

在五金行业崭露头角后,朱葆三的经济实力日趋雄厚。他开始跨出五金业,从事进出口贸易,先后创办和投资了许多近代工商企业。有工矿业方面的上海绢丝厂、上海华商水泥公司、柳江煤矿公司等,有交通运输业的宁绍轮船公司、长和轮船公司、永利轮船公司等,有公共事业方面的上海华商电车公司、上海内地自来水公司、汉口自来水厂等。1897年,朱葆三又参与创办了中国通商银行。

朱葆三知人善任,善于协调各方面关系,广泛结交各界人士,这为他的经商事业创造了得天独厚的优势。而他精明过人的经营之道亦使人赞叹不已。这些因素都使得朱葆三在商场上走得稳健自如。但更为人称道的是朱葆三常说的"做人要以信义为本"。他信奉"做生意就是做人",并且用自己的行动去实践这样的信念,为人处世公正无私,处处给人以守信用、讲义气的印象,每每为人排难解纷,言出立断,深孚重望。

1911年,辛亥革命爆发,武昌起义后不久,上海的革命党人也发动了起义,组织建立了沪军都督府。当时都督府财政相当紧张,致使刚上任的都督府财务总长朱葆三不得不以个人名义向各大银行贷款。而沪军都督府当时尚未得到国际社会的承认,于是贷款得来的钱交给沪军都督府使用,但还款的压力却落在朱葆三肩上。

凭借朱葆三个人的良好信誉,贷款过程顺利无阻,第一天就募集到200多万元军款。但随着战事的推进,开销也愈加增大,沪军都督府想到了提用道库存款。这笔存款原本属于被都督府推翻的上海道,现在上海道已经不复存在了,但钱还在钱庄里存放着。没想到各国驻沪领事借口尚未承认革命政府,不同意将各钱庄的存折交出,而钱庄方面则坚持钱业的祖制:没有存折不能付款。

都督府盛怒之下,软禁了钱业会馆的董事,这令上海钱庄的老板们十分恐惧。正在双方僵持为难之际,朱葆三出面解决了这场危机。他请求钱庄在公款内划出白银10万两,以解都督府一时之需。而朱葆三以核收人的身份,为钱庄提供收据。钱庄老板们虽然对沪军都督府持不信任态度,但都对朱葆三的为人深信不疑,看到朱葆三以自己的个人信誉担保,于是就都同意了。

危机解决以后,一首流行的唱词中有了这样一句:"道台一颗印,不及朱葆三一封信。"此事件让朱葆三享誉沪上,名满租界,后来被英商平和洋行请为买办。他投资的浙江兴业银行更被浙江省政府当作值得依赖的依靠。

就这样,信奉"做人要以信义为本"的朱葆三成了一代"商帮翘楚"。"做生意就是做人",朱葆三以他跌宕起伏的一生演绎了这句话。

王兴儒:"升大米足,老少无欺"成就百年米店

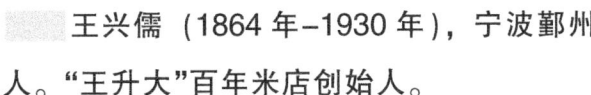

王兴儒(1864年-1930年),宁波鄞州人。"王升大"百年米店创始人。

1864年,王兴儒出生于浙江鄞西平原青垫一个古朴的小村子。小时候,王兴儒家境贫困,但他聪明勤劳,每天早出晚归,一边种田一边养鸬鹚捕鱼,慢慢地有了些积蓄,逐渐成为了村里的"有钱人"。

王兴儒心地善良,宽厚待人,从不向人炫富夸耀。他乐于帮助乡亲,若遇谁家急需用钱,带上稻谷找他兑换现金时,他总是有求必应。久而久之,王兴儒家里积存的稻谷越来越多,他干脆把稻谷加工成大米,在青垫摆摊售米。但因村子小,生意不够兴旺,王兴儒决定转移到交通便利的地段卖米。清朝光绪十五年(1889年),"王记"米店在鄞县西乡的凤岙①开张了。

①岙(ào):中国浙江、福建等沿海一带称山间平地(多用于地名)。

那时的米店有个约定俗成的做法,量米时先舀起满满一升,然后用米尺将高出的米抹平。但王兴儒总是叮嘱店里的伙计留一只角的米不抹,这样一来,他家卖的一升米就总比别家的米要多一些。小小一角米看似不多,但在百姓心中,却是实实在在的优惠。于是,坊间百姓都说"王记"米店升子大,这个消息慢慢传扬开去,人们纷纷赶来"王记"米店买米。凭借"升大米足,老少无欺","王记"米店的生意愈加红火,良好的口碑在当时百姓间广为传播,米店逐渐成为鄞县西乡首屈一指的商户,"王记"米店也正式更名为"王升大"米店。

"王升大"米店虽已声名远扬,王兴儒却仍旧和从前一样乐善好施。遇上衣衫褴褛的穷苦人来店里买米,拿不出像样的米袋子时,他通常把身上的衣衫脱下来装米,每当此时,王兴儒会要求伙计不仅要给够分量,还要满上加满。老百姓都对他心存感激,编成民谣在当地广为流传:"十八大乔里山人,广德湖边种田汉。买米要买王升大,衬衫袖子当米袋。"倘若遇上一些急需粮食的贫民,王兴儒更是慷慨地赊账给米。每到年底腊月时,他还特别照顾那些病弱农户,送上大米帮助他们顺利过年。王兴儒带领"王升大"米店所行的这些善举,直到如今仍有老辈人念念不忘,记在心中。

"王升大"米店生意日渐兴隆,店面扩大到了三间店铺。王兴儒精明能干,很有商业头脑,他把经营模式从原来只有销售,扩大到了从生产、加工、仓储、运输及销售等,形成类似于现代产业链的规模。米店的生意在上世纪二三十年代达到了顶峰,当时流传着这样的顺口溜:"王升大米店生意旺,隔桥脚板背米忙,那年来个陈大炮,赤膊自背到店旁,老板见了付现钞。"

1930年,"王升大"米店创始人王兴儒去世,临终前他叮嘱后人做生意不能只关注自己的利益,更要懂得感恩,回报社会。

世事变幻,"王升大"米店在此后的几十年里因时局动荡而倍受打击。"王升大"米店逐渐消失在历史的长河中,但"王升大"乐善好施、诚信经营的形象永远存在人们的心里。

2008年,"王升大"后人重拾祖业创立食品公司,他们注册的"百年王升大"商标获评首批"浙江老字号"。100多年风雨后,"王升大"继续秉承"童叟无欺,诚信经营"的祖训,彰显乐善好施的美德,并将其发扬光大。

孙廷源、孙梅堂：拾金不昧 信用经商 诚信家风有传承

孙廷源，生卒年月不详，宁波鄞州人，创立美华利钟表行；

孙梅堂（1884年-1959年），又名孙鹏，孙廷源孙子，子承父业，人称"钟表大王"。

宁波鄞州北渡村与奉化隔着一条奉化江，旧时没有造桥，隔江两岸的人们靠私船摆渡来往。走亲访友，买卖货物，给渡口添了许多热闹。

清末年间，有个奉化人要去宁波府缴库银，来到奉化江南岸等船过江。不久就见一条渡船向岸边慢慢靠拢过来，众人蜂拥上了船。渡船吱呀吱呀缓缓向对岸荡去，阵阵微风吹过，再加上清晨起了个大早，这个奉化人渐觉困意，点点笃笃打起了瞌睡。船已靠岸也未察觉，还是摆渡船家走过来轻推一把，他才迷蒙着双眼，起身跨上了岸。此时困意正浓，见渡口边有一块还算平坦的大石头，他索性蜷

缩着躺在上面继续打发睡意。

渡口来往的人流甚稠，人声脚步声夹杂在一起，显得并不平静。突然，嘈杂声中凭空冒出来一阵尖锐的叫喊声，不知是哪家调皮的孩子惹恼了大人。这叫喊声着实突兀，引得路人都侧目寻看，也把那个沉睡中的奉化人惊了个结结实实。他一激灵坐了起来，睡意全无，坐了半晌，渐渐回过神来，这才想起今日还有要事须办，不敢再耽搁，赶紧起身就走。匆忙中，那个装着库银的钱袋却落在一边，没有带上。

这个钱袋不久后被北渡村一个老人看到了。发现袋内有大量银两，老人便坐在石头上等候失主。大半个上午过去了，他顶着高高的日头，终于等来了神色焦虑、气喘吁吁的失主。当老人笑吟吟地递上钱袋，失主如释重负，感动得无以言表，欲以重金酬谢老人，却遭到了老人的拒绝。

后来，为了表示谢意，这位奉化人出资在北渡村建造了一座桥，取名"还金桥"，以赞颂老人拾金不昧的高尚品德。据《鄞县通志》记载，拾金不昧之人正是人称"钟表大王"的孙梅堂的父亲孙廷源。

说起孙廷源，他和儿子孙梅堂都是对中国钟表事业发展有过贡献的人。清朝光绪二年（1876年），孙廷源创立美华利钟表行。孙廷源一心想要生产出中国人自己的钟表，无奈渐感年迈精力不济，便让他年仅18岁的儿子孙梅堂从上海圣约翰大学辍学，接手管理上海的美华利钟表总行。

年轻有为的孙梅堂接管美华利以后，一改以往的陈规，进行了一项大胆的改革。当时很多钟表行并不只做钟表生意，还兼售其他一些商品。孙梅堂认为这样会分散精力和财力。他舍弃了美华利经营其他进口商品的业务,只办钟表专业商店,使美华利更具品牌特色。这种做法开了当时钟表行业经营改革的先河。

最值得一提的,是孙梅堂对业务和管理规范进行的整顿。他首次推出售后保修政策,并承诺凡美华利出售的钟表,每只都随附一份保修凭证。同时对内加强维修的技术力量,以确保修理质量。这条以质量为上、重视信用的经营策略让美华利立时名声大振。

1905年,孙梅堂奉父命去家乡宁波创办制钟实验工场,他不惜重金罗致能工巧匠,终于制造出第一批国产时钟。1912年,孙梅堂将工场迁至上海,并于3年后建立美华利时钟厂,用机器代替手工生产,其中以插屏钟最受顾客喜爱。当年,美华利还以100英寸的四面单套大钟闯出国门,一举获得1915年巴拿马万国博览会的金质奖章,为我国在世界钟表史上争得一席之地。

1917年,孙梅堂从外商手中接盘上海亨达利钟表行。由于美华利时钟厂生产的产品质量可靠、声誉卓著,深受用户信赖,其生产、销售业务日益扩大。孙梅堂先后在上海、北京、天津、杭州、济南、汉口、武昌等地,开设亨达利、太平洋、华盛顿等15家钟表行。1921年,孙梅堂以"美华利"向上海总商会呈请了商标公证,这是中国最早的时钟商标。孙梅堂也因此成为上海响当当的"钟表大王"。

1931年淞沪战争爆发,孙梅堂的企业惨遭炸毁,元气大伤。为了归还到期的贷款,孙梅堂将部分房地产抵押,并出售外地钟表网点。至上世纪30年代末,美华利钟表行基本解体,"钟表大王"的神话因战争而破灭。但孙廷源、孙梅堂父子为中国钟表事业发展作出的贡献,以及他们为人和经商的诚信,永远不会被人们忘记。

宋炜臣：诚信生意获贵人提携 苦心经营成汉镇巨贾

宋炜臣（1866年–1926年），字渭润，宁波镇海人。近代民族工业精英，有"宁波帮汉口头号商人"之称。

1866年，宋炜臣出生于宁波镇海庄市勤勇村宋家。他出身贫寒，家里供他念了四年私塾后，便再难继续，无奈只好辍学在家。15岁时，宋炜臣到庄市街上阜生南货店当了一名学徒。穷人的孩子早当家，宋炜臣每天起早贪黑，不仅勤劳肯干，而且聪明灵活，因而很受老板和同事的喜爱。

1882年的一天，宋炜臣在店里来回奔忙着。一位瘦削精干的中年男人走进阜生南货店来，宋炜臣热情地迎面招呼，客人问他有没有扫墓需要的祭祀用品，宋炜臣眼明手快，立刻取出一些祭品来供客人选择。中年客人很快选好需要的祭品，掏出钱来递给了宋炜臣，转身就出了店门。

宋炜臣微笑着目送客人离开，然后低头准备把客人付的钱放进柜里，他隐约觉得钱数不对，认真核对一遍之后，果然发现客人多给了钱。贫苦出身的宋炜臣没有多想，第一反应就是要把客人多给的钱还回去。他动作迅速，大步跨到店门口，环顾左右，一眼看到那位中年客人即将拐向另一条街道。宋炜臣急了，赶紧跑步去追。当他快到客人身后时，那位客人似乎听到动静，也转过头来，他惊讶地发现身后气喘吁吁的少年，竟是刚才南货店里的小伙计。他停下脚步，没等开口问个究竟，就见宋炜臣一边说着一边要把什么东西塞到自己手里。仔细一听，他明白了：自己刚才买祭品时，多给了钱，小伙计把多给的钱送回来了。宋炜臣说明事由还了钱，因记挂着店里有生意需要照顾，立刻又转身赶回店里。

望着少年宋炜臣远去的身影，这位中年客人不由为这小伙计的诚实品格叫好。一路上，宋炜臣那张还略带稚气的脸一直在他脑海里闪现……

几天后，宋炜臣再次在阜生南货店见到了那位中年客人，他万万没有想到这位客人正是自己的同乡巨富、赫赫有名的叶澄衷先生。叶先生对诚实的宋炜臣很有好感，他看中了这个小伙计难得的人品。叶先生想在这次回乡扫墓后返回上海时，把宋炜臣带到上海，让他在自己的顺记洋货行工作。

宋炜臣惊喜过望，他没有料到自认为理所应当的行为，会被叶先生如此的看重。他只知道自己出身贫寒，没有可依靠的资本，只有凭自己的勤快和努力，才能挣得一口饭吃。但他从不忘诚信是为人立足的根本。正是因为他可贵的诚实品格，才为他引来了机遇，得到叶澄衷先生的赏识，把他带到上海。而这一次上海之行彻底改变了宋炜臣的命运。

抵达上海之后的宋炜臣果然不负叶澄衷所望,他像叶先生年轻时一样勤奋努力,不怕吃苦,处处用心学习。叶澄衷看在眼里,喜在心上,他越来越看重这个聪慧能干的小同乡了。

1888年,经过6年历练的宋炜臣被叶澄衷派往上海燮昌火柴厂担任协理。3年后又提升为经理,宋炜臣当时年仅25岁。由于经营得力,火柴厂很快得到发展,宋炜臣的名字也被越来越多的人所熟知。

1896年,叶澄衷再次委派宋炜臣到湖北武汉。宋炜臣身负扩大叶氏企业经营的重任,在重任之下,他也迎来了发展实业的辉煌时期。1897年,宋炜臣创办汉口燮昌火柴厂,火柴厂发展非常迅猛,甚至超过了上海的燮昌火柴厂,产量一度居全国首位。

1898年,宋炜臣出资筹办汉镇水电股份有限公司,开始了他在武汉发展水电事业的历程,他被后世尊为湖北公用电业第一人。宋炜臣苦心经营,带领水电公司渡过无数次难关,到1920年,水电公司固定资产达到了1000万元。除了燮昌火柴厂、既济水电公司,宋炜臣还涉足多个领域,开采铜煤矿、开办金矿,在上海、厦门、宁波等地创办或参股多家企业,成为了名副其实的汉镇巨贾。而作为时代先驱人物的宋炜臣引领民族实业发展,为武汉的崛起作出了重要贡献。

范文虎：仁心仁术 淡泊名利 甬上名医蜚声杏林

范文虎（1870年–1936年），原名赓治，字文甫。宁波鄞州人。近代宁波名医，有"医林怪杰"之称。

清朝同治九年（1870年），范文虎生于宁波鄞县西乡。他自幼聪颖好学，才智过人，20岁时被选为县学附贡生。但因秉性耿直，得罪权贵，被革去"前程"。于是，他愤而脱下儒冠，转身潜心学医，终成大家。

范文虎对医道精益求精，博采众长，兼容并包，加之学识渊博，胆大心细，用药往往只需二三味就能药到病除，因而名望日隆，远近皆知。

据说有个叫沈乃卿的慈溪人，从上海回到家乡，受人之托，找到范文虎请他代开一张温补的方子。范文虎见沈乃卿肩头略微有些倾斜，看出是中风的先兆，于是向他说明，并开出"补阴还五汤"交

给沈乃卿,叫他经常服用。可那时沈先生自我感觉良好,他认为自己没有病,便将方子搁置一旁不理。3年后,沈乃卿果然中风,半身不遂行动受阻,这才后悔当初没听范文虎的话。

范文虎不仅医术精湛,而且医德高尚,遇上贫苦患者看病,就不收诊费,甚至连药费也免了。患者只要拿着方子到药店去,凭着范文虎的名头和签章,药店便不收患者的钱。当然那些药店肯定是要收钱的,到了年终,药店会向范文虎结账,药店开出多少他就给多少,往往会将一年治病所得都拿出来。范文虎对贫苦大众慷慨大度,掷百金而无吝色,他家的堂屋中贴着这样一副对联:"但愿人皆健,何妨我独贫。"其高尚的医德风范可见一斑。

1927年,宁波霍乱流行,生灵涂炭。危难之际,范文虎挺身而出,办起了临时防疫医院。自己亲任院长,另外聘请上海名医祝味菊为副院长,带领他的弟子及中医药界义士轮流值班应诊。院内设病床百余张,安置危重患者。范文虎不顾自身安危,早晚两次亲临诊察,探视病势疫情,即时开方煎药,同时亲自制定预防霍乱的处方,带人到轮船码头分发防疫药方。医院开办了一个半月,挽救了无数生命。

范文虎关心民间疾苦。他襟怀坦荡,对贫苦百姓慷慨豪爽;对富贵权势,则冷眼相待,刚直不阿。当时宁波中医挂号概收六角,范文虎认为门诊多为贫病者,故只收四角加六个铜板。但出诊费就收得十分昂贵,因为范文虎知道邀医出诊者,皆为殷实之家。

有一次，军阀张宗昌请范文虎出诊。此人虽拥兵数十万，但恶贯满盈、劣迹斑斑，又称"混世魔王"。范文虎察色按脉后，开出一张方子。张宗昌接过来一看，满脸愠色，他训斥范文虎的方子寥寥数语写得太少，而且没开几味药，开的药也都非常便宜。范文虎毫无惧色："用药如用兵，将在谋而不在勇，兵贵精而不在多，乌合之众，虽多何用！"此话一出，众人皆惊，谁都听得出这是讥讽张宗昌的话语，暗地里替他捏一把汗，但范文虎却旁若无人地谈笑自如。

仁心仁术、扶贫济弱的范文虎其实心地纯粹，一心只想着治病救人，对名利淡然处之。范文虎治病，不拘病名，更不拘一家之言，惟以辨证论治为原则，对症下药，随机应变。他开出的药十分精练，却屡获奇效。范文虎过世后，他的弟子整理出版了《范文虎医案》，其医案如其人，不拘形式，随笔写就，有的只书一二字，有的却有数百言，嬉笑怒骂，皆成文章。更为难得的是，他曾误治过的病例也赫然列于其中，完全不加掩饰，可见其胸怀之坦荡，具有大家风范。

医术精湛、个性鲜明的一代名医范文虎心无杂念，清贫一生。他设身处地为患者着想的高尚医德，也传承给了他尽心培养的众多门生弟子，遍及江浙。

宋汉章：信义经商 独树高标

宋汉章（1872年–1968年），原名鲁，后改名汉章。宁波余姚人。中国近代杰出的金融家，中国银行奠基人之一。

1872年，宋汉章出生于福建建宁。父亲宋世槐早年在福建办理盐务，中年后回到故乡余姚定居。宋汉章曾在余姚乡里入读私塾，少年时随父亲到上海，就读于上海正中书院，1889年毕业后进上海电报局做了会计，1895年考入上海海关。在任海关关员期间，宋汉章对银行业产生了浓厚的兴趣，对银行的制度和商业模式作了仔细的了解和研究。他的努力没有白费，机会很快降临。1897年大清官商盛宣怀在上海创办第一家官私合营的华资银行——中国通商银行。宋汉章决意离开海关，加入这家银行当襄理，即"跑楼"，此后，他终生服务于银行界。

1906年，宋汉章被推荐至大清银行主持业务。

民国后,大清银行改组为中国银行。1912年宋汉章担任中国银行上海分行副经理。从此,宋汉章的名字与中国银行业紧密相连。

宋汉章一生刚直不阿,谨遵银行业的规则和客户利益至上的原则。他为了维护银行信誉,曾经3次冒着生命危险作殊死抵抗:1912年,陈其美以沪军都督名义借银50万充作军饷,宋汉章因拒绝而被逮捕;1916年,袁世凯为了攫取银行准备金购买军火,下达停兑令,宋汉章又因坚决不予执行险遭暗杀;1927年,蒋介石要求中国银行上海分行购买库券100万元,宋汉章仍旧没有照办,经据理力争和多方周旋,最终使蒋介石妥协。

宋汉章面对强权不为所动,他"宁可刑戮及身,不忍苟且从命"的品格和勇气,为业内人士所称颂,更使中国银行在国内外保持了良好的信誉。

1931年,宋汉章创立了中国保险公司,资本额达250万银圆。但是公司成立之初就遇到了一笔重大的火险理赔,险些置公司于死地。最后是宋汉章恪守诚信,才最终挽救了公司的命运。

当年,民族资本家荣宗敬(荣毅仁之伯父)把他们在汉口的一个纺纱厂投了意外保险,但很不幸纺纱厂突遭大火,损失惨重,总计高达200万银圆。

荣氏工厂失火,被迫停工,工人失业,需保险公司尽快赔偿损失。而保险公司总资本只有250万银圆,要从250万里赔出200万来,几乎是要倾家荡产,这样的话,保险公司还如何继续生存下去?

当时的局面十分严峻,社会各界也都齐刷刷盯住了宋汉章,尤其是保险公司的其他投保户格外担忧、紧张。

宋汉章在关键时刻没有退缩,为维护公司信用,他二话不说,咬牙履约赔付,不但消除了人们"十赔九不足"的疑虑,而且作了全赔,速度也很快。

荣宗敬惊喜不已,为了表示感谢,他们特别在上海《申报》和《新闻报》上,以整版篇幅刊登鸣谢启事,这为宋汉章的中国保险公司做了一个非常正面的宣传和推动。塞翁失马,焉知非福?宋汉章临危不乱、诚信履约的果敢行为,使他的保险公司的知名度有了更大的提高,其信誉也更加深入人心。

宋汉章以他的刚正不阿、恪守诚信、卓越胆识护佑了银行的信用、金融的发展,因此在金融界备受尊崇。

周宗良：守诚信悉数归还巨额资产 赢信任获外商提携成就大业

周宗良（1875年–1957年），又名亮。浙江宁波人。近代著名外商买办，有"颜料大王"之称。

周宗良，1875年出生于宁波一个牧师家庭，父亲在当地经营一家油漆店，小有资产。周宗良幼年就读于宁波耶稣教会创办的斐迪中学。他勤奋好学，习得一口流利的英语。周宗良毕业后，先是在宁波海关工作，几年后，转入德商洋行在宁波的美益颜料号工作。

当时，我国经营进口染料业务的有十多家，竞争十分激烈。某年，德商谦信洋行大班轧罗门到宁波了解销售情况，周宗良被请去担任翻译，他的殷勤接待和敏捷才华给轧罗门留下了深刻的印象。

1905年，周宗良来到上海，经人介绍，到谦信洋行担任"跑街"，为开展业务奔波于各大城市。他针对不同的用户,灵活采取不同的方式,接触的客户越来越多,而且放出的账款也都能按期收回,使得谦信洋行的业务得到大幅增长。大班轧罗门对他的才能极为赏识。1910年,周宗良正式升任洋行买办。

1914年第一次世界大战爆发,在华经商的德国人纷纷回国,轧罗门也急着离开上海。当时,谦信洋行已成为中国最大的德商洋行,在上海不仅有大量不动产,而且货栈里储存的染料数量也非常巨大。轧罗门担心谦信产业会因战争受到损失,就与周宗良商量,将谦信在上海的所有不动产改到周宗良名下,委托他隐匿保管,而其他所有染料全部折价赊卖给他。周宗良欣然应允,完全接受轧罗门的意见。

大战期间,运输受阻,德国染料来源断绝,日、美等国的商人来上海抬价收购德国染料,以应国内需要,染料价格狂涨数十倍,最高达百倍以上。而周宗良手中掌握谦信的大量染料,他因此发了大财,一跃成为染料行巨子。

战争结束后不久,那些离开的德商们纷纷返回中国,恢复旧业。轧罗门因为需要主持本国的公司业务,没能亲自来上海,改由魏白兰继任大班。因为没有任何法律手续,周宗良若要吞没这些资产,德商大班也奈何不得。但当魏白兰到上海后,周宗良即悉数归还,不仅将代管的不动产重新过户,归德商所有,而且还把战争开始时德商赊给他的染料货款如数付清。

当魏白兰将情况如实告知轧罗门时,这位精明的德国商人因周宗良的行为深受感动,他决定继续聘请周宗良担任谦信买办,并且特别嘱咐魏白兰对周宗良要格外器重。

  1924年,德商在上海成立统一的德孚洋行,深受德商信任的周宗良成为德孚总买办。周宗良逐渐成为"颜料大王",垄断了上海的化工染料行业。当年的法本和克房伯集团,是世界上仅有的能够与美国杜邦集团抗衡的化工集团,而它只是周宗良负责的德孚洋行代理的客户之一。几乎所有德国的大工业集团,比如拜耳药业,在中国的业务都由德孚洋行代理。

  作为曾经的沪上富豪,周宗良最初财富的积累,并非来自他的灵活精明,而是他的诚实守信。

秦润卿：稳健谨慎 诚信立身

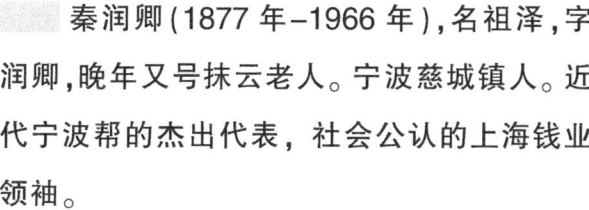

秦润卿（1877年–1966年），名祖泽，字润卿，晚年又号抹云老人。宁波慈城镇人。近代宁波帮的杰出代表，社会公认的上海钱业领袖。

清光绪三年(1877年)，秦润卿生于宁波慈城镇一个贫苦人家。父亲秦九龄失业多年，一家五口靠母亲颜氏做些针线零活勉强度日。虽家境贫寒，但母亲坚持把8岁的秦润卿送进私塾读书。读书期间，秦润卿立志图强，勤奋努力。

1891年，14岁的秦润卿经表叔介绍进入上海协源钱庄当学徒，拜余姚人沈文灿为师。虽干的多是粗活，但他从不偷懒，每天起早贪黑，踏实勤快，奋发苦学。

1893年，父亲秦九龄因病去世，家庭重担落在了16岁的秦润卿身上，他从此越发努力上进，因而得到了东家程觐岳的赏识与重用,先后提拔他在协源钱庄担任了账房、信房。

1897年,20岁的秦润卿升任钱庄跑街兼信房。跑街业务主要是对外放款、承揽存款,这项业务尤其考验跑街者的经验和眼力。另外,在当时的钱业信贷领域,有些人为了取得贷款,常使用送礼品、上馆子喝酒等不正当的方式巴结拉拢钱庄业务人员。而秦润卿由于为人检点,洁身自好,从不向人收取不义之财;且办事谨慎认真,总是依据实情做信贷,所以凡由他经手贷款支持的企业,没有一家出现过"倒账"和"滥账",深受同行赞誉。

秦润卿在此任职期内,以他的高尚品行和精湛业务赢得了东家的高度信任。1909年,秦润卿升任钱庄经理。钱庄改名福源钱庄后,又出任总经理,还兼福康和顺康钱庄督理。在他负责的三家钱庄业务都得到了稳定的发展,业绩令同行赞叹不已。

秦润卿做信贷如同他的为人,稳健谨慎又不失魄力。放贷前他要对客户进行全面周详的观察:如果是踏实肯干的实业家,就会继续交往下去,再从其个人生活等多方面作进一步的了解,倘若被发现私人生活肆意妄为,也会遭到秦润卿的拒绝,他认为这样的人事业前途必令人担忧;如果是追求暴利的投机者,他扭头就走,绝无合作的机会。等到给客户放了款以后,秦润卿必定全力以赴,把客户的企业当做自己的事业一样对待,倾力支持。即使客户的企业发生困难,他也绝不袖手旁观,而是尽力帮助其渡过难关,从而使所放的款都能如期收回。由于秦润卿诚信敬业,才使钱庄事业得以顺畅发展,从而大大降低了钱业信贷的风险。

秦润卿律身谨严,对钱庄忠诚无私。福源钱庄当时已成为钱业龙头,创立时为苏州帮程觐岳、程笏庭两人合股,资本金额为20万两银子,秦润卿本身并无股份参加。虽无银钱资本,他却从来没有利用职位便利做出为自己谋利的行为。

秦润卿不仅克己律身,在民族大义面前,更体现出爱国爱乡的精神。他致力于振兴民族经济,竭力主张不依赖洋人的"外滩银行"。凡由他自己主持的钱庄,从未向外商银行借款和存款。相反,秦润卿对民族工业却给予大力支持。看到上海有几家私营纱厂受日本纱厂的排挤,他便以棉纺业为放款重点。如1927年,对6家纱厂抵押放款总数达96万两;1933年,对鸿章纱厂放款高达237万余两。其他获得秦润卿支持的民族企业有华成烟厂、五和织造厂、江南造纸厂、大中华橡胶厂等几十家。这对当时资金困难的民族企业无疑是雪中送炭。

秦润卿自1916年起,担任上海钱业公会副会长,1920年被选为上海钱业公会会长,此后,连任七届会长,长达15年之久。1929年秦润卿与王伯元、李馥荪等接办天津中国垦业银行,秦润卿任董事长兼总经理。

在秦润卿50多年的钱业生涯中,社会变化急剧,风浪迭起。而他为人恪守信用,洁身自律,且处事稳健谨慎,因而能在历次金融风潮和时局动荡带来的打击面前,力挽狂澜,化险为夷,渡过危机。也因此,他在近代中国工商界享有极高声望,最终成为公认的上海钱业领袖。

沈祝三：守合同抵家产坚持施工 承建『中国最美丽大学』

沈祝三（1877年–1940年），亦名栖，字卓珊。宁波鄞州人。清末民国初著名商人，汉协盛营造厂创始人。

1877年，沈祝三出生于宁波鄞县走马塘沈风水村。他自小丧父，家境贫寒，读了几年私塾后被母亲送去学木匠，不久又随舅舅到上海谋生，经熟人介绍到上海杨瑞泰营造厂中做事，后来被派去上海协盛营造厂做了监工。沈祝三在做监工期间，勤奋好学、踏实肯干，不仅从守门的印度人那里学会了英语，还在工作中精通了各项业务。尤其在一次凿旱井的工程中，因为早晚加班，工人皆已疲惫，再加正下着雪，天气寒冷，夜间工人怕冷不肯下井，沈祝三二话没说，亲自下井动手干活，此举深得洋人赞赏，这也为他以后的事业发展做了很好的铺垫。

1905年，上海协盛营造厂受英国平和洋行邀请,要在武汉汉口建造打包厂,沈祝三被洋人点名到武汉主持工程。

沈祝三在主持汉口平和打包厂工程的同时,开始自己承建武汉地区的其他建筑项目,并于1908年开办自己的营造厂"汉协盛"——这就是后来扬名汉口的汉协盛营造厂。而建造平和打包厂大楼的成功也奠定了沈祝三在武汉地区营造业中的地位,他因此而名声大噪。

由于沈祝三注重工程质量,为人一诺千金,又善于经营,能充分运用先进设备,因而将汉协盛经营得风生水起。汉协盛最鼎盛时期有40多个项目同时施工,场面蔚为壮观。当时武汉最漂亮的房子很多都由汉协盛建造,它们几乎占据汉口老房子的半壁江山。汉口沿江大道青岛路口的汇丰银行大楼、江汉路口的日清轮船公司和日信洋行、武昌第一纱厂办公楼,还有金城银行、捷臣洋行、璇宫饭店、同丰里、德林公寓、信义公所大楼、汉口总商会等等,都是沈祝三的杰作。

1932年5月26日,由汉协盛为主承建的武汉大学举行了隆重的新校舍落成典礼,蔡元培先生在典礼上赞誉珞珈山新校舍工程设计新颖,是国内最漂亮的大学建筑。

中国最美丽的大学校园建成了,沈祝三却因此而倾家荡产,从一代富商变得一贫如洗。

原来在沈祝三投标之后,1931年武汉遭遇水灾,金价大涨,原材料价格随之大幅上涨,又由于在估算中漏估开山筑路费用,因而工程造价严重不足,造成巨额亏损。

但若汉协盛停工不建的话,当时很难有人来承接如此大型的工程,校方也因经费不足而无能为力。

在此危急时刻,为了顺利建成学校,沈祝三坚决表示信守合同,坚持施工,而且秉承以往,严格把关,监督施工质量。虽然条件很恶劣,但是沈祝三依然坚持"三不原则":一不愿意主动向业主提高造价,二不愿意拖欠供应商货款,三不愿意拖欠建筑工人工资。不但如此,沈祝三还表示,原先承诺的奉送水塔、水池等配套工程,仍将兑现。

为了宁波商人的诚信,为了这座美丽的大学,沈祝三付出了极其惨重的代价:他将自己的三元里、三多里、德华里等多处私宅抵押给浙江兴业银行,取得贷款40万元,使武汉大学工程得以继续,最终如期完工。

后来这笔债务连本带利滚成100万元,沈祝三几乎变卖了全部家产,直到武汉沦陷时才还清贷款。

70多年过去了,武汉大学美丽依旧,汉口众多老建筑风采依旧,沈祝三以事业的衰败和整个生命诠释的宁波帮"诚信"精神依旧……

王才运：为实现誓言 红帮先驱弃商归故里

王才运（1879年–1931年），宁波奉化人。上海红帮名店"荣昌祥"创始人。

王才运，1879年生于宁波奉化江口镇王淑浦，13岁离家到上海当杂货店学徒。三年满师后，恰逢父亲王睿谟从日本学习缝制西服回来，即随父学艺，专做来料加工的西服，俗称"包袱老板"。王才运聪明机灵，又肯用心学，在父亲的亲自教授下，自然学得了一身好手艺，再加上他待客周到细致，两三年后小有积蓄，便在上海小马路上租了间店面，开了一家"王荣泰"西服店。

几年苦心经营后，王才运积累了一定资本。这时，他结识了一个叫潘瑞璋的慈溪同乡。在潘瑞璋的资助下，王才运于1910年在南京路上开设了"荣昌祥"呢绒西服号。为扩大经营，王才运亲自到家乡物色学徒，学徒满师后即为职工。那时的荣昌祥已颇具规模,一楼为店堂,二楼卖呢绒衣料兼营批发,三楼为加工场和店员、学徒宿舍。这样一家前店后工场、融门售与加工合一的服装店,在上海还是第一家。

随着中国西服热的到来,荣昌祥也更加壮大。王才运雄心勃勃,准备大展拳脚,他再次回家乡招收学徒,又从日本、俄罗斯等地聘请手艺高超的师傅教授西服裁剪工艺,同时不惜血本直接从英国长年订购西服样本,并不断更新。另外,还通过怡和、孔士、元祥、石利路等洋行,向英国、意大利等国厂商定货。因备料高档、款式考究、技术精细、服务周全,荣昌祥理所当然成为业界的佼佼者,在中外顾客中享有卓著的信誉,吸引了南京、北京、天津、汉口等各大城市的客商前来选料定货。

声名赫赫的荣昌祥曾经还迎来了慕名前往的孙中山先生。根据孙中山先生的设计要求,王才运缝制出一套简朴、庄重的新式服装,令孙中山先生十分满意。这套服装就是日后风行全国的"中山装"。

王才运在倾力经营荣昌祥的同时,一方面下大力气培养服装行业人才,不仅传授有关服装的各类技术,还聘请老师教授国文、英语、珠算、会计等课程;另一方面还鼓励他们独立创业。南京路上,相继开了十多家西服店,其开办人几乎都出自荣昌祥。王才运以其非凡的气度为红帮裁缝队伍的壮大,作出了不可磨灭的贡献。

王才运不仅是一个商人,而且更是一位忠诚刚直的爱国人士。1925年上海南京路上发生了震惊全国的"五卅惨案"。作为上海南京路商界联合会会长和上海各马路商界联合总会副会长,义愤填膺的王才运以一个中国人的民族精神和爱国情感,积极投入到了声势浩大的反帝爱国运动中。他领导商界参加罢市斗争,又提倡国货、抵制洋货,有力地打击了帝国主义的嚣张气焰。

1926年春,王才运做出了一个惊人的选择,他要彻底告别荣昌祥。王才运认为荣昌祥经营的商品主要来自英国,违背了他"不买不卖洋货"的誓言。为了实现这个誓言,王才运抛下如日中天的荣昌祥,把荣昌祥交给外甥女婿王宏卿,又把大部分资产以分红的形式分给门生子侄们,然后携家眷离开上海回到家乡奉化。

这不是一个人人都能轻而易举做出的选择,更不用说还真正付诸行动。王才运全心投入,经营有道,在服装领域获得了令世人瞩目的成就。然而在中华民族之大义面前,他兑现了自己的爱国誓言,毅然决然舍弃了自己苦心经营的事业,在经商与爱国之间,王才运选择了后者。他也因此被当时的外交部部长王正廷博士誉为"模范商人"。

回到家乡的王才运并没有坐享清闲,而是为家乡的发展尽了不少力,做了许多诸如兴修水利、造桥铺路、捐款赈灾等各种公益事业。

如今,为了重振荣昌祥,王才运的后人在家乡成立了荣昌祥制衣公司,相信他们会秉承先辈王才运以质取胜、诚信经营的原则,续写新的辉煌。

项松茂：药业巨子抗敌救友 尽显爱国忠诚

项松茂（1880年–1932年），名世澄，别号渭川。宁波鄞州人。中国新药业先驱，民国企业家。

1880年，项松茂出于宁波鄞县一个商人家庭。他从小跟在父亲身边读书，后来进私塾学习，但因家道中落被迫辍学。14岁时，项松茂被父亲送往苏州一家皮毛骨行当学徒，因为勤奋好学得到了老板的赏识。三年满师后，老板安排他留在店里从事财务工作。20岁时，经在上海中英药房任经理的舅父引荐，项松茂到中英大药房任会计，开始在上海滩的闯荡生涯。

1904年，项松茂因工作出色被委派到汉口中英药房分店任经理。几年下来，他将汉口的事业做得有声有色。1909年，29岁的项松茂被推选为汉口商会的董事，在武汉三镇工商界名噪一时。

1911年，上海著名商人黄楚九与人合资创立了上海五洲药房。他们看中了精明能干的项松茂，聘请他任上海五洲药房经理，并给予他对药房的完全自主权。回到上海后，项松茂勤俭治"家"，事必躬亲，用心经营五洲药房。在他的科学管理下，五洲药房迅速发展成为国内最大的制药兼销售企业，项松茂逐渐成为西药界巨子。

1931年"九一八"事变后，项松茂满怀爱国热忱，积极从事抗日救亡运动，在自己企业内部组织建立了义勇军第一营。他亲自担任营长，严格训练参加义勇军营的职工，为抗战做准备。他还担任上海抗日救国委员会委员，并在报纸上刊登"不进日货"的声明。项松茂的种种抗日行为引来了日军的注意和仇视。

1932年"一·二八"淞沪战争爆发后的第二天，日军在上海五洲大药房二分店搜出义勇军制服和抗日宣传资料，随即逮捕当时留守店里的11名员工。项松茂得到消息后，怒不可遏，他不顾个人安危，冒险前去营救，不幸也被日军逮捕。在日本海军陆战队司令部，日军开始以名利为诱惑，要求项松茂与他们合作，遭到严辞拒绝后，日军立刻凶相毕露。面对气势汹汹、张牙舞爪的日寇，项松茂大义凛然、坚贞不屈，他愤怒地揭露日军的侵略本性，怒斥日军犯下的滔天罪行。第二天，爱国实业家项松茂和11名员一起时被日寇杀害。时至今日，他的尸骨依然无法找到，只是空留下一座衣冠冢。

项松茂牺牲的噩耗一经传出，全家都陷入极度悲痛之中。长子项绳武从父亲的遗物中翻出他的自勉联，更是悲从中来。自勉联为"平居宜寡欲养身，临大节则达生委命;治家须量入为出,徇大义当芥视千金。"

项松茂的英勇事迹在各界引起极大反响,人们对项松茂的爱国精神纷纷作出高度评价。当时的国民政府以"抗敌不屈,死事甚烈"予以褒扬,蒋介石题赠"精神不死"。

1982年,项松茂罹难50周年之际,全国人大常委会副委员长许德珩题写了"制皂制药重科研,光业光华异众贾;抗敌救友尽忠诚,爱国殉身重千古",以示纪念。

张继光：拾金不昧 诚信创业 "建筑大王"享誉中外

张继光（1882年–1965年），宁波鄞县人。上海近代建筑奠基人，有"建筑大王"之称。

张继光是宁波鄞县傅家漕人，1882年出生于一个贫苦人家，排行第三。8岁时，父亲因病去世，家境变得更为困窘。

1898年，年仅16的张继光来到上海，他有个二叔在上海石顺记营造厂做账房先生，经好心的二叔介绍，张继光进了何祖记营造厂当学徒。

众所周知，初当学徒是要吃许多苦的，除了白天工作，晚上还要照顾师傅一家人的生活起居，而收入却十分有限。好在张继光原本出身穷苦，苦活累活都难不倒他，只顾任劳任怨地边干边学。

有一次，张继光替营造厂送投标书。当时已是傍晚时分，走到半路，突然下起了瓢泼大雨。雨地里,怕把母亲亲手做的布鞋穿坏了,张继光便脱了鞋,抱在怀里,光着脚走。见雨越下越大,他又担心投标书被淋湿,只好招手叫了一辆黄包车。坐在车上,张继光无意中发现车座上有一把镶有翡翠的象牙柄折扇,如此名贵的一把折扇,想必是有人遗忘在车上了。张继光虽然一贫如洗,但他没有想过把这柄折扇占为己有,他想到了折扇若仍留在车上,很可能被见财起意的人顺手拿走,于是决定下车站在原地等候失主。不久,张继光果然看到有一个人从纷纷的雨点中飞奔而来追那辆黄包车,他赶紧叫住这个人,问清原由后,原物奉还。失主为了表示对张继光的感谢,硬塞给他16块银圆,张继光百般推辞不得只好收了下来。

突然得到的16块银圆,对于那时的张继光来说可称为巨款了。如何物尽其用?张继光郑重地与师傅商量后,决定用这笔钱去夜校学英语。几年的学徒生活,令张继光认识到在当时的环境里,学会与洋人打交道,是一件有百益无一害的事。进了夜校后,张继光发奋努力,勤学苦读,再加上天资聪颖,他很快就能用英语与外商对话,并能看懂英文招标书和图纸。此时的上海几乎是洋人的天下,外商的所有文件皆用英文,学会英文的张继光不需要翻译,同时由于张继光勤于学习,以各种方式熟悉建筑工程的各种环节,很快掌握了工程建设的相关知识,因而能比许多人更早更直接地与外商进行接洽。工作勤恳、业务精湛的张继光也因此深得老板的喜爱和信赖。

1901年,19岁的张继光已三年满师,他离开何祖记,在上海营造业前辈杨斯盛的帮助下,创立了协盛营造厂。张继光以他的诚实守信、积极勤奋、重视质量、造价合理,很快获得客户们的信任。协盛营造厂业务蒸蒸日上,迅速成为上海营造业的佼佼者。

张继光对于承接的每一项工程,都秉承质量第一的宗旨,投标前仔细分析行情,做出合理的预算;承建过程中一丝不苟地对待每一个环节,严把质量关;坚持树立良好的信誉,因此他的协盛营造厂得以承建大量工程,从里弄住宅到西式洋房,从工厂厂房到高楼大厦。比如:上海第一幢现代银行大楼大清户部银行、上海日本总领事馆、上海市南京路第一幢英商百货大楼福利公司、中国第一幢纱布交易所、电报大楼、荣家所办的申新纺织九厂、福新面粉厂,以及光远坊、太古别墅和大批西式花园住宅洋房,为上海留下了一批珍贵的建筑精品。目前上海保留的30幢最高标准经典住宅,其中由协盛营造厂张继光建造的就有两幢。而张继光现存的所有承建项目,也都被列为上海市重点保护建筑。因此,称张继光为上海近代建筑奠基人是实至名归。

张继光在建筑界成就了一番事业,在民族大义面前亦是胸怀开阔、爱国重情,曾经有力地帮助和挽救了荣氏等民族工业,团结建筑业创立同行相亲的新局面,体恤受伤工人而创建医院,为家乡建桥呕心沥血。

张继光作为宁波商帮在建筑业的一名杰出代表,是宁波商帮诚信经商、奉献社会的最好见证和绝佳实例。

陈文生：质量过硬技术精细信誉卓著
亨达利钟表家喻户晓

　　陈文生（1882年-1938年），宁波镇海人。汉口亨达利钟表行创始人。

　　1990年，湖北黄州的喻先生在清理旧衣物时，发现了一张16年前亨达利的维修单。搜寻记忆，他想起来十多年前曾经在武汉亨达利钟表行维修过一块欧米茄手表，因为找不见维修单而没有去取表，后来逐渐淡忘了此事。可是，时光流转，世事变幻，16年光阴过去了，价值6000元的昂贵手表还会在吗？亨达利会认这张维修单吗？

　　喻先生犹豫再三，最终还是给亨达利维修部打了电话。对方的答复令他惊喜不已，手表竟然还在，而且保存完好。凭着已经发黄的维修单，喻先生欣喜地取回了几乎已被自己忘却的手表。

　　据亨达利钟表行的修表师傅说，在店里的专用储藏柜里，还沉睡着300多块无人认领的手表，其中不乏价值不菲的贵重手表。多年来,亨达利因技术精湛和信誉良好而名扬四方,许多人慕名前来。不少外地人托熟人或趁出差顺路到汉口来修表,而专程取表又存在一定困难,时间一长,有些人或忘记,或丢失单据,便将手表留在这儿了。而当时许多修表人只留有姓名,没有联系电话和地址,所以店里根本无法找到他们。

但是,为顾客着想,不能随意处理逾期未领的手表,是亨达利前辈早就立下的规矩。不论手表有没有找到归属,

亨达利一律认真对待,用专用的塑料袋将手表包裹得严严实实,放在专用柜里一直好好保存。

说到武汉亨达利,要追溯到100多年前。1910年,宁波镇海金塘(今属舟山市)的陈文生来到武汉,在德国礼和洋行经营的汉口亨达利当了一名跑街,从事钟表业务。第一次世界大战爆发后,德商撤走时将亨达利的铺底和招牌盘给了陈文生。1915年,陈文生在汉口河街开设了中国人自己的汉口亨达利钟表行。因为陈文生早年曾在上海美华利钟表行当过学徒,自然对钟表业务非常熟悉,加上管理严谨、经营有方,钟表行的生意很快就做得风生水起。

上世纪20年代,亨达利已成为家喻户晓的钟表名店,不仅销售的钟表质量可靠,而且维修技术也属一流。进入30年代后,陈文生自感精力不济,加上两个儿子尚未长大成人,于是启用技术高超的技师王锦堂为当家人,管理日常业务。在王锦堂的主持下,亨达利钟表店以优良的质量、可靠的信誉和精湛的技艺,赢得了顾客的信赖,使得"亨达利"名声更甚。

亨达利主要经营欧美等国钟表,销售以门市零售为主。钟表上柜前一定要先进行校对,走时不准或有问题的概不上柜,售出后的钟表负责保修。亨达利十分注重修理质量,素以能修各国各种钟表而闻名。他们聘请的修表师傅技艺都很高超,并且有严格的修理制度。据说亨达利的师傅皆要先过"三关",那就是"钻、锉、盘"。"钻"是在手表的表轴断后,要在表轴上钻出一个孔,然后再将轴插进去,造出一个新轴。"锉"就是将零件锉方锉圆,方要方得刚正,圆要圆得润滑。"盘"则是盘游丝,有时没有同型号的手表的游丝,还要自己制作。

亨达利除了经营钟表,还为客户定制安装各种门楼大钟,以精细的技术盛誉于市。1924年,江汉关大楼建成时,亨达利为海关安装了大钟。近百年来,它洪亮、雄浑、悠长而准确的钟声一直回荡在江城上空。

百年老字号——亨达利历经风雨沧桑,至今仍以其优良的质量、技术而信誉名扬四方,吸引着南来北往的众多顾客。

陈万运：以质取胜兴国货 "三角"牌毛巾畅销国内外

陈万运（1885年–1950年），又名遇宏，宁波慈溪人。中国织巾业的开创人之一，著名的爱国人士。

陈万运1885年生于宁波慈溪一个小商人家庭。幼时入家乡私塾读书。1900年，15岁的陈万运随父亲到了江苏，在一家烟杂店当学徒，由于他做事认真勤奋，又善于动脑筋想办法，因而受到了店主的赏识，学徒期满后，陈万运被店主留下当了伙计。

后来在"实业救国"思潮的影响下，关心国事的陈万运逐渐产生了走实业救国道路的想法。1912年，他找到同乡沈九成和亲戚沈启涌，三个人集资450元，在上海四川北路鼎兴里开设制造烛芯的手工作坊，取名"三友实业社"，其含有三个友人合作、共同实业救国之意。

当时的市场,洋货占了很大份额,洋烛烛芯要价高却供不应求。三友实业社最初生产的烛芯很难打入市场,陈万运等人便走上街头,点燃自制产品,引来行人围观。看到他们的烛芯并不比洋货逊色,人们纷纷表示认可,从此名声大振,"三友"烛芯以其价廉质优迅速打开市场。

不久,陈万运看到日货"铁锚"牌毛巾遍布市场,而国产毛巾却因质地不佳无人问津,便萌发了生产优质国产毛巾,用国货取代日货的想法。1917年,陈万运在杨树浦引翔港购地30亩,建造起较大规模的工厂,生产"三角"牌毛巾,与日本"铁锚"牌毛巾抗衡。工厂创办之初,陈万运确立了"以质取胜"的原则,严把技术关,开展产品研究,使得三友实业社生产的"三角"牌毛巾,深受国人欢迎,畅销全国,甚至远销到东南亚一带。正当"三角"牌毛巾畅销之时,有人建议将原料改用当时国产的20支纱,如此每年则可以节省成本30万元。但陈万运认为名牌产品偷工减料等于自我毁灭,他坚持从国外进口42支纱为原料,直到"三友"杭州分厂成立并专门纺制优质棉纱。

日货"铁锚"牌毛巾,因"三角"牌毛巾的热销而深受影响,营业日益衰败。日商不甘心处于劣势,他们采取低价策略,希望夺回市场。日商又运来两百台机器,另设瑞和毛巾厂,企图用廉价劳动力大量生产"铁锚牌"毛巾,用以击败"三角"毛巾。

在此情形下,陈万运带领三友实业社沉着应战,他们继续努力提高产品质量,同时减少浪费、降低成本,再加上当时人们觉悟普遍的有所提高,都提倡使用国货,因而即使铁锚牌毛巾产量再多,价格再低,最后仍旧不得不歇业关厂,于 1923 年完全退出市场。

三友实业社由于陈万运经营得法,管理有方,得以迅速发展。到 1931 年,三友实业社资本额由最初的 450 元增加到 200 万元,其产品之多、营业之盛在实业界首屈一指。但陈万运却因发展民族工业,遭到了日本政府和日本商人的忌恨。1932 年"一·二八"事变爆发,陈万运在引翔港的总厂被日军炮火炸毁,损失惨重,被迫停产。

此后,陈万运到杭州经营三友纺织印染厂,但很快又被日军侵占。日方要陈万运出任杭州维持会会长,他拒不从命,表现出忠贞爱国的浩然正气。1945 年抗战胜利后,三友实业社恢复生产,"三角"毛巾重新畅销全国。1950 年 10 月,爱国实业家陈万运在上海新昌路金椿里职工宿舍走完了他坎坷的一生,终年 66 岁。

曹莘耕：守信用重质量声名远扬"白熊"牌薄荷脑畅销世界

曹莘耕（1889年–1976年），宁波北仑柴桥四合村人。新华薄荷厂创办人，曾被收入英国剑桥国际传记研究中心主编的《世界名人录》。

清光绪十五年(1889年)，曹莘耕出生于北仑柴桥街道四合村魁斗桥。幼年丧父，因家贫无法继续入私塾读书，他只能靠帮人牧牛放鸭贴补家用。14岁时，曹莘耕母亲病故，生活更加贫苦。见此窘况，堂兄曹铁甫引荐曹莘耕到上海万祥杂粮行当了一名学徒。

勤奋努力的曹莘耕，一边踏实工作，一边利用业余时间入夜校读书，在业务和学识方面有了很大的长进，再加上他为人爽直、豁达开朗，因此深受师辈和同事的赞赏和尊重。

1920年，曹莘耕被新丰粮行大股东李泳裳看中,任该行经理一职。

在此期间,曹莘耕起初到东北经营杂粮油饼,再转运江苏、浙江等地销售;因日寇进犯东北,他又转向湖南、湖北等地经营粮油买卖。他所到之处,一言一行都能做到诚实守信,对内对外皆一视同仁、秉公持正。时间一长,曹莘耕在上海工商界声名远扬,人们纷纷称他为"曹老大",虽然不在老板之位,但已胜过老板之实。办任何事情,只要拿出"曹莘耕"的签字,便可畅通无阻,其为人之信可见一斑。新丰粮行有了曹莘耕这样的得力干将,生意自然蒸蒸日上。

1937年初,胡芷斋等人慕名找到曹莘耕,商讨创办薄荷厂事宜。曹莘耕经过深思熟虑之后,决定与他们合股设立上海新华薄荷厂股份有限公司,并被推举为经理。

新华厂生产既可内服又可外用的薄荷脑,以"白熊"作为注册商标。从开始生产之初,曹莘耕就十分注重产品质量。按当时海关的标准,薄荷脑必须达到萃取温度为42摄氏度、薄荷油含量50%才算合格产品。在此基础上,曹莘耕提出了更为严格的标准和要求,他规定新华厂的薄荷脑的萃取温度要超过42摄氏度,薄荷油含量在50.5%以上才属合格产品,否则不准出厂。

不仅如此,对于产品的包装,曹莘耕也提出了极高的要求。每一听5磅的薄荷脑,外包装的商标和图案都不能只用商标纸简单粘贴,必须用更为精致清晰的彩色印刷。12听60磅为一箱的包装,两头必须用整块的木板,上下拼板不能超过三块,里外都要刨光,并且只能用榫头连接,一颗钉子都不准用。在木箱内,还加装了一层镀锌铁皮,这样可预防渗水及薄荷脑挥发。难怪有人说,如此严实无缝的包装,即便把一箱薄荷脑扔进黄浦江里,也绝不会渗水而影响薄荷脑的效用。

在曹莘耕的严格管理下,"白熊"牌薄荷脑以其卓越的品质很快畅销各地,新华薄荷厂也得以迅速发展壮大。

上海不幸沦陷后,敌伪政府多次劝说、胁迫曹莘耕与之合作,均遭到了曹莘耕的严辞拒绝。情势所迫,曹莘耕离开上海,新华厂事务交由其他股东代理。不久,太平洋战争爆发,新华厂被迫停产,一度陷入困境。

抗战胜利后,曹莘耕重回上海,各股东仍推选他继任经理。曹莘耕重整旗鼓,另迁新址,扩大生产规模,新华厂很快恢复了往日盛况。"白熊"牌薄荷脑以质取胜,产品畅销海内外,95%以上产品出口,遍及美、英、法、德、日等20多个国家和地区。当时"白熊"牌薄荷脑还作为免检产品,可以在英国伦敦市场直接挂牌销售,曹莘耕也因此被收入英国剑桥国际传记研究中心主编的《世界名人录》。

"白熊"牌薄荷脑远销海内外,成为世界知名品牌,曹莘耕功不可没,没有他重质量、守诚信的苦心经营,很难想象"白熊"牌薄荷脑能获得如此骄人的成绩。几十年来,"白熊"牌薄荷脑在国际市场上一直独占鳌头,成为我国民族工业的骄傲。

舒鸿：执法严明 中国执法奥运比赛第一人

舒鸿（1894年–1964年），原名舒厚信。宁波慈溪人。我国最早的国际级篮球裁判，奥运历史上第一个中国裁判。

舒鸿，祖籍宁波慈溪庄桥（今属江北区），1894年生于上海。少年时曾在上海明强中学读书，大学就读于上海圣约翰大学，是个体育运动爱好者。后赴美国留学，1923年舒鸿在美国著名的体育学府斯普林菲尔德学院（春田大学）体育系毕业后，又在克拉克大学攻读卫生学，获硕士学位。在春田大学上学时，身高不到170厘米的中国小伙舒鸿，深得导师詹姆斯·奈史密斯教授的赞赏。奈史密斯教授是篮球创始人，在他的眼里，舒鸿个子虽小，但反应快、判罚公正，他评价舒鸿"打球很聪明，对篮球的理解很深刻"。在奈史密斯组建的校篮球队里，舒鸿是场上的灵魂人物，也是令队友们服气的裁判。

毕业后,春田大学挽留舒鸿在校任教,他断然拒绝了,还拒绝了包括其他几个国家请他打球和任裁判的邀请。1925年,舒鸿回到自己的祖国,先后在杭州之江大学、南京国立东南大学、上海交通大学、同济大学等校任教,并设计、主持修建了杭州第一个游泳池——之江大学游泳池。1934年起,舒鸿任浙江大学体育部主任和总务长之职。

上个世纪20年代,现代体育比赛已经在中国兴起,但赛场上却不接受中国裁判。舒鸿为此向国际体坛提出严重抗议。后来,国际体坛决定用考试来选拔裁判,结果舒鸿和另外3个中国人以高分胜出,不但获得比赛的裁判资格,还获得了"国际级裁判"的身份。他们成为中国第一批被国际组织认可的国际级裁判。

1936年,第11届奥运会在德国柏林举行,中国第一次派出一支有规模的代表团参赛。舒鸿作为浙江大学体育教授,担任中国奥运代表团的教练兼队医。

在这届奥运会上,篮球首次被列为正式比赛项目。8月14日上午,第11届

奥运会篮球决赛即将举行,谁来主哨这场比赛,却成了一个难题。决赛在美国队和加拿大队之间进行,美国裁判为避嫌不能参加,欧洲裁判当时水平不高,难以胜任。这时,有人说出了一个名字——舒鸿,虽然舒鸿在预赛中已经有过出色的表现,但要让一名中国的裁判主哨决赛,不免让美加两队的队员持怀疑态度。"他是最合适的决赛裁判!"这句话出自被称为"篮球之父"的奈史密斯教授之口。在他的坚持下,舒鸿最终站在了柏林的露天红泥球场上。

当身穿白衣白裤、身材矮小的舒鸿出现在球场时,观众们同样大吃一惊,看

到他清瘦的脸庞上还佩戴着一副眼镜时,甚至有些失望。面对人高马大的队员,赛场上仅有的这一名"弱小"裁判如何能控制局面?一声哨响后,双方迅速进入激烈的交锋,比赛一开始就打得难解难分。舒鸿灵活地来回奔跑着,他敏捷的反应、准确的判断迅速打消了所有人的疑虑。比赛进行到一半时,突降大雨,泥泞的场地,加大了裁判工作的难度。舒鸿凭借流利的英语、干净利落的执法手势和对比赛规则的自如运用,很好地控制了场上比赛的进程。他执法严明、刚正不阿的高尚品德更使双方队员都佩服得直竖大拇指。舒鸿不负众望,出色地完成了中国人在奥运会上的"第一哨"。最终,美国队赢得了比赛,而中国裁判第一人——舒鸿,则给世界留下了深刻的印象。

舒鸿以他高超的专业水平和严明公正的裁决,为国家赢得了荣誉。时光流逝,八十年前裁判场上舒鸿白毛衣、白西裤的身影虽已消逝在历史的长河中,但他教导学生时反复念叨的、他在赛场上始终坚持的"公平、公正"裁判精神,在中国已成世界体育强国的今日,也永远不会过时。

方仰峰：货真价实 经营有方
"方裕和"南北货店誉满杭城

方仰峰，宁波镇海人。"方裕和"南北货店创办人。

方裕和南货号(后改名为方裕和南北货店)，始创于清朝光绪七年(1881年)，开设于浙江杭州清河坊大街。创办人方仰峰，原籍宁波镇海柏墅，是一位在上海、宁波、松江等地开设多家厂、店和金融公司的巨商。方裕和在开业时就拥有雄厚的经济实力，被杭州南北货商界誉为魁首。

不过，方裕和南北货店在通往名牌老店之路上并非一帆风顺。初创时期，首任经理任人唯亲，业务生疏，致使店铺连年亏损。后来启用业务娴熟的两位经理，经过积极整顿，开源节流，改变经营方向，情况开始好转。店铺不只单纯为本地消费者服务，还兼顾外地客人所需干果、食品之类。对从近郊前来购年货而来不及用膳者，店里备饭招待；顾客办

完年货,归时已晚,店里则备灯笼供顾客借用。凡此种种,皆为顾客着想,于是方裕和名气日扬,生意兴隆。

方裕和在店堂中挂着"货真价实、童叟无欺"的招牌,以广招徕。在实际经营中,方裕和也特别讲究质量,备货地道,严格把控质量关,其中又以销售的火腿享有极高赞誉。

方裕和采购的火腿都要经过精挑细选。腌制火腿的猪种一定要"嫡路货",必须选用良种猪——"两头乌"的猪腿。两头乌的猪爪细,腿肉肥瘦适宜,骨骼的比重较一般猪低百分之四左右,肉质好,最适宜腌火腿。方裕和的火腿货源,主要来自东阳蒋村。因为东阳蒋村的火腿色、香、味俱佳,被尊为上品。方裕和与蒋村订有协议,独家承包下来,不得售与别家。火腿运到店后,保管十分重要,必须常整理、翻仓,才能做到损耗小、质量好、香味足。方裕和聘请了有经验的老师傅,专职腌制火腿。选择好的猪腿后,要经过腌制、洗晒、发酵三关。腌制得不能过咸过淡,洗晒要适时,发酵要两个月,并随时精心照料。栈房配有30多名工人,经常翻、扛、挂、揩抹,剔去火腿外层杂质,发售前还要擦油上光。

方裕和精制的火腿,给店铺带来源源不断的顾客,年销达千件(每件50只),还获得过国内外不少奖项。

方裕和不仅在腌制火腿上用足功夫,对糕饼点心同样精工细作,用料扎实。他们自设加工场,生产糕饼、蜡烛、蜜饯、藕粉、炒货,自产自销,质量抓得牢,制作上更有创新提高。糕饼类香脆软甜,独具风味。最出名的要数麻糕,先将芝麻用"马达"捣烂脱壳,必须达到细、糯、纯方可。制成的麻糕糖分多,分量足,香甜可口。方裕和还有不少向外地采购的干果,如桂圆、黑枣等,货到后要经过精选,不合规格的,比如破壳、大小悬殊、变形等,要一一拣出。

在服务上,方裕和也用尽心思、别具匠心。如卖火腿必先"打扦",方便顾客辨别香味;如购买茶食,像蜜饯、小胡桃之类的,可以先试味后选购;即便买藕粉,也可以现冲现尝试味。这样诚心的服务,自然备受顾客赞赏。

正因方裕和经营有方,货真价实,才在杭州百姓中拥有极好的声誉。直到现在,仍有杭州老年人说到方裕和糕点时,不住地赞叹。方裕和南北货店自清光绪年间创立至今,已有百余年历史,成为杭城享有盛誉的百年老店之一。

包奎祉：拾金招领 不昧钱财

包奎祉，生活在清朝光绪年间，具体生卒年月不详。宁波镇海人。船王包玉刚的太祖父。

清朝光绪年间，在宁波镇海庄市钟包村，有一个读书人名叫包奎祉。他努力用功读书，多次参加科举考试，却屡屡名落孙山。虽然自古以来都信奉"万般皆下品，唯有读书高"，但看来科考已无望，无奈之下，包奎祉只得放弃读书，转而做起了丝绸生意。因为家境贫寒，没有丰厚的家底作基础，所以包奎祉只能做些小本生意，一年下来赚不了几个钱。

有一次，包奎祉到温州一带贩卖绫罗绸缎。经过天台县时，因天色已晚，包奎祉就和挑夫住进了一家客栈。这家客栈位置优越，交通方便，经常住着些赶路的生意人。劳累了一天，客栈里的住客们很快都进入了沉沉的睡眠。第二天一早，天还没亮，勤劳的生意人又都早早起床,在吵闹叫嚷声中上路了。包奎祉和挑夫自然也不能睡懒觉,收拾停当,一起动身赶路。

两人有说有笑一同赶路,走得辛苦淌汗时,便寻一合适处坐下来休息片刻。包奎祉随手在行李中取自己的蓝色包裹,却感觉有些异样。他不放心地把包裹打开仔细查看,这才发现虽然包裹外表看来极相似,但其实根本不是自己的包裹。原来放着的那些旧衣服不见了,摆在他面前的除了一些绸缎衣服,居然还有200两银子和一张5000两银票。看着眼前白晃晃的银子,包奎祉惊呆了,他平生还没见过这么多的银两银票呢,他做的那点小本生意得经过多少年才能有这样的收获啊!但是这样的念头只是一闪而过,包奎祉自幼便听过父母教导"诚实守信是做人的根本",自己家境虽贫,但家风甚严。身旁的挑夫看着这些银票也傻了眼,不过包奎祉接下来的举动更把他惊得目瞪口呆。

包奎祉认为失主必定很着急。他又仔细把包裹翻了个遍,想找到与失主有身份关联的任何东西,可是没有一点儿收获。他不顾旅途劳累和自己的生意,立即赶回那间客栈。到了客栈一打听,才知道失主已经回来寻找过,没有收获后,失望地走了。去向却不知,也没有留下任何信息。包奎祉怀揣着一丝希望,住在客栈等,期待失主会再次折返回来。可是两天过去了,失主仍旧没有出现。倘若再等下去,自己的生意也会受到严重影响,不得已包奎祉在客栈的墙

壁上写了一张"招领启事",并注明自己家的详细住址,然后把这个不属于自己的巨额包裹带回家中保管。

第二年,失主路过天台县,恰巧又投宿在那间客栈,看到"招领启事"后,他马上按启事中留的地址找到包奎祉的家,包奎祉一分不少地将原物奉还。

失主是来自福建的一个大木材商,他见失物分毫未少,执意要留下200两银子作为酬谢。包奎祉坚持不收,"不是自己的东西,我一分都不能拿,这是做人的根本。"

福建商人大为感动,他诚恳邀请包奎祉一起到福建做木材生意。几年后,包奎祉开始独立经营木材生意,生意日见兴隆,后来在家乡建了一幢五间两弄一堂的新屋,这就是此后俗称的后新屋。

包奎祉给后人留下的不仅是一座房子,而且还留下了一个诚信做人的故事。他的故事激励着他的后人为人处世要做到诚实守信。诚信,成为包家的祖传家训。

周芳兴：坚守信用管理严格 "同福昌"帽扇店名闻甬上

周芳兴，清朝光绪年间生人。宁波鄞县姜山任家堰人。1926年开设"同福昌帽扇店"。

清朝光绪年间，周芳兴生于宁波鄞县姜山任家堰。他出身贫寒，自幼父母双亡，孤苦无依，幸得一位叔公照顾抚养。周芳兴长到10岁时，年迈的叔公把他带到宁波，让他在一个远房叔叔的店里当学徒。这个叔叔在宁波开明街附近开设了一家小小的帽子店，身边还有妻子和两个孩子。周芳兴年龄虽小，却十分懂事又能干，每天勤快做活、和气待人，还懂得照顾两个小兄弟，深受叔婶二人的喜爱。

周芳兴在叔叔店里当了几年学徒后，又经一位远房阿舅的介绍，到了上海某洋行做门房，收入略增。这时，周芳兴已娶妻生子，为了一家人的生活，他省吃俭用，甚至把洋行里吃剩的冷饭晒成饭干，带回给家人吃。几年后,这家洋行关门倒闭,周芳兴失业了,生活变得十分艰难。所幸周芳兴平日为人诚实可信,几年下来也结交了些知心好友。在他走投无路的这段时间里,朋友们商量着要扶他一把,虽然自己生活也不宽裕,但几个人七拼八凑,凑出了100块银圆给周芳兴。于是,周芳兴于民国15年(1926年)在开明街开了家帽扇店,这便是"同福昌帽扇店",店址后来移至东门口。

万事开头难,周芳兴倾尽全力经营自己的店,由最初只有半间门面,逐渐扩大到两间半门面,几年后竟成为当时宁波帽扇业的名店。同一时期,同福昌店周围有好几家大百货店,都明显不及他家的生意红火。到了抗日战争期间,宁波沦陷前夕,同福昌的生意达到顶峰,连远在湖南、江西一带的商人都慕名前来。

同福昌帽扇店的生意一时做得风生水起,当然要归功于周芳兴经营有方。在他的经营之道中,最重要的一点便是非常注重信用。经营中若欠人货款,他从不失约,甚至提前归还。比如他借了别人200元钱,约定借期有一个月,他会在二十七八天时就拿着钱去归还,从不拖延或改期。如此一来,别人都知道他很守信用,下次若再借时,便非常乐意借给他了。周芳兴不仅提前还钱,而且在还钱时,态度特别诚恳有礼,总会说上许多的好话,比如"这次多亏您肯帮忙借钱给我",他千恩万谢百般感恩,对方自然会接着说"下次如果要钱用,尽管再来找我好了,不用这么客气的"。他本名叫"芳兴",因为守信用,所以大家都按谐音称他"放心"。同样因为他的守信,后来有几家钱庄都愿意给他"过账簿",拿了这种过账簿去配货,用不着现金付款,货主自然也另眼相看了。

周芳兴不仅对信用非常重视,而且对于帽扇店的管理也非常严格。对商品的采购、储存、经销等各个环节,他都亲自参与,绝不马虎。同福昌总是早开门、晚打烊。当别家商店一大早还关着门的时候,他家已敞开大门迎接客人了。同时,周芳兴还经常对学徒们进行"业务培训",提高学徒们的业务技能,并教导职工们"天下三主,顶大买主",要让顾客高高兴兴地把东西买回去。

周芳兴信奉"大富靠天,小富靠俭",他一生节俭,从不乱花一分钱。他居家粗茶淡饭,勤俭经营。即便身为店老板,有时从上海配货回家要坐轮船,他也选择坐末等舱。

1958年,同福昌帽扇店并入"老三进",改名为"老三进鞋帽商店",坐落在宁波中山东路30号。

周芳兴凭借他的坚守的信誉和严格管理,使得经营的同福昌帽扇店红极一时,成为人们心目中的百年老店。而周芳兴的守信用,直到今天仍为人所称道。

李康年：坚持以优质产品取信市场 『钟牌414』毛巾风行80年

李康年（1898年–1964年），曾用名李良康、李左之。宁波鄞县人。爱国民族资本家。

李康年1898年生于宁波鄞县，自幼由秀才出身的父亲严格教读，打下了良好的古文和书法基础。1913年，15岁的李康年到宁波大昌纸号当学徒，学成满师后，留在店里任账房。

1921年，李康年因工作出色已在当地小有名气，被宁波棉业交易所聘去做秘书。4年后，李康年去了上海，找到他敬佩已久的爱国实业家方液仙，经过面试，被安排在由方液仙独资创办的中国化学工业社任总务科长，并结识了黄炎培、胡厥文、蔡声白等工商界爱国名流。

1931年九一八事变后，为抵制日货，李康年联络几家国货厂商，终于在1933年2月9日创办了上海中国国货公司。自己任副经理、经理达二十年之久。在李康年主理下，这家国货公司专门出售纯正国货。当时群众在爱国思想的激发下，都愿意买国货，因而公司生意十分兴隆。上海沦陷后，李康年顶住了日商威逼公司销售日货的压力，维护了专营国货的原则。

1937年，李康年创办萃众毛巾厂，专门生产优质毛巾。他特别注意产品质量，认为一定要以产品的长期声誉为先，宁可售价定得稍高，也要保证产品质量。萃众毛巾厂生产的"钟牌414"毛巾就因为质量好，而得到了广大市民的喜爱。

为了提高"钟牌414"毛巾的质量，李康年坚持选用优质棉纱和染料，即使遇到优质纱无法得到及时供应时，也绝不肯降低标准，而宁可向小型纱厂协商，采用上等棉花定纺、定购。当时做毛巾的经纱和纬纱不是同一种纱，李康年规定16支纱作经，20支纱作纬，32支纱起毛，这种毛巾组织是普通毛巾所无法具有的。据李康年说：采用16支纱作经，20支纱作纬，是为了增加毛巾的牢度，但粗纱也有缺点，容易发硬，所以他采用32支纱作起毛之用。这样，就使毛巾既耐用又柔软。

李康年不仅重视产品质量，而且对于有助于产品销售的广告用语，也保持极为慎重的态度。他曾经这样说道："广告是重要的，也是有作用的，但必须实事求是，切忌夸大。宣传超过实际，就成为虚伪欺骗了，会产生相反的效果，败坏了商品的信誉。"李康年在"钟牌414"毛巾的广告宣传上只写了八个字："柔软耐用，拔萃超众。""柔软耐用"说明毛巾的质量，"拔萃超众"则结合厂名表明生产的毛巾是出类拔萃的。

由于毛巾质量可靠,再加上灵活的销售方式,钟牌414毛巾很快成为名牌产品,不但畅销国内,而且还远销南洋,成为人们公认的国货精品。并且风行至今,成为几代上海人心中的深刻记忆。2006年,"钟牌414"品牌被国家商务部评为"中华老字号"。

李康年坚持产品质量至上的生产原则,获得了事业上的巨大成就,因此赢得了良好的社会声誉。

1939年,在上海生产"狗头牌"纱袜的鸿兴袜厂,因经营不善难以为继,厂商请李康年接手出任董事长。经过他一番整顿后,袜厂迅速打开了销路,十里洋场穿旗袍的女学生们都爱买"狗头牌"纱袜。

1940年,李康年受邀担任中国钟厂总经理。他聘请阮顺发工程师设计制造了轴芯细、摩擦力小、上一次发条能走15天的"三五牌"挂钟、台钟。它以"挂歪摆歪虽歪不停,倒拨顺拨一拨就准"而闻名遐迩。"三五牌"时钟同样因为产品质量过硬,成为人们喜爱的名牌产品。

李康年重视产品质量,深明以此才能取信市场,因而造就了"钟牌414"毛巾、三五牌台钟、狗头牌袜子等多个名牌产品。

林汉达：为提倡语文大众化执着认真令人钦佩

林汉达（1900年–1972年），宁波慈溪人。著名教育家，文字学家，历史学家。

林汉达，1900年出生于宁波慈溪一家贫苦的农民家庭。8岁时入私塾读书，但多数时间必须帮父母干活。14岁后辗转到上虞、宁波等地接受学校教育。19岁中学毕业的林汉达留校任教，两年后考入杭州之江大学。1924年大学毕业的林汉达回到母校宁波四明中学任教。1928年林汉达应聘入上海世界书局工作，先后担任编辑、英文编辑部主任、出版部部长。1937年考入美国科罗拉多州立大学研究院，攻读民众教育。1939年，林汉达回国，从事大学教育与学术研究。

林汉达的学习道路因家境贫困而充满坎坷，他深刻体会到普通大众求学之难。这也促使他倍加珍惜得来不易的学习机会，更立下志愿，要为争取人人享受教育的权利而奋斗。

林汉达认为要普及教育必须扫除文盲。他深入农村,了大量调查研究,制定出一套扫盲工作计划,并自编教材,亲自授课,培养中小学师资,出版了多部文字改革专著,他的研究成果被学术界称为"林氏新方案"。

新中国成立后,林汉达除了教育和研究工作外,扫盲工作也在如火如荼地进行。虽然在推进过程中受了阻碍,但他没有停止研究。1952年,教育部公布《汉语常用字表》2000字,就包含着他长期研究的心血。

林汉达极力提倡语文的大众化,他认为文章不但要写出来用眼睛看得懂,还要念出来用耳朵听得懂,否则不是现代的好文章。汉语拼音之父周有光在他撰写的《跟教育家林汉达一同看守高粱地》一文中记述过一段有趣又使人感动的故事:

1971年,在宁夏平罗的远郊区,"五七干校"种了一大片高粱。快到收割的时候,71岁的林汉达和65岁的周有光一同被派去看守高粱。

林汉达仰望长空,思考语文大众化的问题。他喃喃自语:"揠苗助长"要改为"拔苗助长","揠"(yà)字大众不认得;"惩前毖后"不好办,如果改说"以前错了,以后小心",就不是四言成语了。

停了一会儿,他又问:"未亡人""遗孀""寡妇",哪一种说法好?

周有光开玩笑地回答:"大人物的寡妇叫遗孀,小人物的遗孀叫寡妇。"

林汉达忽然大笑起来,他想起了一个故事。有一次他问一位扫盲学员:什么叫"遗孀"?学员说:是雪花膏——白玉霜、蝶霜、遗孀……林先生问:这个"孀"字为什么有"女"字旁?学员说:女人用的东西嘛!

林汉达补充说:"普通词典里没有'遗孀'这个词儿,可是报纸上偏要用它。"

"你查过词典了吗?"周有光问。

"查过,好几种词典都没有。"林汉达肯定地回答。由此可见他提倡语文大众化的认真态度,这实在叫人钦佩!

50年代后期,林汉达开始着力编写通俗的历史故事,一方面传播历史知识,一方面以身作则,提倡文章的口语化。因担心自己的宁波话影响写作,林汉达还深入到北京居民中间,向他们学习口语。

他先后编写出版了《东周列国故事新编》《春秋故事》《战国故事》《春秋五霸》《西汉故事》《东汉故事》《前后汉故事新编》《三国故事新编》等大量通俗历史故事读物。他用"规范化普通话"编写的这些历史故事,通俗易懂又趣味盎然,是广大群众十分需要的珍贵读物。尤其值得一提的是,他生前没能完稿,后由曹余章续完的《上下五千年》,至今仍广为流传。

林汉达曾在1962年中华书局出版的《东周列国故事新编》的序言中说:"我喜欢学习现代口语,同时又喜欢中国历史,就不自量力,打算把古史中很有价值的又有趣味的故事写成通俗读物……我当初写中国历史故事的动机只是想借着这些历史故事来尝试通俗语文的写作,换句话说,是从研究语文出发的。"林汉达先生以他的实际行动认真实践着他提倡语文大众化的心愿,他用规范而漂亮的语言,用最浅显的大白话,牢牢地吸引住一代代人的心,让一代代人久久回味。

李洪黻、李达三：担保认赔不推卸责任 恪守诚信带来"大生意"

李洪黻(fú)，又名瀛。宁波鄞县人。

李达三(1921年-)，李洪黻之子，原名贤铨。香港实业家，爱国儒商。

李洪黻，宁波市鄞县莫校堰(今东钱湖镇)人。20世纪初，北渡上海的宁波商人不可计数，年轻的李洪黻随着这股潮流到上海讨生活。他开始在烟纸店当伙计，凭借他的聪明和勤奋逐渐在上海站稳了脚跟，后来用自己多年的积蓄开设了一家电料行。

1921年，李洪黻的儿子李达三在宁波出生。1928年，李洪黻把7岁的儿子带到上海"澄衷蒙学堂"接受教育。在"澄衷中学"毕业后，李达三进入复旦大学会计系就读。1945年大学毕业的李达三协助父亲打理电器材料批发生意。

初入生意场，父亲李洪黻就给李达三上了一堂生动的商业课。多年前，曾经有个朋友急需一大笔钱，找到李洪黻，请他给自己做担保，李洪黻一口应允，帮助朋友解了燃眉之急。没想到，这位朋友后来出了意外，完全失去了偿还能力。那时，身为担保人的李洪黻则要面临赔偿这笔钱的问题，尽管当初只是口头担保，但他并无二话，没有任何辩解和推卸，挺直腰板认赔了一大笔钱。

这堂课对于初出茅庐的李达三来说可谓印象深刻，父亲的一番话说得语重心长，分明是要告诉他一条家规。李洪黻希望李家世代无论做人还是做生意，都要做到言出必行。倘若自己做不到，就不要随便应承；但若应承了，则必须负责到底。

谨记父训的李达三摩拳擦掌，跃跃欲试，准备大干一场，却不料迎头就被浇了一盆冷水。抗战胜利那年，李达三听说南京汽车便宜，就跑去从国民党一个军官手里买了一辆福特轿车。签完合同付完钱后，李达三才知道这辆汽车属于敌伪财产，系非法买卖，他最终根本无法得到这辆车。去交涉理论时，那位军官却死不认账，还出言威胁"我不希望再见到你！"李达三意识到这回真是"秀才遇到兵，有理说不清"了。

一笔冤枉钱，换来了一个教训。李达三懂得了在纷繁复杂的社会上，除了父亲所说的"诚信"，还有"欺诈"。这一对"黑白兄弟"经常对立存在着。李达三在这对"黑白兄弟"的启示下，反而更加认定诚实做人、恪守诚信的必要和珍贵。

1949年，李达三南下到香港，从事熟悉的电器生意，开了一家乐声贸易公司，经营电器材料批发。1955年，他在九龙区旺角开设门市部，经销家用电器。由于李达三勤劳努力、待人真诚、重诺守信,生意蒸蒸日上,他的诚信好口碑也在业内广为人知。

1957年,李达三的诚信为他引来了一笔长达四十八年的"大生意",他开始了与世界著名商社夏普(SHARP)的长期合作,因而也从一个小有资本的电器商逐渐发展成为拥有电器、旅馆业和金融投资的家族集团。在与夏普的长期合作中,李达三一直与他们保持着良好的关系,其中有一个重要的原因就是他们都信奉"诚信"二字。也正是因为保持并践履着以"诚信"为核心的价值理念,李达三才在事业上取得了有目共睹的巨大成就。

事业成功后的李达三,没有忘记自己的祖国和家乡,他多年来不遗余力地支持公益事业,尤其关注教育,多次捐赠巨资帮助国内的教育事业,最早捐助的是他的母校复旦大学。特别值得一提的是,当年李达三宣布捐款1000万港元给复旦大学建教学楼,时隔数月出资捐款时,发现港币汇率已经调低,李达三硬是根据当时汇率补足差额。

李达三就是这样一位将"诚信"坚持到底的可敬长者。

1996年10月19日,中国科学院紫金山天文台在南京举行隆重的命名典礼,将3812号小行星命名为"李达三星"。从此,一代爱国儒商李达三的英名进入宇宙星空,在遥远的太空永远闪烁着璀璨的光芒。

王宽诚：宽厚为怀 诚信为本

王宽诚（1907年–1986年），又名王文侠。宁波鄞县布政乡人。香港实业家。

清朝末年，外出经商谋生的宁波人很多。在江苏靖江有一家经营纸张、杂货的小商铺，店主王启芳来自宁波鄞县布政乡宋严王村。1907年，王家又添了一个大胖小子，取名王宽诚。此时王家生意冷淡，夫妻二人膝下有四儿两女，收入仅够糊口。王启芳改做收购生猪生意后，一家的境遇才有所改善，于是王宽诚幼时得以入读私塾和新式小学。上了将近七年学后，父母将他送回宁波老家与祖母为伴。

1921年，王宽诚进入宁波永丰猪行做学徒。他细心留意生意之道，虚心请教，并且充分利用业务时间，勤奋学习。三年满师后，他转行到江厦街源吉钱庄做放贷工作，又称"跑街"。对于一个17岁的青年来说，跑街的工作其实是一个更严峻的考验，既要求行为检点,人品端正,又必须灵活机智,懂得观察了解客户,否则放出去的款很难收回。工作性质发生如此巨大的变化,王宽诚认认真真从头学起,处处以宽厚为怀、诚信为本,并且严格要求自己的行为处世,办事公私分明,因而很快就能在新的岗位上应付自如了。

王宽诚在源吉钱庄兢兢业业干了8年,后来被宁波立丰面粉厂的老板看中,聘为该厂的采购主任。据《宁波金融志》记载,源吉钱庄在宁波同行中的排名由1926年的第28位升至1931年的第2位。毫无疑问,王宽诚为源吉钱庄的发展立下了汗马功劳。

从金融业迈进实业界后,王宽诚继续脚踏实地,努力工作。常人眼里的采购主任素来是肥缺,常有人会从中谋取私利,因此也必然造成工厂成本提高和质量低劣的后果。王宽诚不负老板信任,初一上任即宣布放弃佣金,着手大力整顿,努力改善工厂状况。但因立丰厂积弊太多,最后不得不宣告倒闭。

在面粉厂的两年期间,王宽诚凭着他的聪明勤奋,已经对面粉行业的各个流程了然于心了。而他的人品和能力也得到了宁波胡、陈两家富户的赏识,愿意出资支持他另立门户。1935年,王宽诚与他俩合资,在东胜路上开设了维大鼎记面粉号。

开业之初,王宽诚为了宣传自己的新店,花钱在宁波《时事公报》上刊登大幅广告。广告为"顾客至上,信誉第一,'维大'最讲信用,劣质面粉不卖……"广告登到第7天时,高额的广告费让有些人心疼了,他们跑到王宽诚跟前说:"7天生意赚来的钱还不够登广告的,别登了!"

但王宽诚深切了解广告的效应,他坚持原来的主张,"还要登,连登半个月,要让全宁波人都知道'维大',生意就好做了。"王宽诚虽然强调的是广告效应,但同时也反映了他恪守诚信的企业理念。接下来的事实果然如他所料,连续半个月的广告引来了大批客户。开始他们只是出于好奇,后来见能得到真正的实惠,于是奔走相告,口口相传,"维大"人气大增,门庭若市。不到两年,维大鼎记面粉号先后在市区内外增设了六家分号,在宁波面粉业业绩首屈一指。

1937年,雄心勃勃的王宽诚前往上海设立"维大华行",又与上海实业界极有名望的李康年合股开设中国钟厂,并任钟厂经理,创立"三五"牌商标。王宽诚严格要求质量,精心制作,"三五"牌台钟逐渐蜚声海内外。

此后王宽诚因时局动荡,辗转重庆、上海,最后落脚香港。无论从事面粉、建筑材料等贸易,还是金融财务、地产建筑、百货、食品等业务,王宽诚都人如其名,宽厚为怀、诚信为本,始终以诚信立身。他对事业兢兢业业,对朋友宽厚真诚,在国内外赢得了极高的信誉。

新中国成立后,王宽诚两次认购人民政府发行的胜利折实公债,成为海外购债冠军。王宽诚又受周恩来总理的嘱托,在海外筹资500万元港币,帮助购买国内紧缺物资,并用自己的船队运到上海。

1985年,他拿出自己的一半资产——1亿美元捐献给国家,设立"王宽诚教育基金",为国家培养人才。

1998年10月5日,经国际小行星命名委员会批准,将由中国科学院紫金山天文台发现的4651号小行星,正式命名为"王宽诚星",以纪念这位中国工商界著名的杰出人士对中国教育和社会福利事业的贡献。

陈炳发：信誉为本扎实经营 "同仁泰"迅速跃入大店行列

陈炳发(1907年-不详)，字运辉。宁波江东人。民族工商业家，宁波"同仁泰"百货店创始人。

陈炳发，祖籍宁波鄞西石碶镇。1907年，他出生于宁波江东百丈街黄栀花弄。陈炳发的父亲开了一家小箔坊，日夜辛苦劳作，仅能维持生计。陈炳华童年时，一边在私塾读书，一边用空余时间和父母兄妹一起参加箔坊的劳作。

15岁时，陈炳发到一家百货店当学徒，后因工作出色，被老板提升为账房、进货等职。他勤奋用功，善于学习，积累了不少商业经验。

1929年8月，23岁的陈炳发向亲友借贷筹得5000元资金，在东渡路咸塘街口开了一家百货店，取名"同仁泰"。创店之初，经营甚为艰难，但陈炳发咬紧牙关，踏踏实实，稳扎稳打，逐渐做出了名声，从最初只持有十分之一的股本,到七年后完全独资经营,店里货物积存竟高达18万元。同仁泰百货店能在不到十年的时间里,由一个毫不起眼的小店一跃跻身大店之列,成功之处就在于陈炳发坚持以信誉为本,一步步扎实的经营。

陈炳发是个善于动脑筋的人。创业之初他就在招牌和招纸上写明了同仁泰百货店的营业宗旨,其为货真价实,薄利多销;选货精良,讲求实用;童叟无欺,诚实可靠。在实际经营中,陈炳发也严格本着这样的营业宗旨,坚持诚信服务。1947年,陈炳发在"同仁泰告顾客书"中说,他们坚持营业宗旨,做到了"二十年如一日"。

建立商业信誉的第一步是确保商品精良。在当时,因为民族工业尚不发达,产品很多来自半机械或手工操作,并且原材料不稳定,所以质量很难稳定,即使是同一品牌同一批次,质量也会相差悬殊。曾在百货店当过学徒的陈炳发深知这一点,他亲自抓同仁泰的进货环节,结合自身丰富的经验,注意吸收借鉴他人的经验。陈炳发对棉织品的鉴别水平格外高,他能做到见货知成本、知质量、知工厂利润。于是给同仁泰供货的厂商都不敢拿成本高、质量差的产品来,也使得同仁泰在进货时极少出现失误。

商品的进货质量关得到了控制,加上直接与厂商挂钩,减少了中间环节,便能使进货价格相对便宜,这样就给"货真价实"提供了坚实的基础。同样品牌的毛巾、袜子,同仁泰卖得最为经济实惠,既耐穿耐用,价格又比一般商店便宜。顾客买回家中用过之后,邻里之间都会互相交流使用心得,于是同仁泰的口碑一传十、十传百地逐渐被越来越多的人知道,生意越发兴旺起来。

除此之外,同仁泰在服务态度上也很有一套规矩。店员衣冠齐整、笑脸相迎自不必说,陈炳发还要求店员必须根据不同的顾客,推荐不同的商品,尽量站在顾客的立场,替顾客出主意。无论买或不买,都要等同相待,务必使顾客称心满意,争取回头生意。

深谋远虑的陈炳发为了保证店员的服务质量,创店之初就立下了店规:凡在店里做事的,不准在店里吃酒、吃烟、赌博,如有违反,一律解雇。但店规的实行,一开头就出现了一个很大的阻力。

原来,店里的账房先生倚仗自己是大老板引荐来的,丝毫不把店规放在眼里,生活上不加检点,后来竟愈发放肆起来。陈炳发思来想去,犹豫究竟该如何处理。如果置之不理,那么店规形同虚设;倘若解雇了账房,势必会使大股东不满。思虑再三,陈炳发决定以维持店规为上,解雇了这个有来头的账房。此举果然招来了大股东的不满,对陈炳发提出要撤股分货,陈炳发坚持己见,让大股东撤出了五股。他咬紧牙关,克服重重困难,终于还是把同仁泰经营得有声有色,店规也得以维持下来。

同仁泰百货店在陈炳发的用心经营下,从1929年创立,到1932年得到扩建,到1937年达到了鼎盛,其发展速度令同业震惊。究其原因,就在于陈炳发坚持货真价实、信誉为本的经营宗旨,其经营方法至今仍有可借鉴之处。

陈训慈：忠诚无私 举债迁书历艰辛
保护文澜阁库书大转移

陈训慈（1901年–1991年），字叔谅。宁波余姚人，陈布雷之弟。著名爱国人士，史学家。

陈训慈，少时曾在慈溪县立高等小学、宁波效实中学就读。1924年毕业于东南大学史学系。历任上海商务印书馆编译所编译、中央大学史学讲师、浙江大学史地系教授。1932年任浙江省立图书馆馆长，先后创办《文澜学报》和《浙江图书馆馆刊》等。著有《世界大战史》《甲午战争历史教训》《五卅痛史》《中国之图书馆事业》《浙江省史略》等。

1937年"七七"事变后，日寇飞机时时来沪杭线上空侵扰，时局十分动荡。时任浙江省立图书馆馆长的陈训慈深感不安，他担心馆内珍藏的大量图书的安危，特别是最为珍贵的文澜阁的《四库全书》。

这套《四库全书》作为我国古代最大的一部官

修丛书,是在清乾隆皇帝的主持下,聚集4000余人,耗时13年之久编成的。丛书分经、史、子、集四部,故名四库。全书7.9万卷,3.6万册,共有3500多种书,约8亿字,基本上囊括了中国古代所有图书,故称"全书"。乾隆曾先后命人手抄了7部,4部存收在北方,3部存收在江南。

这部巨典图书因多次战乱,历经劫难、惨遭损毁。到民国时期,江南库书仅存杭州的文澜阁一部了。经过多次拾遗补抄,其尚属完整齐全。陈训慈担心这样的国宝文物再临险境,便到处求助,力求保全珍贵藏书。他一面积极筹措运费,一面赶制木箱,用以装书转移。陈训慈多方奔走,四处举债,终于在1937年12月杭州沦陷之前,置家人于慈溪老家而不顾,和馆职人员携带200余箱藏书,离开了杭州,踏上了迁移文澜阁库书的艰难之路。

战事紧张,日寇紧逼,形势非常严峻。陈训慈和馆职人员冒着生命危险,克服重重困难,终于1937年8月5日,将库书从水路运达富阳渔山。

但杭州失守,富阳难以幸免,陈训慈继续借钱雇工装船运书,于1937年11月25日越桐庐向南到达建德县。

形势险恶,建德仍不安全。陈训慈求助不得,只能再借钱,于1938年1月底将藏书转运至龙泉。经过峡口过江山溪时,有一车书翻倒在溪水中,抢救上来后,连夜运到江山县县城通风晾晒,一边晾晒一边必须赶路,不容久延。

几经周折后,库书终于在1938年4月底运抵大后方贵阳。书先存在贵阳西郊张家祠堂,经过护书人员几个月的努力,那些落水受潮的3000册书终于得以抢救过来。后因日寇轰炸贵阳,库书迁至城北高山上的子母洞,才算安全。但山洞潮湿,贵州又多雨,定期曝书、购石灰吸潮、放樟脑防虫、翻晒等工作都非常辛苦。在极端艰难的条件下,他们这样坚持了5年。在此期间,陈训慈因过于劳累还曾大病一场。

1944年12月,贵州告急。库书运抵重庆青木关。

1945年8月,抗战胜利,《四库全书》最终回到杭州,得以完好地保存在西子湖畔的浙江图书馆。

后据日本学者松木刚在《掠夺了的文化——战争和图书》一书中介绍,日本人侵占杭州不久,即派人专门寻找文澜阁《四库全书》,想将其运回日本。若非陈训慈等人忠诚无私、历尽艰辛的努力保护,文澜阁《四库全书》怎能在抗战烽火中来回行程逾万里而安然无恙呢?

屠景山：货真价实经营有方 源康布店妇孺皆知

屠景山，清朝光绪年间生人，宁波鄞县人。中华老字号"源康布店"的创始人。

在宁波有一家久负盛名、老幼皆知的百年老字号"源康布店"，创建于清朝光绪三十年（1904年）农历三月三日，创始人屠景山来自宁波鄞县西乡屠家。他最初因为在上海投资黄金生意发了大财，置下不少田产房屋，后来筹资33000元开了源康布店，于是当时流传着一句顺口溜："老板屠景山，长本三万三，开店三月三。"

经屠景山及其侄子屠申恺多年经营的源康布店，在当时名气很大，宁波一带渔民、农民都喜爱到"源康"购布，置办婚嫁用品首选"源康"。街坊小巷中曾经流传这样的话："不到源康，枉来宁波。"进了趟城却没有去源康买东西，回去以后就会觉得没脸见乡亲。

源康布店之所以名声远扬,主要原因在于源康布店的"货真价实"。源康经营重点是黑白蓝粗布,首先必选"万年青""魁星"等几种信得过的老牌货,然后由源康自行加工染色。经源康加工的布匹,染色都特别地道,不会褪色;不管黑白蓝色,必须过梅、过伏后才出售,因而又比别家的布匹显得挺括。再加上,源康进货多来自苏州、杭州、上海三地的正规厂家,由于数量大,拿到的价格便低,所以售出的布匹就有价格上的优势。多种因素的综合才使源康布店成为老百姓买布首选之地。

源康的经营除了货真价实外,另一个特色是花色齐全,纺织品除黑白蓝粗布扬名外,呢绒、绸缎、麻织品和各类棉布应有尽有。

与其他同业相比,源康布店的经营方式显得十分新颖、灵活,其中最具特色的便是"串柜"。比如一个顾客进门,既要棉布、呢绒、绸缎,还要买鞋口、裤腰等其他配件。那么连同选料、收款、发料,都由一个营业员服务到底,这样既节约了交易时间,又方便了顾客。除此以外,源康还专门设有服务人员,给顾客介绍各种布料、款式等,这便相当于现在的"商场导购"了。

源康不仅在布匹的质量和品种上占有绝对优势,而且他们的管理方式也值得一提。源康重视营业员的服务质量,一个服务态度好、服务质量高的营业员会成为加薪提拔的对象,这大大促进了营业员提高自身的服务水平的积极性。从工资待遇上,源康也比一般同行高,而且会根据服务年限逐渐增加,所以没有特殊原因,店里的职工多不肯脱离源康。

1937年"八一三"事变爆发不久,时局动荡,生意已达顶峰的源康布店遭到了严重打击。抗战胜利后,源康重新恢复营业。解放后,源康于1955年成为公私合营商店,营业进一步发展。1966年以后,源康曾更名为人民布店。1978年恢复"源康"招牌。1993年,源康布店被国内贸易部评为"中华老字号"。

如今的源康布店已经历百余年风雨,虽然不似往日那般荣耀辉煌,但这家百年老字号曾经拥有的诚信好口碑,人们永远不会忘记。

徐訏：仗义执言 为鲁迅打抱不平

徐訏(xū)(1908年-1980年)，字伯訏，笔名徐于、东方既白、任子楚等。宁波江北洪塘人。现代著名作家、教授，有"文坛鬼才"之称。

1908年深秋的一天，徐訏生于宁波江北洪塘街道竺杨村。他自小家教甚严，父亲专门请了老师教他四书五经。6岁时进小学住读。11岁时随父亲离开家乡去了上海，因父母离异，所以常与孤独寂寞相伴。

1931年，徐訏考入北京大学哲学系，毕业后转本校心理学系读研究生。1934年，他在上海任《人间世》月刊编辑。两年后，赴法国巴黎大学修哲学，获博士学位。

抗战爆发后，徐訏返回上海，先后任《天地人》《作风》等刊物主编。1937年发表其成名作《鬼恋》，作品构思怪诞,充满神秘色彩和感伤情调。1942年,徐訏赴重庆中央大学执教。1943年出版长篇小说《风萧萧》。这部书当时被誉为"所有描写中日战争最动人的一部小说",成为1943年最畅销的书,这一年有"徐訏年"的美称。

徐訏成名于二十世纪三四十年代的上海,他擅长编织故事,以刻画人物心理见长,作品充满浪漫、唯美色彩。生活中的徐訏为人坦率耿直,习惯我行我素、独来独往。他不参加任何文学社团,也不介入作家社团间的争吵与斗争。1950年徐訏仓猝离沪,只身去了香港,直至1980年病逝。

1966年,台湾作家苏雪林在台北《传记文学》月刊上发表《鲁迅传论》一文,大骂鲁迅先生人格渺小、性情凶恶、行为卑劣,甚至鲁迅对于贫困青年作家的经济援助,也被她骂为小恩小惠笼络人心。

苏雪林的这些无端言论,正符合当时台湾"反攻大陆"的政治需要,因此在台湾无人敢提出异议。但身在香港、素不参与争吵的徐訏看不下去了,他写了《鲁迅先生的墨宝与良言》一文,以自己的切身体会,驳斥苏雪林的信口开河,为鲁迅先生鸣不平。

徐訏在文章中写道:"我不敢高攀鲁迅先生,既不会说'我的朋友……',也挨不上做他的学生,更不是他的亲密战友。我只是一个相信鲁迅先生是有文学天才与有文学修养的人。我敬佩他的天才也因而不相信他是圣人;天才的性格都有偏僻之缺点,鲁迅亦自难免。……鲁迅不是我的偶像,我也不赞同他的思想;但他是我所敬佩的作家……我对于鲁迅的印象就是他对人的慷慨和没有架子。"

　　他还在文中列举两点以说明他的看法。一是亲身接触,即他大学刚毕业任职于《论语》编辑时,除曾有约稿外,与鲁迅素无来往,但当他向鲁迅求字时,鲁迅很爽快地给他写了两幅。二是根据众所周知的事例,比如鲁迅对贫苦青年作家,特别是从东北流亡来的青年作家给予的慷慨帮助与支援。

　　在以上两点的基础上,徐訏毫不客气地批评苏雪林尖酸刻薄、损人太过。他认为鲁迅对于青年作家的慷慨帮助,在当时几乎无人能比;比鲁迅富有的人比比皆是,却往往一毛不拔。而鲁迅帮助了别人,有时甚至不愿意被人知道。所以徐訏觉得鲁迅完全是以同情心去帮助弱者,而非苏雪林所说的笼络人心。

　　值得一提的是,鲁迅曾因政见不同与老朋友林语堂反目,而徐訏正是林语堂主编杂志的主要编辑,也被鲁迅称为"林门的颜曾,不及夫子远甚远甚",但徐訏不计前"嫌",仍能挺身而出仗义执言,为鲁迅先生打抱不平,可见其为人之正直。

赵培德：三不出售三不卖 "赵大有"糕团家喻户晓

赵培德(1887年–1940年)，祖籍上虞梁湖，宁波老字号赵大有糕团店奠基人。

清朝同治年间，上虞梁湖的赵氏先祖迫于生计，运来梁湖出产的粳米，在宁波江东后塘街杨柳道口租下一间店面，制作年糕，招牌取名"赵大有"，试销后受到宁波市民的欢迎。此后他们每年的农历十一月到次年一月间来宁波制作年糕，都以"赵大有"作招牌。

"赵大有"以年糕起家，渐渐在宁波站稳了脚跟，但其真正扬名，则是从赵培德创办"赵大有"宁式花式糕点开始。赵培德少时即随堂叔到宁波一家饮食店当学徒。1911年赵培德在宁波帮糕团名师苏瑞财、陈高仁的支持下，于百丈街开设了第一家"赵大有"。

百丈街在当时是江东最热闹的地方，商铺林

立,人来人往。地理位置虽优越,但竞争对手也不少,"赵大有"免不了要与同业竞争。赵培德用心经营,从原料到制作都亲自把关。经过他严格要求做出来的"赵大有"糕点质量明显优于其他几家,受到了附近百姓的一致认可。"赵大有"生意兴隆,风头甚劲,另外几家糕团店只得关门歇业。

不久,生意蒸蒸日上的"赵大有"把基业从江东扩展到了城区,并全面拓展糕团业,主要产品有龙凤金团、馒头水作、梁湖年糕、四时点心等。在赵培德的带领下,"赵大有"在宁波城内外声名鹊起,家喻户晓。宁波人走亲访友、各种喜庆活动都少不了"赵大有"糕团。当时宁波城内共有20来家"赵大有",尽管日夜生产,仍是供不应求。

"赵大有"糕点如此畅销,主要依赖其诚信为本、老少无欺的经营方式。

首先严格把关糕点的质量,讲究配料,精心制作。宁波以前有句俗话说"乡下人吃油包,背脊烫起泡",意思是乡下人没见过世面,只顾抬头吃油包,一不小心,滚烫的猪油馅就顺着嘴角流到了背脊上。这话说的就是"赵大有"水晶油包,由此可见其味美料足,亦是质量取胜的最好见证。

"赵大有"的招牌产品龙凤金团售卖多年,依然保持色香味不变。除了选用最好的原材料,严格遵守其工艺流程,还在于赵培德定下的"三不出售""三不卖"的规矩。

"三不出售"即金团粉酸、漏馅不出售,花纹印不清晰不出售,松花脱皮不出售。这是赵培德对产品的严格要求。

"三不卖"则指盛器不适宜的不卖、盛器小的不卖、小孩子不卖。这是赵培德对售后产品的认真态度。

但"三不出售""三不卖"在最初却没有得到理解。关于此,还有这样一个故事。有一天,一个八九岁的孩子手提菜篮要买四十八只龙凤金团,说要送给乡下姐姐的儿子过满月。店里的师傅对小孩挥挥手,嘱咐他回去叫大人拿宾朋篮来装糕点。过了一会儿,一个五六十岁的老婆婆拿着宾朋篮到了店里,她面带愠色,言语中分明还带有几分怨气。师傅温和地劝说她:"菜篮里放金团是会走样、漏馅的,这样既不好看,又不好吃,影响金团质量的事,我们不做。再说你送出去要体面,我们店也得顾牌子啊。"老婆婆付了钱,仍旧一副不高兴的样子,她把篮子交给孩子,让他到新河头乘航船,不料小孩半途跌了一跤,把篮子打翻在地。店主赵培德刚好有事路过,看到是"赵大有"金团损坏了,连忙带回去换上好的金团。老婆婆被感动了,她夸赞说:"赵大有不仅金团好,生意做得更周到。"经过一段时间的体验,"三不出售""三不卖"这两个规定终于得到了大家的认可。

赵培德采取的这些措施有力地维护了产品的质量和声誉,树立了品牌,赢得了良好的口碑,因而生意越发兴旺。回乡探亲的游子们往回带的土特产中,必少不了"赵大有"金团。当年蒋介石回溪口办六十大寿时,特意叫部下去订"赵大有"糕点,夸赞他们做的糕点味道很好。

风雨沧桑一百五十余年,"赵大有"糕团作为宁波历史最悠久的糕团店,得到了宁波百姓的如此称赞:"赵大有糕团三不卖,赵大有招牌硬。"

包玉刚：以信用取人 "世界船王"举世闻名

包玉刚(1918年–1991年)，名起然。宁波镇海人。世人公认的华人世界船王。

1918年，宁波镇海区西南庄市钟包村，一代船王包玉刚就出生在这里。父亲包兆龙常年在汉口经商。1931年，13岁的包玉刚离开故乡，到上海吴淞商船专科学校学习船舶知识。抗战爆发后，他转到重庆一家银行当了一名小职员。1938年，包玉刚回到上海，在中央信托局保险部工作，他以宁波人的精明和兢兢业业的工作作风，由普通职员逐渐升到了经理，直至上海市银行副总经理。

1949年初，包玉刚放弃在上海如火如荼的银行事业，随父亲一同移居到香港，开始从事进出口贸易。后来他注意到航运事业的美好前景，便决定在海洋运输业谋求发展。

1955年，包玉刚在英国以77万港元的代价，购

买了一艘载重 8200 吨的燃煤旧货轮,取名"金安号",同时成立"环球航运集团有限公司",经营印度和日本间的煤炭运输,从此开始了航运事业。

包玉刚是一个极重信誉的人,他认为好的信誉就代表了财富。

有一次,包玉刚把一条船租给了一位港商,合约不长,只有 6 个月。虽然事先他已得知这位港商是投机商人,口碑不好,但碍于朋友的情面,只得勉强同意短期续借。

到了租约期满之日,正逢苏伊士运河关闭,致使运费飞涨。那位港商便找出各种理由不退还船只,他想继续租用包玉刚的低租货船,并主动把租金提高了一倍,且愿意以现金预付三分之一的费用。

但包玉刚不满其不守信用的行为,坚决拒绝续租要求,同时却以更低租金与日本一家信誉好的公司签订了长期合约。

接下来的事实证明包玉刚选择信誉的决定是正确的。后来因战争结束,苏伊士运河重新开放,运费暴跌,那位港商宣告破产,他租船的船东连带遭受了很大损失,而拒绝港商续租的包玉刚则避免了一场灾难。

注重信誉,为包玉刚赢得了商机。初涉航运、看似"门外汉"的包玉刚以其稳健踏实的作风,获得了创业初期的节节胜利。此后在他的航运之路上,他更加坚定地保持着"言必信,行必果"的作风,从而树立了良好信誉,使企业日益兴旺发达。

一次,包玉刚有机会以 100 万美元购入一艘 7200 吨的新船,并将其给一家日本航运公司租用 5 年。可是资金不够,买不了船,怎么办?包玉刚事先算了一下账,发现日本航运公司第一年就可以付给他75万美元的租金。于是他找到汇丰银行高级职员桑达士,希望能贷款100万美元给他买船,而他将以日方银行开出的75万美元信用状作担保。谨慎的桑达士虽然不相信他能办到,但允诺如果包玉刚能拿到75万美元的信用状,就同意借款。

包玉刚立刻赶往日本,以他的良好信用说服日本航运公司开出了一张75万美元的信用状。桑达士也兑现承诺贷给了包玉刚100万美元。

这次"空对空"的胜利,正是建立在包玉刚良好信用的基础上的。也正因为有了这一次的合作,才逐渐建立起包玉刚与汇丰银行之间良好的借贷关系。在后来的无数次借贷合作中,包玉刚以诚信为本,取得了银行的信任和支持。在拥有雄厚资金来源的基础上,"环球航运集团有限公司"得到了越来越多的租船业务,从而加强了船队的实力,他购买和建造了一艘又一艘的货轮、油轮……到1981年,包玉刚的船队总吨位达到2100万吨,比美国和苏联的国家所属船队的总吨位还要大,成了名副其实的"世界船王"!

包玉刚曾经说过:"纸上的合同可以撕毁,但签订在心上的合同是撕不毁的。"他把讲信用看做企业经营的根本。造就一代船王的成功之道正是"诚信"二字。

金如新：重视信用 为客户着想 获『保险大王』美誉

金如新（1918年–2005年），宁波镇海人。香港工商界保险业巨子。

金如新，1918年生于上海，祖籍宁波镇海澥浦袁家(三七房)村。金如新的求学时代在上海度过，他先后就读于上海育才中学、复旦附中、上海沪江大学商学院，大学毕业后任职于上海平安保险公司。1958年，金如新移居香港，任南英保险公司经理，负责华人方面的业务，直到1995年退休。

金如新从事保险业数十年，特别注重"信用"二字。他认为信用就像"无形资产"，实际上比"有形资产"更重要；一个人的财产可以损失，但"信用"绝不能丢失，如同一张保单，可以价值很大，也可以变成一文不值的一张废纸，这全看你如何对待。

有一次，一家纱厂发生火灾，损失非常大。厂家曾经在南英保险公司投保，当他们找南英公司处理

保险事宜时，金如新没有像一般保险公司那样先经过一段调查时间再赔偿，而是在调查期间就先给客户一半的保险赔偿，以便帮助这家纱厂早日恢复生产，渡过难关。在后期处理中，金如新也没有和别的保险公司一样，因赔偿等各种问题对投保者毫不相让，与他们争论不休，致使投保者雪上加霜。金如新始终认为保险业是为人服务的行业，当客户遇到困难的时候，首先要维持"信用"，要站在客户的角度为客户着想，在客户最困难、最需要帮助的时候，帮助他们平稳过渡。不论客户是大是小，也不论问题是大是小，困难面前，他总是能平心静气地与对方友好协商、及时解决。

因为金如新带领的南英保险公司信用好，能给予客户落到实处的帮助，因而得到了越来越多客户的认可。好口碑口口相传，渐渐地他们已经不用出去招徕业务，客户会自己主动找上门来。当时全香港的纱厂、布厂、染厂、制衣厂四大行业中，有六成到七成的厂家在南英投的保。

金如新因他的信用至上获得了令业界赞叹的骄人业绩，成为香港保险业的权威人士，被人们尊称为"保险大王"。

金如新先生不仅在事业上注重信誉，在其他方面亦是如此。在家里，作为三子五女的父亲，他要求十分严格，教育子女们做人要有诚信，要重视为人的品格。如今子女虽已各有所成，但无丝毫骄奢之气。这令金如新非常欣慰。

金如新一生挚爱京剧艺术，为弘扬优秀民族文化、振兴京剧艺术积极奔走，倾注了毕生心血。他早年在香港领导"华丰票房"，积极参与各项活动，起到了很好的表率作用。

　　金如新先生还多次回到祖国内地参观，为发展甬港关系、为家乡的投资建设积极努力，并作出了极大的贡献。1998年，上海宁波同乡联谊会筹建联谊会大楼时，遇到500万元的资金缺口，金如新得知消息后，毅然决定由他私人贴补。随后，又以董事长的名义，将金苑大厦的东商场作价600万元抵押贷款给浦东银行。经过他和张乾源先生的共同努力，最终为上海宁波联谊会大楼募捐900万元。

　　金如新先生就是这样一个对祖国、对事业、对朋友满怀诚意的人。

赵安中：诚信做人得友助 力挽狂澜赢商战

赵安中(1918年–2007年)，宁波镇海人。创立香港荣华纺织有限公司，曾任宁波旅港同乡会名誉会长、香港甬港联谊会名誉会长。

1918年，赵安中出生在宁波镇海骆驼镇赵家村。他的童年时期，多在离家八里远的团桥镇外公家度过。外公是当地首富，开着一家米行兼酒坊。10岁时，赵安中被送到团桥小学寄宿，半年后转往庄市中兴学堂寄读。赵安中受到了良好的教育，练就了一手不凡的心算本事，并打下了扎实的古文基础。

1931年"九一八"事变后，时局动荡，赵家决定让赵安中辍学从商。第二年，14岁的赵安中进入宁波江厦街承源钱庄当学徒。3年后学徒期满的赵安中正欲大显身手，却遇金融风暴，承源钱庄也难以幸免，关门歇业了。赵安中转而学做保险，两年后抗战爆发，赵安中再次失业在家。此后他辗转于上海、汉口、广州等地做金融买卖,直至1949年到了香港才落下脚来,在一家"宏兴金号"觅得一职。赵安中倍加珍惜这份工作,他勤勉工作、诚恳待人,给客户和老板留下了很好的印象。1952年,赵安中被老板派往新生布厂任会计,他开始有意识地接触纱布生意。

1953年底,赵安中东渡日本,从事香港和日本间的小宗贸易。经过两年的辛苦探索,逐渐小有成就,收入渐丰。可惜好景不长,1956年,日本商行大举入港,把赵安中的小本生意之路堵得严严实实。无奈之下,赵安中进了日本"江商"洋行香港分行当一名小职员。

1959年,有个做棉花生意的朋友找到赵安中,一同创办了"嘉丰"纱厂,但最初几年里,纱厂一直亏损。1965年,48岁的赵安中离开工作了将近10年的日本"江商"洋行。他要把纱厂继续办下去,并将纱厂改名为"荣华"。怎奈当时香港纱布业市场低迷,荣华前途堪忧。赵安中没有退却,而是迎难而上,他坚韧执着、不断努力,直到1968年,荣华公司才扭亏为盈。1971年,赵安中审时度势,率先把工厂迁往印度尼西亚的万隆,迁厂后的荣华渐入佳境,生意蒸蒸日上。

从白手起家,到后来的事业有成,从嘉丰到荣华,整整15年间,赵安中付出了常人无法体会的艰辛和努力。同时他在事业上的每一步发展,都有来自朋友的帮助。能获得友人可贵帮助的首要因素,是赵安中的诚信待人。

赵安中很早就结识了一个叫李绍周的朋友,从东渡日本,到创办纱厂,都有李绍周不小的功劳。对这样一位"侠肝义胆"的朋友,赵安中更是以诚相待。李绍周曾经入股创办荣华纱厂,后来因故退出荣华,他把自己所有的股份都转让给了赵安中。同时转股的还有另一位股东骆肇祥。赵安中承诺一定会尽早把两位的股本还上,并且利息照计。多年以后,赵安中没有忘记自己的诺言。1968年,荣华公司生意开始有了起色,汇丰、渣打银行纷纷主动找赵安中做生意,赵安中融资成功后,做的第一件事就是先还清骆肇祥的股本。1973年,荣华在印尼走上崭新的坦途,赵安中又把李绍周的股本连本带利还给了他,而此时的李绍周重病在床,他执意不肯收下这笔款子,赵安中无奈,最后只好把钱汇到了李太太的银行账户上。

赵安中一生的事业并非扶摇直上,而是有起亦有伏。但久经商海的赵安中一次次临危不乱、冷静面对,最终都能化险为夷、转危为安,这其中仍旧依靠"诚信"二字。

自从1972年赵安中将荣华迁址到印尼以后,经营很快走上正规,事业渐入佳境。但在1978年,印尼盾突然大幅贬值,这对于以外币结算的荣华厂来说,犹如灭顶之灾。面对如此局面,不少厂家都会与客户协商,或者补价,或者少交,或者干脆取消合约。但赵安中对于荣华的销售历来要求恪守信用,即便遇到这样的突发事件,荣华同样不想损害客户的利益,更不愿意影响自己的信誉。

赵安中经过对当时形势的冷静分析和细致周密的调查,最后作出了与别的厂家完全相反的决定:将预售的期货全部缴清,同时向市场大量收购纱、布,将自己的纱、布两厂的货全部改做存货。

对于荣华这样的做法,客户自然感激不尽。而赵安中则静观事态变化。结果一个月后,市场存货渐缺,货价看涨;半年后,货价已经涨到一倍多。荣华不但将存货全部卖完,而且期货也都售出。赵安中带领荣华打了一场非常漂亮的大胜仗,他们不仅赢了生意,还维护了生意场上最重要的一点——信誉。

因为始终坚持诚信待人、诚信经商,所以,赵安中走向了事业的成功。事业有成之后的赵安中继续保持那颗诚挚的爱心,把目光投向了广阔的慈善舞台。耄耋之年的赵安中,跋涉高山海岛,捐资1亿多元助建了160余个教育工程。1994年7月29日,赵安中被宁波市人大常委会授予"宁波市荣誉市民"称号。1995年4月10日,浙江省人民政府向赵安中颁发"浙江省爱乡楷模"荣誉证书。

戴祖贻：精湛手艺 信誉为人 红帮奇才名扬四海

■ 戴祖贻（1920年— ），旅日华人，祖籍宁波北仑。上海著名西服店培罗蒙创办者许达昌的嫡传弟子，"红帮裁缝"的海外杰出代表。

1920年，戴祖贻出生在宁波北仑霞浦镇的一个小村庄，虽然家境穷困，但父母还是省吃俭用供他上学。1934年，14岁的戴祖贻被舅舅带到上海，成为上海著名西服店培罗蒙的学徒。临行前，母亲叮嘱他，做事要勤快，手脚要清爽，万事要忍耐、刻苦。

培罗蒙是定海人许达昌开办的，当时店堂人手少，从早到晚忙碌不已。少年戴祖贻处处留心，勤学好问，潜心学习西服缝制技艺。师傅许达昌技艺精湛，业界同行亦称赞叫好。他辛苦工作之余，经常教导徒弟要勤俭耐劳，做事一定要勤奋积极，做人更要勇于担当，待人也要诚恳客气。

此时培罗蒙已搬至静安寺路，发展成为上海最高级的西服店。常来常往的顾客非富即贵,皆来自上流社会。除此之外,还有英、德等国的银行家、商行的高级职员。由于勤奋好学、刻苦钻研,戴祖贻的西服裁剪缝制手艺渐精,倍受师傅许达昌的器重,经常被师傅派到南京为当时的达官显贵及社会名流,如汪精卫、张群、张治中、宋子文、何应钦、阎锡山、马步芳等人量体定制服装。

1948年许达昌到香港开设培罗蒙,第二年戴祖贻也被师傅叫去香港,先后为香港名人李嘉诚、董浩云、包玉刚和美国总统尼克松的胞弟等做过西服。

1951年许达昌将业务拓展到日本,后因病返回香港,当年7月,戴祖贻赶赴日本接替工作。当时日本的服装生意十分兴旺,培罗蒙高级的面料、精湛的工艺、周到的服务,吸引了源源不断的顾客,其中又以贵客居多,主要是在日本的外国商界巨头及外交官员,因而声望格外高。

1967年,许达昌把日本店铺正式转让给戴祖贻,由他独自经营。戴祖贻没有辜负师傅的期望,百尺竿头更进一步。1990年,戴祖贻不惜重金,在日本排名第一的东京帝国饭店租了两间铺面,迎来了一大批重量级客人的光顾。同时,他放眼世界,考察了英、美、法、德等很多国家的服装市场,使培罗蒙西服制作更精良,牌子更响亮,先后为美国总统福特及日本大臣、二十多国驻日本大使、工商界领袖、体育、文艺、影视明星等做了数以万件精美绝伦的西服。

戴祖贻以其卓越的成绩成为海外红帮裁缝的佼佼者,个中的原因除了他精湛的手艺外,还有其为人的本分、诚恳。戴祖贻特别注意尊重顾客,想人所想,急人所急。培罗蒙的收据最上方一定会写上对客人的感谢语以表敬意;客人来店定制衣服,要尽量记住客人的姓名、地址、职业,以及以前曾经做过什么衣服,这样客人下次再来时,对客人的熟悉更拉近了相互的距离;完工的衣服,外面必须有精良的衣套,然后派人专程送到客人家中,一路上要双手捧着衣服,保证像刚熨过一样;对客人的微笑服务,要发自内心……戴祖贻时时处处为顾客着想,他重视培罗蒙的信誉远胜过金钱收益。

几十年间,戴祖贻接待了各种脾气性格的客人,无论是谁,他都以诚相待,因而也与很多人结下了深厚的友谊。美国前总统福特经朋友介绍到培罗蒙做西服,他对做工精美考究的西服大为赞赏,高兴地与戴祖贻及其家人拍照留念,并以礼物相赠,每年年底还会寄贺年卡表示问候。高尔夫球王萨姆·斯尼德也曾多次光顾培罗蒙,与戴祖贻极其相熟,有时他需要做衣服,又照顾戴祖贻免去长途奔波,就直接在电话里"预订",只需做好后寄去便可。因为店里存有他的"纸样",对他的脾气禀性又早有了解,这样便不用"量体"也可以"裁衣"了。还有一位美国客商,可算是培罗蒙最大的客人,他在12年里做了200多套西装、100多条西裤,花费了6000多万日元。后来这位客人因身体发福要改衣服,又抽不出时间去日本,便要求戴祖贻去美国替他量身定做,专门为戴祖贻提供安排好往返机票、旅馆住宿费用。由此可见戴祖贻在顾客心中的良好印象和信誉。

晚年的戴祖贻事业成功、声名卓著,但他没有忘记自己的故乡,他关爱家乡的亲人,对于家乡的建设也多次慷慨解囊,造福桑梓。

戴祖贻为培罗蒙奋斗了一生,他的名字也伴随培罗蒙品牌飞向了世界各地。

贝汉廷：用生命实践诺言 英雄船长献身航海事业

贝汉廷（1926年–1985年），宁波镇海人。优秀的航海家，中国第一代远洋海员和远洋船舶船长。

1926年4月23日，贝汉廷生于上海南市，原籍宁波镇海。因家境贫困，靠着长兄贝汉醒做工的资助，贝汉廷才得以小学毕业，后又进入上海中学就读。1949年6月，从上海吴淞商船专科学校航海系毕业时，贝汉廷就立下誓言："要把我最大的力量贡献给祖国的航海事业。"

新中国成立后，贝汉廷被派往辽宁，登上营口港海鹰轮船公司一艘200吨级的木壳机帆船"安海5号"，开始他辉煌灿烂的航海人生。之后几年，贝汉廷勤奋学习，刻苦钻研业务，以惊人的毅力自学英语、法语、西班牙语、意大利语和德语。他从一名实习生，到船舶第一副船长，再到1962年，被任命为

"友谊"轮船长,成长为新中国第一代远洋海员和远洋船舶船长。

1964年,贝汉廷指挥"友谊"轮抵达阿尔巴尼亚都拉斯港,正在当地访问的周恩来总理亲切接见了全体船员并合影留念。在这次接见中,贝汉廷当着周总理的面表示:"我一辈子不离开船,不离开海洋!"

诚如他自己所言,贝汉廷把一生都奉献给了祖国的远洋运输事业。30多年里,他先后担任过16艘远洋轮船的船长,到过40多个国家的80多个港口。为发展祖国的远洋运输事业,他倾注了全部心血,作出了不平凡的贡献。

1978年3月,天津化纤厂从联邦德国进口的成套设备急需从汉堡港运回天津。身为"汉川"轮船长的贝汉廷接到指令,前往装运。但是,这套贵重的设备极不规则,总共有44个大件,体积近5000立方米,最高的4.3米,最长的37.8米。装卸运输过程中要做到既不能碰也不能压,连严谨的德国人都说仅用一条船装运是绝对不可能办到的。为了尽快且安全运回这套设备以解决国内急需,贝汉廷组织全体船员分析、研究、实地测量、反复模拟、精心制订方案和计划,当成套

设备奇迹般装上汉川轮时,整个汉堡港都轰动了。德国人由衷地发出了赞叹:"杂货船货物装到这种水平,在汉堡港还是第一次见到。"

1978年12月,塞浦路斯籍商船"艾琳娜斯霍浦"号在地中海遇险,不断发出紧急呼救信号。途经附近的"汉川"轮收到"SOS"求救信号,贝汉廷立即指挥"汉川"轮顶着狂风暴雨的侵袭,一次又一次驶近遇险船,经过一个多小时的奋斗,成功将该船上的16名船员和1名家属全部救出。为了来往船舶的航行安全,贝

汉廷将"汉川"轮作为航标，打开所有的甲板灯，在难船旁边守候两天两夜，同时用无线电话反复呼叫，警告途经船舶避让难船，以免碰撞。他们的行为使获救船员感激不已。"人有人的风度，船有船的风度，国有国的风度。"这是贝汉廷常说的话，他带领他的"汉川"轮和所有船员们表现出的崇高的国际人道主义精神和高尚的职业道德，使获救船员和国际友人感受到了中国的风度。

1979年3月，作为中美恢复海运通航的友谊使者，贝汉廷驾驶"柳林海"轮从上海港起航，在预定时间4月18日精确抵达美国西雅图港，体现出中国海员极高的职业水准，圆满完成美国首航的任务。

1981年3月，贝汉廷驾驶"汉川"轮到荷兰鹿特丹港，成功将6000多立方米、34大件成套设备有条不紊地装载在船舱和甲板舱盖上，又一次震惊了当地海港。联邦德国专程前往拍摄记录片，称赞比上一次汉堡港的装载还要成功。

……

1985年3月，贝汉廷带病率队赴德意志联邦共和国接收大型集装箱新船"香河"轮，于4月23日返航经西班牙拉科罗尼亚港附近海面时，突发心脏病，经抢救无效，不幸逝世。这一日正是贝汉廷船长59岁的生日。他用生命实践了对周总理、对祖国的诺言。他没有离开神奇又美丽的大海，没有离开倾注他无数心血的船舶。他把一生都奉献给了祖国的远洋运输事业。

冯根生：坚守『戒欺』从『胡庆余堂』到『青春宝』

> 冯根生（1934年— ），宁波慈城人。国药老字号"胡庆余堂"掌门人，中国（杭州）青春宝集团有限公司董事长。

冯根生，祖籍宁波慈城，1934年出生于杭州一个中医世家。他的祖父和父亲都从业于名扬天下的国药老字号胡庆余堂。1949年，14岁的冯根生子承父业，进入胡庆余堂当学徒。杭州解放后，传统的收徒制被取消，冯根生成为胡庆余堂的关门弟子。

从踏进胡庆余堂的第一天起，冯根生就牢牢谨记祖母的叮嘱："不管今后长多大，干什么，都要认认真真做事，规规矩矩做人。"当学徒每天少不了扫地，冯根生时常会发现地上有钱，每次他都如数交给师傅。直到多年后，师傅临终前才告诉他，那是在考验他的为人，一共十五次的考验，冯根生每次都交上了令师傅满意的答卷。

为了制作咳嗽病人急需的"鲜竹沥",小小年纪的冯根生强忍困意,在深夜里现熬竹沥。拿着劈开的新鲜淡竹,放在炭炉上文火烘烤,足足两个小时,才有竹沥慢慢渗出。在此期间,即使困意袭人,在旁边无人监督的情况下,他也不敢有丝毫怠慢,不敢有一点点掺假。

三年炼狱般的学徒生涯,冯根生从最苦的活干起,每天工作16个小时,365天全年无休,他练就了全套中药本领,为其长达六十余年的中药事业打下了坚实的基础。同时,胡庆余堂用异于寻常的熏陶和教育,培养了冯根生极其认真负责的敬业精神。胡庆余堂的药堂之上,高高悬挂着一块大匾,上面有胡雪岩亲手书写的"戒欺",这两个字不仅刻在大匾上,更刻在冯根生的心里,他深切懂得"戒欺"就是胡庆余堂延续百年的根本。此后,"戒欺"一直贯穿于冯根生所在企业的经营活动中。

1972年7月,胡庆余堂更名为"杭州中药一厂"。杭州西郊胡庆余堂一个简陋制胶车间则被组建成"杭州第二中药厂",冯根生为厂长。

1992年9月,中药二厂与泰国正大集团合资成立正大青春宝药业,冯根生任中国(杭州)青春宝集团有限公司董事长。

到1996年,"青春宝"不再是当年那个净资产十八万元的破旧厂房,而是变成了年上缴利税两亿多元的大集团。

正是冯根生历经艰难,始终把"戒欺"奉为圣经,才一步步把企业经营得生机勃勃、活力无限。而身为中药一厂的胡庆余堂却因掌门人屡失诚信,丢弃了"戒欺"祖训,彼时陷入重重的危难之中。

1996年,冯根生接手胡庆余堂,他延

续祖训,坚守"戒欺",使胡庆余堂很快迎来新的转机。

2003年的春天,来势汹汹的"非典"疫情猛烈袭击着中国,杭州也未能幸免。市民纷纷涌上胡庆余堂国药号门前排起长队,争相抢购"非典"预防药品。售药大厅一时被挤得水泄不通,配方销量迅速突破3万帖。当时由于抗"非典"药方主要原材料金银花、野菊花等中药材的市场需求非常大价格飞涨,但各门分店纷纷告急,要求总部下达提价决定。身为董事长的冯根生正在外地出差,闻讯后连夜赶回杭州。面对顺理成章的涨价申请,冯根生做出决定:哪怕原材料上涨100倍,也决不提价一分。在整个抗"非典"期间,胡庆余堂上下一致,保质保量采购药材,没有一天断货,任药材价格暴涨,也没提过一分钱的价,为此,企业亏损了50多万元。亏损面前,冯根生没有丝毫后悔,他动情地向大家说到:1874年的杭州也曾流行过一场大面积瘟疫,胡庆余堂开山祖师胡雪岩很快研制出"癖瘟丹",开仓放药,救百姓于水火,此举在江南传为美谈。所以,这次抗"非典"的举动正是我们胡庆余堂百年光荣传统的最好传承。

而当时在河北的某个中药材市场上,数百人为了牟取暴利,大量囤积预防"非典"的药材,于是一夜之间诞生了数百个百万富翁。在利益面前,对比竟然如此鲜明,这益发衬托出冯根生放弃获利自甘亏损,主动承担社会责任的可贵!

2007年10月,台风"罗莎"登陆杭州,城西一带惨遭大水淹没。青春宝恰好身处城西桃源岭下,一大批原药材被洪水浸泡,如果销毁这些药材,损失将极为惨重。面对这种情况,有些厂家可能会将药材晾干后继续使用,但如此必将导致药材的质量受影响。冯根生了解到灾情后,果断作出指示,必须销毁受过浸泡的药材。在驻厂监管员监督下,好几吨药材被集中销毁,保证了青春宝产品的质量和市场信誉度。

冯根生创出的"青春宝"这个品牌,仍旧坚守着"戒欺"二字。他严格控制质量关。选材之严几近苛刻,从药材的产地、大小、颜色、断面、质地等多方面精心选材,不放过一点毛病。"宁可少赚点,不搞加工点",他没有仿效许多企业为占有更高的市场份额,寻求委托加工的做法。为了保护辛辛苦苦建立起来的品牌和信誉,冯根生坚持自己生产,不搞加工点,使青春宝的质量得到了保证。

诚信如舟行天下,冯根生深谙胡雪岩"修合无人晓,诚信有天知"的信条。"戒欺"深深刻在冯根生的心里,成为他带领胡庆余堂和青春宝走上兴旺之路的重要基石。

刘所红：工作可以丢 诚信不可失

刘所红，于2004年入选"宁波20年最具影响的十大新闻人物"。

2002年4月，20岁的刘所红经人介绍，到宁波市解放南路一家馄饨店做收银员。刘所红虽家境普通，但性格随和，为人诚实，做事麻利又勤快。她每天早早来到店里，帮着收拾桌椅，打扫卫生。虽然话不多，但她真诚的笑容很有感染力，深受同事和老板的喜爱。

有一天上午，刘所红因事请假没来上班，直到中午她才办完事，急急地赶到馄饨店来，看到顶替自己位置的老板娘正忙碌着，刘所红为此有些愧疚地直向老板娘说对不起。

正逢饭点时刻，馄饨店里坐满了客人。刘所红立在柜台前，微笑着向来来往往的每一位客人点头致意。她动作娴熟、有条不紊地收钱、找钱，然后笑容可掬地双手把钱递给客人，目送客人离开馄饨店。

下午三点多了，客人们渐渐散去，馄饨店暂时安静下来。刘所红趁空开始清点今天的收入，她十分认真地一张一张数着，忽然摸着一张百元大钞有点异样，心里顿时咯噔一下，难道是假钞？她不放心地捏着钞票抖动，声音沉闷不响亮，油墨层的凹凸感也不够明显，必是假钞无疑了。可是，已有丰富收银经验的刘所红怎么会犯这样的错误呢？每次收到大钞票时，她都会倍加谨慎地再三查验，为了减少工作上的失误，收入并不高的刘所红还专门买了个据说能帮助验钞的荧光手电筒。虽然谁也不能保证这种手电筒的准确度有多高，但足以看到刘所红对这份工作的执着与认真。

一旁的同事小曼看到刘所红着急的样子，关切地过来问她发生了什么事。面对好心同事的关心，刘所红没有隐瞒。机灵的小曼提醒她，上午她请假没来的时候，收银员工作由老板娘顶替干着，会不会是收银经验欠缺的她不慎收了假钞？

事已至此，多想无益。当时老板不在店里，诚实的刘所红还是把收到假钞的

事告诉了老板娘。刚才还满带笑容的老板娘听到后立刻沉下脸来，她指责刘所红工作不认真，收了这么大一张假钞，使店里蒙受了不小的损失。原本话就不多的刘所红张口结舌，一时竟说不出话来，她又到哪里去找证据来证明假钞不是自己收的呢？纵有百口也难辩啊！委屈的刘所红不知不觉流下泪来。

老板娘数落了刘所红好一会儿，大概也自觉理亏，她换了一种温和的口气，低声在刘所红耳边说，如果能用掉这张假钞就不追究她的责任，否则将从她的

工资里扣除 100 块钱。

　　刘所红听了老板娘的话,眼睛睁得大大的,她不敢相信自己的耳朵,明明知道是假钞,还要假装不知地用掉,让更多的人受损失?这个平时性格随和的安徽妹子突然间表现出异常的坚决和勇气,她带着坚定的神情对老板娘说:"故意使用假钞,这样的事情,我办不到。不管怎样,一个人不能失去最起码的道德和诚信。"她的话把老板娘惹恼了,嚷着说她办不到也得办。刘所红二话不说,冷静地向老板娘提出了辞职。在老板娘满脸惊愕的中,刘所红默默地收拾好物品,离开了馄饨店。

　　辞职后的刘所红面临着没有工作、没有生活费的困境,但她没有后悔,没有抱怨,只是继续寻找着下一个工作机会。

　　不久,刘所红的事迹被越来越多的宁波人知晓,大家无不被她的行为感动。数十家单位先后表示要录用刘所红,最后刘所红作为某品牌的促销员,走进了苏宁电器。因为工作上的突出表现,她很快成为苏宁电器的一名正式员工。公司还专门为刘所红设了一个"苏宁刘所红诚信专柜",希望以她为榜样,带动更多的员工为顾客提供诚信服务。

　　2004 年 8 月,刘所红光荣地当选为"宁波 20 年最具影响的十大新闻人物"之一。对此,刘所红表示很意外,她认为自己只是做了一件很平常的小事。不过,大家的关心也给了她更大的勇气和信心,使她更加坚定地去做一个诚实守信的人。

吴捷：16岁少年面对巨款不动心 完璧归赵感动失主

吴捷，2002年被宁波市关工委授予"诚信少年"荣誉称号。

2002年5月的一天，宁波市樱花公园边的人行道上，甬江职业高级中学高一(1)班学生吴捷正往家里走着，隐约看见前面绿色灌木丛边有一块黑色的物体，他好奇地走到跟前，仔细一看，才发现是一个皮包。吴捷捡起皮包，看看四周一个人影儿也没有。肯定是谁丢了皮包，吴捷这样想着，又见身边有一条石凳，便坐下来准备等失主来找皮包。

正值中午，5月的太阳虽不及夏天那般热烈，但晒久了也能把人逼出汗来。一个高中男生更是火力十足，没坐几分钟，吴捷便觉得热不可耐了。不如看看皮包里有没有失主的联络方式吧，吴捷拉开皮包拉链，打开一看，不禁吓了一大跳，包里除了手机和存折、支票、商业合同等重要物件，还有厚厚一沓美元。

吴捷看到皮包里这些东西，越发着急起来，他想到丢包的人肯定心急如焚。他再次仔细翻看皮包,终于发现了一个小本通讯录。吴捷"如获至宝"般拿着这个小本本,冲向公园旁边一个IC卡电话亭,照着通讯录的号码就拨了一个电话。吴捷并没有听出对方是否是失主本人,但当他说出捡到皮包的事儿时,电话里传来对方不住的感谢声。

打完电话,吴捷备觉轻松,他坐回石凳上等候失主。

这个诚实的阳光少年,家境其实很普通,甚至略显贫困。母亲因身体状况不佳,常年在家休息。父亲在一家公司做房产中介,平时工作很忙但收入并不高。一家人挤在40多平米的房子里,靠出租家里剩余的房间来贴补家用和供吴捷上学读书。

尽管家里并不宽裕,但吴捷丝毫没有动过眼前这笔巨款的念头,因他常听父母说"要诚实做人""捡到别人的东西理应还给别人",所以他此时才能如此坦然、安静地坐等失主。

十几分钟后,一个中年男人急冲冲地跑了过来,他自称姓陈,从北京来宁波谈生意,中午和一位朋友在附近吃饭,饭后又一起来到樱花公园小坐了片刻。回旅店后,陈先生猛然发现自己随身携带的皮包不见了,不禁吓出一身冷汗来。包中有5万美元、一本12万元的存折、一张60万元的现金支票、一些非常重要的商业合同及手机、护照、信用卡等物。他简直无法想象皮包丢失的严重后果。正着急的时候,陈先生的秘书打来电话,说有位中学生捡到了他的皮包,约好到樱花公园领皮包。

原来吴捷第一个电话打给了陈先生的秘书。见陈先生所说的物件与皮包之物完全吻合,吴捷立刻把皮包交到了陈先生手中。激动万分的陈先生随即取出1万美元作为酬谢,吴捷连连摆手表示坚决不能收,"如果我要拿你的酬金,就不会把皮包还给你了。"陈先生看着脸上还带着稚气的吴捷,感动得不知该说什么才好。

事后,陈先生给《宁波晚报》打了电话,赞扬面对巨款不动心的诚信少年吴捷,他不住地感叹宁波人的"诚信"精神。

吴捷拾金不昧的事迹,在宁波大街小巷一时传为美谈。吴捷家里和所在学校这才知道他原来做了这样一件好事。

吴捷的父亲打心眼里为儿子高兴,"我支持吴捷这么做。我经常教育他,不管多少钱,不是自己的,就一定不能要。"

吴捷的同学和班主任对他的行为都没有表现出太多的惊讶,因为吴捷平时就有着善良、正直、乐于助人的优秀品质,他做出拾金不昧的事是在情理之中的。

宁波市教育局和市关工委随后对吴捷进行了表彰,市关工委授予他"诚信少年"的荣誉称号。面对赞扬和荣誉,吴捷显得有些腼腆,他说自己只不过做了一个诚信市民应该做的事。

徐水道：不图名利 默默贡献 业余文保员上交500余件文物

徐水道(1930年–)，宁波鄞州人。宁波市十佳业余文保员、浙江省优秀业余文保员，2004年被区政府授予"业余文物工作终身成就奖"。

徐水道是一位可敬的老人，他是宁波市鄞州区第一批业余文保员。虽然文保员并非他的专职，但他却为保护文物付出了几十年不懈的努力。

在宁波市鄞州区洞桥镇洞桥村生活了一辈子的徐水道老人，熟悉家乡的一草一木，每一条街道每一寸土地都深深印在他的心里。说起村里的古迹，老人家如数家珍，只要站在旧址前，他便能随意指出大门、大殿、戏台的具体位置。只是每每说到最后，徐水道老人家那刻满皱纹的脸总会掠过一丝无奈和伤感。他不住地感叹，好东西说没就没了，当年的两寺、两庙、两庵、两桥、两堰等十处古迹，如今只剩下两桥了……

为了保护这些古迹，徐水道像一头任劳任怨的老黄牛，默默无闻做着他的文保工作。多少个日子里，村民们总能看见他孜孜寻觅"宝贝"的身影，矮小精瘦的他肩背大麻袋，在河滩、砖瓦厂、工地、废墟里，低头搜捡。

有一年，洞桥村村南的南塘河清淤整治。徐水道作为"文物征集办公室"的负责人，天天候在工地，为收集发现文物来回奔波。有人在河里挖出个铜镜来，他赶紧要了来，说要问问专家；有人在河里摸出个一腿高的瓷瓶，他也要搜罗过来。有一次，他坐船去市区办事，半道上听说附近一个老太太打水的瓷瓶很古朴，他顿时忘了要办的事，立刻叫船靠岸，找到老太太，把瓷瓶要了过来。他把所有收集的物件，都一一让专家鉴定后，再把有价值的捐献给区文管办。

40多年来，徐水道不图名不图利，将自己发现的500多件文物全部上交给国家，其中40余件为珍贵文物。而他自己的家中，穷得没有一样值钱的东西。为了保护文物，老人家还受到了一些人的谩骂和嘲笑，但这些都不能动摇他为国家保护文物的坚定决心。

当地天兴庙有一块庙记，刻着南宋著名学者、教育家王应麟所撰的"三字经"："神之徕，时雨摇，介康年，协气翔，妖厉蠲，溪摇摇，福如川……"虽然天兴庙早已不复存在，但这块石碑却一直静静地躺在旧地。徐水道深知这碑刻的重要性，它所承载的历史功能是其他手段无法代替的。天兴庙这块碑刻无疑为王应麟就是《三字经》的作者这一说法提供了有力的佐证。洞桥村的诸多古迹中，原来都有碑刻,但多数都在无情的岁月流逝中没了踪影。比如那座建于宋朝的廊屋两孔木桥——光溪洞桥,因其碑刻已无从找寻,关于此桥的详尽历史就不得而知了。最后只能靠当地老人的记忆才断定这座桥的修建年代。

十几年前的一天,徐水道的朋友翁大伯跑来告诉他,天兴庙那块石碑不见了。老人急得跳了起来,冲出去在村里挨家挨户地打听,终于打听到有户人家盖房时,看中了这块大石头,然后把它敲碎,砌进了自家墙脚里。听到这些,老人无比心痛,几乎要落下泪来。最后他硬是从那户人家的墙脚里把几块碎石挖了出来,只可惜缺了右上角一块,万般找寻也找不见踪影,老人无奈,只能用水泥补上。这块七拼八凑拼接完整的石碑,如今立于新修的天兴庙内。

凭着对家乡的挚爱以及对古迹的了解,徐水道时刻关注着那些他眼里的"宝贝"们。"商周石器、战国陶器、汉朝铜镜、西晋水盂、唐朝瓷钵、北宋盏托、元代铜权",每一件文物都包含着徐水道为文物事业做出的贡献,彰显着徐水道诚信为民的坦荡胸怀。

潘芳女：受婆婆临终嘱托 5妯娌守承诺照顾残疾小姑20余年

潘芳女，宁波象山县高塘岛乡江北村人。

在宁波象山县高塘岛乡江北村，有一位名叫张仙英的姑娘。她是一个不幸的"侏儒"姑娘，生活不能自理，身高不足80厘米。但她又非常有幸地得到了亲人们的悉心照料，在亲情的温暖中幸福生活着。

1961年，张仙英一出生就被医生诊断为患有先天性骨骼病和关节发育不良症，她上有3个哥哥，下有两个弟弟，父亲患残疾，一家8口人的生活全靠体弱多病的母亲操持，日子过得十分清贫。

1985年，张仙英的母亲突患重病，临终前，她最放心不下的就是弱小的女儿张仙英。三媳妇潘芳女和另外两个嫁到张家的媳妇黄桂花、汪雪青围在婆婆跟前，眼含热泪表示一定会照顾好小姑子。

从此，3个嫂嫂像母亲一样照顾张仙英的穿衣、吃饭、洗澡,怕她太闷,抱着她到街道上散心,用"无微不至"来形容嫂嫂们的细心照料也丝毫不为过。后来,张仙英的两个弟弟结婚了,榜样在前,两个新媳妇也一同参加到照顾张仙英的行列里来。于是,5妯娌每人10天,主动把侏儒小姑张仙英抱到家里轮流照料。20多年来,5个普普通通、再朴实不过的农村妇女用实际行动,默默谱写着一曲动人的赞歌。

妯娌间要数潘芳女最为辛苦,每天天还没亮就要赶去菜市场做生意,到了早饭时间,她不会忘记拿着热乎乎的早点,赶回家给张仙英穿衣服、刷牙、洗脸,再喂她吃早饭。潘芳女想得特别细致周到,不仅在饮食上做到花样多、口味清淡又可口,还常常抱张仙英坐在家门口,一边打打毛衣,一边和邻居聊天解闷。晚上睡觉前,潘芳女烧上热水给张仙英泡脚,然后把她抱到床上做全身按摩,既促进血液循环,又能帮助良好的睡眠。深夜时分,潘芳女还会起来帮张仙英翻身。

有几年时间,张仙英的身体状况特别差,尤其到了冬天非常怕冷,潘芳女特地腾出朝南的大房间要让给张仙英住。可她刚八岁的女儿不理解,吵吵嚷嚷就是不愿意,潘芳女只好先耐心做好孩子的工作。渐渐地在潘芳女的影响下,女儿也学着照顾小姑姑,懂得为小姑留好吃的,会陪小姑说话聊天,陪她一起玩。有时候,父母有事不在家,女儿就会主动帮忙照顾小姑。邻居们看到这一幕幕的感人场景,都竖起大拇指直夸张家有体贴的兄嫂弟媳,还有懂事的孩子。

有一天夜里,张仙英的老毛病"痧气"复发了,潘芳女看着疼痛难忍的小姑,二话不说,一把抱起她就往乡卫生院跑。半路上,急慌慌赶路的潘芳女一不小心滑了一跤,摔下去的一瞬间也没忘记体弱的小姑,她用自己的身体垫在了张仙英的身下,两个身体重重地倒在了坑洼不平的石子路上,一阵钻心的疼痛袭来,潘芳女好半天都爬不起来。等潘芳女站起身时,张仙英发现嫂子后背的衣服上已是血迹斑斑,顿时感到深深的内疚和心疼。潘芳女忍着伤痛,反过来安慰小姑。

从医院回来后,张仙英一反常态,开始拒绝吃药,她不希望自己成为兄嫂的负担,产生了轻生的念头。细心的潘芳女看出了小姑的心事,她搂着张仙英,温柔地对小姑说:"我的好妹子啊,从前那么苦的日子我们都熬过来了,现在日子越来越好了,你可不能想不开啊!"张仙英眼含热泪和嫂子紧紧抱在一起。

20多年过来了,5妯娌始终没有忘记婆婆的嘱托,5个异姓女子共同遵守承诺,对小姑张仙英细致入微的照顾,没有停歇过一天。她们从如花的年龄直到现在的两鬓泛白,她们的奉献无怨无悔,她们的行动风雨无阻,她们用真诚和善良谱写的感人事迹仍在持续……

何利彩：无言的承诺记心底 象山女警无私照顾重刑犯家庭

何利彩(1960年–)，宁波象山人。在宁波象山县公安局从警30余年，多次获评县、市"三八红旗手""十大杰出女性""十佳公仆""优秀共产党员""浙江省首届优秀青年卫士""全国五一劳动奖状""全国优秀人民警察""公安系统二级英模""全国道德模范提名奖""全国劳动模范"等。

2006年6月，浙江省公安厅收到一封来自遥远大西北的感谢信。写信人是宁波象山人沈志林，他正在新疆某监狱服刑。在信中，沈志林感谢公安系统培养出的一名优秀警察——象山县公安局的何利彩，感谢她多年来对自己这个重刑犯家庭的关爱和帮助。

为了核实信件内容，浙江省公安厅随即派人赶到了象山县公安局。随着调查的深入，何利彩7年如一日、无私照顾一个重刑犯家庭的感人事迹才浮出水面。

事情要追溯到1998年，象山县定塘镇方前村村民沈志林因犯金融诈骗罪被判20年，入狱服刑后，一个个坏消息接踵而来：先是妻子撇下年幼的女儿改嫁出走；接着是年迈的父母一个摔断了腿，一个卧病在床；正在上二年级的女儿阳阳随时面临辍学的危险……这令远在新疆服刑的沈志林既痛心又焦虑，自知无力改变困境，一度想一死了之。

万念俱灰之时，沈志林突然想到了县公安局女民警何利彩，他曾经因为打架斗殴被时任定山派出所所长何利彩处理过，何利彩为人处事的公正与善良给沈志林留下了深刻的印象。

1999年7月，沈志林的求助信寄到了何利彩手中。看过信后，何利彩内心受到极大震动，她想到虽然沈志林有罪，但他的亲人是无辜的，如果自己置之不理的话，不仅这个家彻底毁了，或许还可能引发更大的问题和危害。何利彩决定伸出援手，她在心里许下一个承诺：一定要救助这个破碎的家庭，解除沈志林的后顾之忧，促使他改过自新。

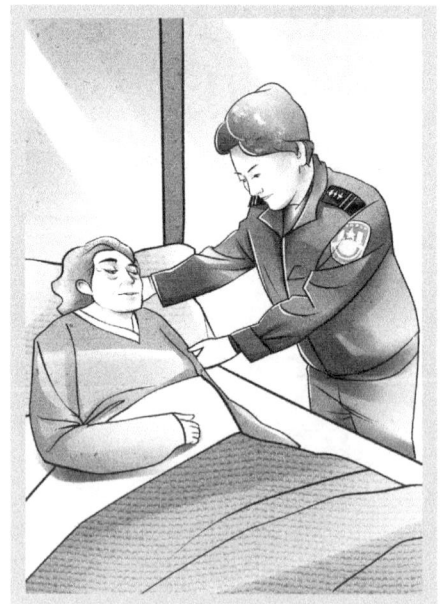

何利彩此时已调任象山县丹城镇派出所指导员，她从县城乘车几十里赶到定塘镇方前村，走进沈志林的家。那间像简易工棚一般的破烂屋子里，沈母躺在床上，沈父走路艰难，沈志林的女儿阳阳浑身脏兮兮，神情忧郁，看着实在让人揪心。何利彩当即塞给老人几百元钱，安慰老人说，以后一定会常来看望他们一家。

从此，何利彩有空就会到沈家探望老少三人，每次都会留下生活费和日常用品。何利彩照顾沈阳阳更是胜过对自己的女儿,不仅给她买衣服买学习用品,逢年过节还带着她逛公园走亲戚。何利彩多次到学校,关心阳阳的学习,关心她在学校有没有受欺负,阳阳的家长会,她也每次必到。

因为有了"警察阿姨"的帮助,阳阳逐渐从自卑、孤僻中走出来,每天都会扬起一张开朗自信的笑脸,懂事的阳阳在心里已经把何阿姨当成了妈妈。后来,为了使阳阳能够自食其力,何利彩多方奔走,为阳阳选择可靠的资深美容师,帮助阳阳学习美容技术。

多年来,何利彩尽己所能,倾力帮助沈家,她无私的帮助和关爱挽救了这个破碎的家,也感化着远在千里之外服刑的沈志林。据狱方介绍,沈志林在监狱表现积极,多次获得减刑,被评为改造积极分子,有望提前出狱。

何利彩为人低调,她默默履行心中无言的承诺,7年来无私照顾重刑犯家庭之事鲜为人知。直到沈志林给省公安厅写了这封感谢信后,这个感人的故事才被更多的人所知晓。事实上,从警几十年的何利彩帮助过的人数以百计,无私捐助的钱物价值更是难以统计。她是群众信赖的"警察妈妈",是罪犯害怕的"铁腕女警",是无私助人的"象山县活雷锋",她在每一个普通的工作岗位都能做出不一样的成绩。

有太多太多的人问过何利彩同样的问题:这么多琐碎非常的事情,何以能令她牵挂几年、几十年?

何利彩的回答一如她的为人,朴实、简单:"作为一名人民警察,我觉得我们始终要明白'警察'之前还有'人民'两个字。"

方肃和：诚信经营 村民心中的老字号放心店

方肃和，宁波慈城人。

提起老字号，人们通常会想到繁华闹市里拥有百年历史的某个店铺，很少会与农村不起眼的小店联系起来。然而在宁波市慈城镇民丰村，就有这样一家多年来坚持诚信经营的"老字号放心店"。

1992年，年过半百的方肃和老两口在民丰村开了一家小店。从开店第一天起，方肃和就与老伴约定，要让来店里的每一个村民买得放心、吃得放心、用得放心，要办一家使人放心的店。

方肃和的小店经营的商品多种多样，从针线、饮料、食品到脸盆、箩筐，几乎全是村民生活必需的日用品，因而给村民的生活提供了很大的便利。

为了保证货品的质量，方肃和从第一个商品开始，就在笔记本上详细记录下商品的进出货日期、供货单位，以及商品销售后村民使用的评价。留下这些最原始的记录,一方面可作为下一次进货的参考,另一方面在掌握商品来源的基础上,倘若发现问题,方便找经销商退换。方肃和老伯认真坚持每一次的记录,多年坚持下来记录的笔记本已摞得老高。翻开每一个笔记本都可以看到里面的记录整齐又清晰,足见方肃和做事之认真、负责。方肃和认真踏实地对待店里的每一件商品,更以真诚的心对待店里的每一个顾客。他说顾客都是熟悉的村民,不能昧着良心哄骗乡亲。

随着年龄的增长,方肃和老伯已步入古稀,体力上也一年不如一年,但他仍然坚持自己骑三轮车进货。从熟悉可靠的批发商那里进货,更能保证商品的质量。他说,进货放心,商品卖得也放心。

有一次,店里走进一个陌生的中年男人,方肃和热情地和他打招呼。中年男人自称姓李,还像模像样掏出一张名片来。原来李先生想向方肃和推销他带来的一些商品,方肃和对待上门游贩历来谨慎,他一边向李先生仔细询问商品出厂的厂家,一边拿着商品认真查看。李先生并没有一一作答,只是一味夸奖自己的商品如何如何好,他热情地递上烟,凑在方肃和耳边许诺说,若方肃和肯销售他的商品必有丰厚的回报。方肃和看着眼前这个油头滑脑的中年人,不觉皱起了眉头,他客气地把李先生请出了小店。事后,老伴问他怎么这般坚决,方肃和叹着气说:"现在的商品越来越多,品种也越来越复杂,我们年纪大了,很多商品的好坏难以区分,所以我情愿去找信任的批发商,哪怕少赚点,但赚得心里踏实啊!这些上门推销的商品确实有更高的利润可赚,但我不能确定商品质

量怎样,我卖得不踏实,不如不卖。"

方肃诚信开店的实际行动被村民们看在眼里,记在心上,渐渐地,村民们已养成习惯,家里缺什么,第一反应就是去让人放心的方肃和小店。多年来,村里先后开了不少小店,但都陆陆续续地开,又陆陆续续地关,坚持最长时间的还是方肃和这家放心小店。

2006年6月,方肃和在报纸上看到农村要建放心示范店,他认为这是一件特别值得做的事情,便去咨询镇上的个体协会。在得到他们的肯定和支持后,方肃和向工商部门交了申报材料,很快获得了批准。

自从方肃和的店门口挂上了工商部门配发的"放心店"招牌,他记账使用的已是全新的放心店专用台账,他以更高的标准,严格记录着自己店里的商品进出,也以更加诚信的态度经营小店。

其实在村民们的心目中,方肃和的店早已是公认的"民丰村放心老字号"了。

丁明贵：垃圾箱里捡14万元存单 急人所急还失主

丁明贵，宁波市环卫工人。

2001年，丁明贵在宁波市江东区环卫保洁公司应聘，当了一名环卫工人，负责宁波兴宁路一带的道路保洁工作。丁明贵平时勤劳肯干，每天起早贪黑，认认真真完成公司交给的任务。日子虽过得清贫，却也安稳踏实。

2006年3月12日，下午1点左右。丁明贵走到一家火锅店门口，那儿有一个果壳箱需要清理。丁明贵熟练地把果壳箱里的垃圾倒出来，然后分门别类作进一步处理。垃圾中一个皮夹把他吸引住了，拿起来仔细端详，不仅完好无损而且颇为精美。丁明贵打开皮夹，顿时惊呆了。钱包里面有两张银行存单、3张银行卡和一张失主的身份证，其中一张定额存单的金额居然高达14万元。

平生头一回见到如此巨大的数额，丁明贵着着实实吃了一惊,手心开始冒汗。想着失主此刻肯定着急万分,自己暂时又没有合适的办法立刻找到失主……还是找公司领导和同事帮忙解决吧。想到这里,丁明贵放下手中的工作,急急忙忙往公司赶。

当丁明贵气喘吁吁赶到公司时,他火急火燎的神情引起了值班同事的关注,因为平常的他一贯沉稳,从不多说话。丁明贵掏出装有巨额存单的皮夹,三言两语说清原由。同事们纷纷聚拢过来,七嘴八舌发表自己的意见。

正所谓"众人拾柴火焰高",根据皮夹里身份证的信息,他们很快找到了失主的联系电话,值班同事赶紧给失主打了电话。

失主姓阮,此时的她确实急得像热锅上的蚂蚁,正在四处寻找丢失的皮夹,忽然接到保洁公司打来的这通电话,不由得喜从中来,她高兴得简直不相信自己的耳朵。

当阮女士来到环卫公司看到失而复得的皮夹时,感动得眼泪都快出来了,她说当时发现丢了皮夹后,惊得出了一身冷汗,她已经把有可能找的地方找遍了,都没有结果;又想到皮夹里的巨额钱财,更觉得没有找回的希望;完全没有想到还能重新看见钱一分不少的皮夹。

阮女士激动地拉着丁明贵的手千恩万谢,她从皮夹里掏出一笔钱来硬要塞给丁明贵,朴实的丁明贵连连拒绝,表示不能收。阮女士赶紧又跑到街道上,买来香烟要表示谢意,可是却发现没了丁明贵的身影。原来他已经赶回工作岗位去上班了。

事后,曾有同事问丁明贵当时的想法,他淡淡地说:"我家里虽然穷,但别人的钱无论如何是不能拿的。如果拿了,我会一辈子都不安心。"妻子陈春霞也完全支持丁明贵的举动,她说要靠自己的双手挣钱,不义之财不可取。

夏慧星：信守服务承诺 爱心的哥载客不收钱

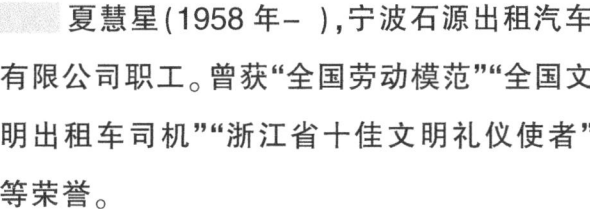

夏慧星(1958年–)，宁波石源出租汽车有限公司职工。曾获"全国劳动模范""全国文明出租车司机""浙江省十佳文明礼仪使者"等荣誉。

夏慧星是一名平凡的出租车驾驶员，从1997年开始，从业十多年来，他坚持热心服务每一位乘客，用爱心传递着人间的温暖，成为宁波爱心出租车的代名词。

为了将爱心传递得更广，让更多的乘客享受到夏慧星那般温暖的诚信服务，2006年5月，以他的名字命名的"夏慧星文明车队"正式成立了。车队一成立，他们就确立了诚信理念，并提出多项诚信服务的承诺，要真正做到为乘客着想，为乘客提供周到的服务。

2006年10月27日，夏慧星接到公司电话，说有一位胡女士预约出租车,要于28日送她母亲去某酒店参加喜宴。经验丰富的夏慧星一接到任务,就给胡女士打了一个电话。询问了具体地址后,他请胡女士放心,第二天一定准时赶到。想到胡女士居住的工人新村是年代已久的老小区,有些路段车不能进去。当日下午,夏慧星又开车到实地进一步查看,确认出租车方便进出,这才放心地驱车离开。

28日傍晚4点50分左右,夏慧星按照约定,准时赶到工人新村。爬上五楼,敲开胡女士母亲家的门后,夏慧星见到胡女士的哥哥正要背他年已八旬的老母亲下楼,看胡女士的哥哥已年过半百,夏慧星上前一步"抢"着把老太太背上。

稳稳地把老太太背进车后,夏慧星驱车向目的地开去。路上,胡女士对夏慧星再三表示谢意,感谢他贴心周到的服务,又说起自己患有严重糖尿病的老母亲,已多年不能行走,这次非要参加外甥女的婚礼,虽然有婚宴用车可坐,可固执的老母亲坚持要自己打的去酒店。考虑到老太太行动不便,又怕傍晚的出租车难打,胡女士只好提前预约了出租车。没想到出租车竟有如此细致入微的服务,她觉得内心暖暖的,特别感动。

正说着,目的地已到,胡女士掏出钱来要付车费,夏慧星却摆手说不用,见胡女士一脸的惊讶和不解,他解释说为70岁以上的老人免费服务是他们车队的承诺。这时,身边有宾客认出了夏慧星。当他们告诉胡女士,这位热心的司机就是全国劳模夏慧星时,胡女士不由得感叹,夏慧星的服务实在太贴心了。

夏慧星却一再表示这没什么,说他们车队从一开始成立就公开承诺:为老、弱、病、残、孕、军免费服务。既然有了承诺,就一定要遵守。

2008年7月19日,宁波三院门前,夏慧星开车经过这里,看见一对父女招手叫车。停下车来,夏慧星见老人走路不方便,赶紧下来帮忙扶上车。车上闲聊中得知,家住江北大庆新村的黄女士,带着从绍兴过来的老父亲在宁波游玩,或许几天的游玩使得身体有些疲惫,父亲的脚痛病发作了,于是她带着父亲去三院看病,打完针后,等了许久都没有出租车。

车开到大庆新村,黄女士的家到了。夏慧星下车抢着要帮黄女士扶父亲上楼,黄女士觉得实在不好意思,坚持要自己扶,夏慧星只好作罢。黄女士准备付车钱时,夏慧星问她父亲多大年纪,一听黄女士说70多岁了,他推开黄女士递来的车钱,说这是他们车队做出的承诺,为上了年纪的老人免费服务是他们理应做的。

黄女士想起曾听人说过宁波有一位文明出租车司机夏慧星,便问他叫什么。当夏慧星说出自己的名字时,黄女士激动地握着他的手,并告诉一旁的父亲。老父亲也感动地竖起大拇指说,宁波不愧为文明城市。

正如夏慧星自己所说,出租车虽小,但却是城市的一张名片。十多年来,他在平凡的岗位上用感人的事迹展现着宁波人的风采,他带领着"夏慧星文明车队"从每一个细节、每一份诚信做起,在平淡的工作中奉献自己,无怨无悔地履行着他们成立车队时的承诺。

谢卫春：爷爷下葬欠债款 60年后孙子守信把债还

谢卫春，宁波余姚人。

宁波余姚泗门镇有一座谢氏宗祠，始建于明朝正德六年，已有五百年辉煌历史。近年来，谢氏宗祠被列为浙江省重点文物保护单位，政府投入了大量资金，对谢氏宗祠进行修复。

2006年底，身为泗门镇镇志办公室工作人员的谢建龙，参与主持泗门谢氏宗祠的修复工作。

一天上午，谢建龙正在办公室忙碌着，电话铃响了，接起电话一听是个男人的声音，他说自己想给谢氏宗祠捐款，不知该找谁办理。谢建龙告诉他祠堂暂未开放，并不需要捐款。一听这话，电话里的男人急了，迫切地说要到办公室找他，一定要谢建龙听听他捐款的具体理由。

中午刚过，三名男子敲响了谢建龙办公室的门，其中一位男子自称谢卫春，上午给谢建龙打过要捐款的电话,一边说一边就掏出随身携带的两万元现金非要交给谢建龙,并郑重说道:"我们和别人是不一样的,你一定要接受我们的捐款。"谢建龙热情地让他们坐下,听谢卫春讲述捐款的缘由。

六十多年前,余姚还没解放。谢卫春家的祖屋原来在余姚泗门镇洪家路,后来迁到了马渚镇。谢卫春的爷爷从前给地主家打短工,没过几年被病魔缠身,终因贫穷不得医治,卧床五年后去世了。当时家里穷得连一口薄棺材都买不起,万般无奈,谢家人只得向泗门谢氏宗祠求助。

旧时的祠堂是用来供奉和祭祀祖先牌位的地方,同时也是处理家族大事的活动所在。谢氏宗祠不仅承担着祭祀的责任,还关注着族内成员的教育、生活等多方面问题,帮助族人解决一些棘手的难题。比如,哪家孩子因为贫穷上不了学,祠堂里的学校会收留孩子读书。哪家"顶梁柱"倒了,留下孤苦无依的母子无法生活,祠堂也会给予帮助。

谢家人在祠堂的资助下赊了一口棺材,才安葬了谢卫春的爷爷,并许诺等家里有钱了再还。

不久,全国解放了,谢氏宗祠不再承担以前的功能,谢家赊棺材的钱也一直无法偿还。但谢家人一直记着这笔该还的债,谢卫春打小就听奶奶说过赊棺材的事,奶奶直到去世仍念叨嘱着要还欠款。这件事也深深印在了谢卫春的心里。

如今,谢卫春在马渚镇经营一家洁具公司。他一直都不忘打听有关谢氏宗祠的消息,希望找机会偿还欠款,以了一家人的心愿。最近得知谢氏宗祠要重修的消息,谢卫春认为机会来了,他想用捐款的方式表达一家人的心意。没想到上午打了捐款电话,却遭到了拒绝,于是他便带着父亲和弟弟一起来到谢建龙的办公室。

听完谢卫春的一番深情讲述,谢建龙深感意外的同时,又深受感动。据他了解,宗祠因解放后改变了用途,许多账目都一笔勾销了,很多人也都认为欠宗祠的钱根本不需要还了。虽说欠债还钱本是天经地义的事,但发生在六十多年前的赊账却一直被这家人惦记着,也实在令人感慨。

谢卫春一家人坚持还欠款的诚意,令谢建龙难以回绝,他代表泗门谢氏宗祠收下了这笔两万元的捐款,并登记在本子上。此后,谢卫春又连续几次向泗门谢氏宗祠捐款,并每次都不忘嘱咐:只要宗祠遇到什么困难,尽管向他开口。

谢卫春曾对谢建龙感叹自己在办企业时,遇到许多事,看到各种人,觉得人情世故不如从前,但他相信只要每个人都凭良心做事,社会风气会慢慢好起来的。

谢卫春正是用他们一家人的实际行动,唱响了诚实守信的美德之歌。

林萍：兑承诺展现极致诚信 无偿捐肝演绎人间大爱

林萍，宁波镇海人，太平洋寿险宁波镇海支公司员工。

在宁波镇海，曾经有一个令人震撼的爱心故事被广为传诵：一个叫林萍的人捐出自己48%的肝脏，挽救了一个与自己毫无血缘关系的生命。

2009年，家住镇海区骆驼街道团桥村的林萍，在太平洋寿险宁波镇海支公司工作。丈夫王海文与人合伙经营一家小厂，女儿正读高中，一家人原本过着平静快乐的生活。

4月初，听说同村有一个叫徐洁的8岁女孩，不幸患上了肝豆状核变性，林萍得知消息后，便和丈夫一起到宁波市妇儿医院去看徐洁。

推开病房门，林萍看见一个脸色苍白、肚子隆起的小女孩，她就是徐洁。原该处于天真活泼四处蹦跶的年龄的徐洁，此时却躺在病床上被病痛折磨。看着眼前这个虚弱的女孩,林萍的心不由一阵阵揪疼。攀谈中,当徐洁的爸妈说到女儿的血型是O型时,林萍脱口而出:"我也是O型血,如果有需要,我可以帮忙。"

此时徐洁的病已经到了晚期,唯一的希望就是移植肝脏。在医生的建议下,徐洁的爸妈带着孩子去上海瑞金医院治疗。在肝脏移植前要先进行血型配对检查,遗憾的是,徐洁的亲人中竟然无一人与她的血型配对成功。

好不容易升起的一线希望就这样破灭了,徐家除了等待肝源,已别无它法。无望中,徐家人想到了林萍那天说愿意帮忙的话,救女心切,他们也顾不得那么多了,给林萍打了电话,问她是否能去上海做血型配对试验。林萍听到这个请求,有过片刻的迟疑,但一想到懂事可爱的小徐洁,她很快答应会尽快去上海。一个承诺就这样把两个没有血缘关系的人紧紧连在了一起。

丈夫王海文问林萍:"你知道这一去意味着什么吗?如果血型配对成功,你想好下一步该怎么做了吗?"

林萍想得很明白:"既然之前已经答应过要帮徐家,我就一定要做到。这次去上海,无非有两种可能,一种是配对不成功,但我尽力了,对孩子父母也是个安慰;一种是配对成功,那就一定要捐,做人总是要讲信用的。"

王海文了解妻子的个性,她向来言出必行,说到做到。他提出的唯一要求,就是要妻子把事情真相告诉她的父母和女儿。

这件事情在林萍的家里真正炸开了锅,林萍的妈妈、婆婆、女儿个个都表示反对。妈妈说自己有糖尿病、高血压,还刚刚做了手术;婆婆说你的丈夫靠银行贷款、朋友帮忙才开了一家小厂,你女儿正读高中,家里用钱的地方多得是,你捐了肝,身体垮了怎么养家?林萍的女儿还特意问爸爸要了一个手机,她用手机每天查妈妈的"岗"。

林萍沉默了,再也没提配对的事,但她的行动并没有停止,她一个人偷偷去了上海。出人意料的是,试验结果显示,林萍竟然与徐洁的各项指标都相匹配。

此刻,林萍真正开始有了捐肝救人的想法。林萍坚持要救徐洁的心没有丝毫动摇,她不能让徐家人唯一的希望落空,她一定要兑现自己的承诺。但对于爱她疼她的亲人们,林萍只能选择继续隐瞒。

5月4日,林萍再次去了上海瑞金医院,医生告诉她,做这个手术不仅要割去一半左右的肝脏,还要拿掉胆囊,术后半年多都不能从事体力劳动,需要好好静养。本来已经做好充足心理准备的林萍惊呆了,她突然感到难以独自承受。

王海文接到了妻子的电话,此时的他对妻子能做的唯有安慰。"你放心,我会尽到一个做丈夫的责任。"这是林萍手术前,丈夫发出的最后一条短信。

既来之,则安之,如果此时放弃,做人还有何信誉。坚定的林萍甚至去安慰徐洁的父母,让他们放心,自己一定会坚持救小徐洁。

第二天清晨,临上手术台时,医生说现在后悔还来得及,林萍笑着说:"开始吧。"

持续了整整 7 个小时的手术很成功,林萍 48% 的左肝移植到了徐洁的体内。主治医生申川感动地说,在移植病区工作这么多年,像林萍这样给一个没有血缘关系的人无偿捐肝,还是头回遇到。

林萍所做的惊人义举,也许只是源于当初脱口而出的承诺,但为了那一句承诺,她做出了常人很难做到的事情。她以不求回报的爱演绎了人间的大爱,她的捐肝义举将诚信演绎到了极致。

黎俊洁、周昕：甬女大学生信守诺言为陌生脑瘫患儿多奔忙

黎俊洁、周昕，宁波诺丁汉大学学生。

2008年10月，在北京开往宁波的火车上，一对年过半百的夫妇，正费心照顾一个患有脑瘫的孙女。这对许姓夫妇来自内蒙古霍林郭勒市，孙女许宁11个月大时被诊断出患上了脑瘫，孩子的妈妈狠心抛下了嗷嗷待哺的许宁，不知去向何方。老许夫妇为不幸的小孙女操碎了心，他们辗转各地寻医问药，家里的积蓄用光了，连房子都抵押了出去。这次他们又带着许宁去北京做了一次神经干细胞移植手术，已身无分文的老两口只得来找在宁波打工的儿子。

车厢里，祖孙三个的一举一动都被坐在对面的两个女大学生看在眼里，她俩主动与老许夫妇聊起天来。善良的老许讲了有关许宁的事，他一边说一边忍不住老泪纵横。两个女生深受触动，一个劲地

安慰老许:"大伯,我们来帮你,一定要把许宁的病治好。"

两个善良的女生,一个叫黎俊洁,一个叫周昕,都在宁波诺丁汉大学读大一。听到许宁的不幸遭遇后,黎俊洁和周昕商量该如何帮助许宁。因为仍在学校念书,没有经济来源,两人便向老许要了电话号码,打算回学校后再想办法筹钱帮助许宁治病。

火车到达宁波火车南站,小黎、小周和老许一家挥手道别。

回到学校后,两人没有忘记火车上的承诺,立刻将诺言付诸行动。她俩先是把许宁的故事发布在校园论坛上,呼吁老师和同学们都来帮助不幸的许宁,然后多次组织同学进行义卖活动,同时将自己的电话号码贴在学校网上,希望有更多的同学和她们一起,想出更多的办法来为许宁筹集治疗费用。她们的活动得到了很多师生的响应和支持,连附近院校的一些同学也都参与了进来。

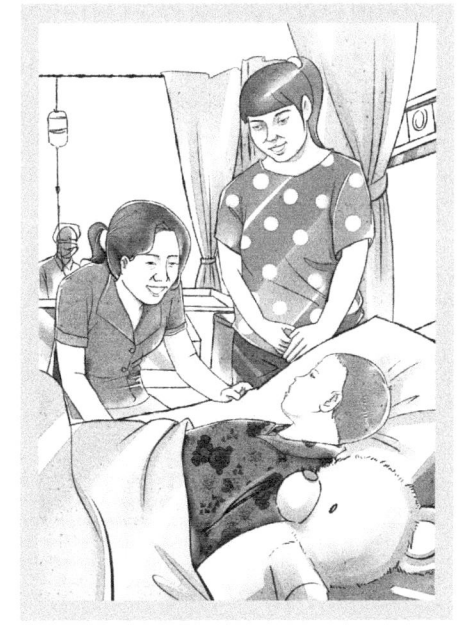

转眼,半年多过去了,老许夫妇早已忘记火车上两个大学女生说的话。

2009年3月26日,老许接到一个电话:"大伯,你们在哪里?还记得去年10月火车上坐在你们对面的两个学生吗?我们现在筹到了一点钱,想为许宁的治疗尽点力。"电话里温暖的声音让老许湿润了眼睛,也帮他记起了去年火车上的一幕。他本以为两个柔弱的女孩只是出于一时的同情,没想到她们竟然会兑现承诺,为一个素不相识的孩子付出半年多的努力和爱心。

当天下午,黎俊洁和周昕来到北仑,把筹集到的4000多元现金和一些生活用品亲自交给了老许。这个北方汉子被两个女生一诺千金的行为深深感动了。

此后,黎俊洁和周昕经常利用课余时间,跑来看望许宁和老许夫妇。

4月10日,小许宁突发高烧,住进了北仑宗瑞医院,检查结果使老许夫妇忧心不已,许宁得了肺炎和肾积水。医生说当务之急要治好肺炎,但最根本的治疗是后续的四次神经干细胞移植,可想而知,治疗费用更为庞大。

得知消息后,黎俊洁和周昕及另外一个男同学赶到医院,又送来了一万元。为了让许宁能尽快得到治疗,黎俊洁和周昕没有停止行动,她俩继续为筹集治疗费用来回奔忙。在她俩的影响下,越来越多的人参与到这场爱心行动中来,许许多多的好心人来看望许宁,他们用各自不同的方式来帮助许宁。

有人曾经问过黎俊洁和周昕为什么会帮助老许夫妇一家,她俩诚恳地回答:"许大伯太不容易了,许宁需要帮助,我们更需要信守诺言!相信每一个有爱心的大学生都会这么做的。"

李传华：诚实守信送奶工 捡到63万元巨款急归还

李传华，宁波牛奶集团公司送奶工人。

2003年9月李传华进入宁波牛奶集团公司，被分配到鄞州区飞虹管理点，负责飞虹新村及附近几个小区中的三百多位住户的牛奶递送工作。送奶工作看似十分简单，但要坚持每天准确无误地将牛奶送到订户手中，却并不简单。李传华以极其认真负责的态度，几年如一日，兢兢业业、一丝不苟地完成这份送奶工作，因而受到了同事和客户的好评。

2009年10月13日，李传华像往常一样，天还未亮就起床，赶到牛奶配送中心领取牛奶，仔细核对好数量，然后骑上电动车给用户送奶。

凌晨5:30左右，李传华到了定点送奶的日月星城小区。当他走进20号楼大厅时，发现有一些衣物散乱地堆放在地上。走上前仔细一看，发现有一件上衣外套、一个黑色皮包，还有一串钥匙、一部诺基亚手机、游泳卡等物件,打开连拉链都没拉上的皮包,李传华大吃一惊,原来包里有人民币7700元、美元4700元、银行存折3本(金额约63万元)。

李传华当时的第一感觉,就是某位先生酒醉回家时掉落在地上了。那时的李传华瞬间掠过一丝心动,每月辛苦送奶只有2000多元的收入,突然面对这么多的钞票,难免会有占为己有的念头。但想到自己以前也曾丢过钱包,那种急切的心情仍记忆犹新。李传华想失主肯定和那时的自己一样焦急万分,他决定就在这里等着,看能否等到失主。20多分钟过去了,安静的大厅里除了李传华,没有再出现一个人。可是手头还有没送完的奶,工作不能受到影响,于是李传华从

工作包里掏出纸和笔,认认真真写下:"大家请注意,哪位的钱包丢失了,请与我取得联系。"并且附上自己的手机号码。他把写好的纸条放在大厅的桌子上,又担心纸条被风吹走,还特地拿出一个空牛奶瓶将纸条压住,再把捡到的这包"巨款"认真收拾好,放在自己的工作包里,然后去往下一个送奶点。

送完牛奶后,李传华还没等来失主的电话,他估计失主没有看到自己留下的纸条。他觉得这样被动等待只会拖延更长的时间,也会加剧失主的焦急心情。李传华思忖片刻后,向公司汇报了这件事情,按照公司领导的意见,又将失物上交到了鄞州区中河派出所。

在派出所民警的大力协助下,失主终于联系上了。当喜出望外的失主拿到自己丢失的财物时,激动的心情溢于言表。听到消息后,李传华的心里也顿时有了一种如释重负的满足感。在失主提出要重金酬谢时,李传华婉言谢绝了:"我虽然收入不高,但不是我的钱,我不能要。"朴实无华的一句话,却展现了这个普通送奶工诚实守信的优秀品质。

陈胜祥：遵守爱的约定无怨无悔 照料瘫痪妻子不离不弃

陈胜祥，宁波慈溪新浦镇新闸村人。

1961年，宁波慈溪新浦镇新闸村村民陈胜祥经亲戚介绍，与屠彩近相识结婚，两个人一个厚道一个贤惠，婚后生活和美幸福，令旁人十分羡慕。

1984年的一天，不幸降临到这个原本美满的家庭，屠彩近遭到疾病的袭击，她的嘴突然变歪了。陈胜祥带着妻子到处寻医问药，可是妻子的病没有一丝好转。陈胜祥没有放弃，依旧一次次陪着妻子到上海、杭州等大医院就诊。经过一段时间的治疗，妻子嘴歪的毛病治好了，但随之而来的却是天翻地覆的头晕，四肢变得僵硬不能动弹，从此便卧床不起。

原本就不富裕的家经过这一番折腾后，早已家徒四壁一贫如洗，外面还欠着好几万元的债，再看看几个尚未成家立业的子女，屠彩近感到了绝望，几乎没有继续生活下去的勇气，她几次劝丈夫不要再为自己花钱治病,但善良的陈胜祥反过来劝慰妻子:"你放心,只要坚持治疗,你的病一定能治好。"并且与妻子约定:"说好了,我不放弃,你也一定不能放弃。"

自此以后,陈胜祥每天忙里忙外,把地里的活儿干完后,又赶紧跑回家里做饭、洗衣,将瘫痪在床的妻子照顾得无微不至。陈胜祥每天尽量做些清淡可口的饭菜,他像照顾一个婴儿一样,把饭菜端到床边一口一口喂进妻子嘴里;晚上睡前用热水给妻子泡脚、擦洗身子,然后为妻子按摩,帮助促进血液循环和良好的睡眠;担心妻子卧床太久,他会定时给妻子翻身;怕妻子一个人呆在家里太闷,他就经常背妻子出去晒太阳,或者尽量陪在妻子身边,和她说话聊天。

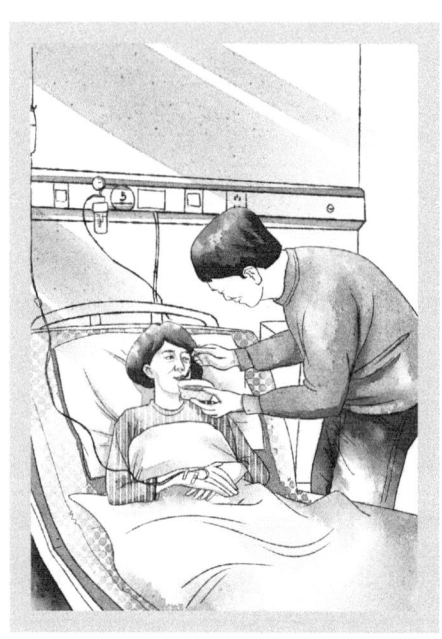

陈胜祥不仅在家里体贴照顾妻子,在外面还到处打听治疗妻子疾病的医疗信息,只要听说哪里能医好妻子的病,他就想方设法背上妻子去治疗。同时,陈胜祥还查阅了大量医学书籍,根据书中的介绍,自己去山上采药泡制药酒,为妻子按摩。二十多年下来,他收集整理的相关书籍和资料,已经有厚厚一沓了。

陈胜祥对瘫痪妻子的不离不弃,深深感动了所有认识他俩的人们。人都说,夫妻本是同林鸟,大难临头各自飞。陈胜祥却从不嫌弃被病痛折磨、日见衰老的妻子,他始终如一地细心照料着妻子,任何时候都把妻子收拾得干干净净、整整齐齐,并且帮助妻子一直保持着良好的精神状态。卧床近三十年,妻子竟从没得过褥疮、腰酸背痛等疾病。陈胜祥对妻子的倾情付出,是一般人无法想象的。

对于如此体贴照顾自己的丈夫,屠彩近满怀感激。她深深知道,如果没有丈夫的悉心照料,自己肯定坚持不下来。她更明白,只有自己好好地活下去,才对得起丈夫这么多年的辛苦付出。夫妻二人共同遵守着当初爱的约定,从黑发壮年到两鬓泛白,岁月无情带走了美好的青春年华,但带不走陈胜祥对妻子的一片真情。

陈胜祥以他超乎常人的坚忍和善良感动着人们,他以自己的实际行动坚守着与妻子的约定,对妻子的照顾不离不弃、无怨无悔。2008年,陈胜祥被评为"感动慈溪"年度人物,2009年当选为宁波市首届"道德模范"。

李国兴：不负重托践诺一生 历经苦难代友尽孝半世纪

李国兴（1939年— ），原籍江苏，后落户宁波奉化岳林新桥村。2010年荣获"浙江孝贤"称号。

古语云："百善孝为先。"荣获2010年首届"浙江孝贤"称号的李国兴受好友临终托付，一诺千金无怨无悔，代替好友照顾其双亲半个世纪的故事感人至深。五十多年的和睦相处，无血缘关系的"一家人"早已亲如一家。

1939年李国兴出生在江苏省常州农村，1962年，他从南京水利学校毕业后，被分配到宁波奉化水利局。两个月后，又被下放到奉化第二农场。在农场期间，李国兴与同事应俞斌成了无话不谈的好朋友。应俞斌是奉化本地人，周末常回家，每次都会拉着李国兴一起回去，一同分享家庭的温暖。

谁会想到，应俞斌一家的美满幸福不久就被一个无情的事实击得粉碎。1962年,24岁的应俞斌被诊断为肝癌晚期,并且病情恶化得极快。弥留之际,身为家中独子的应俞斌紧紧拉着好友的手,希望他能帮助照顾自己的父母,李国兴没有丝毫犹豫就答应了。

　　1963年,因国家政策调整,李国兴有机会回到家乡并被重新安排工作。高兴之余,李国兴面临着艰难的抉择:如果回家乡,就能既孝敬父母,又有称心的工作;若留在奉化,只能当农民,但可以不负好友临终嘱托,照顾好友的双亲。考虑再三,在女友陈水晶的支持下,李国兴决定留在奉化,替好友尽孝。为此,应家二老一直深感愧疚,多次劝李国兴回到亲生父母身边,李国兴每次都婉言拒绝,说老家还有大哥二哥照顾父母。

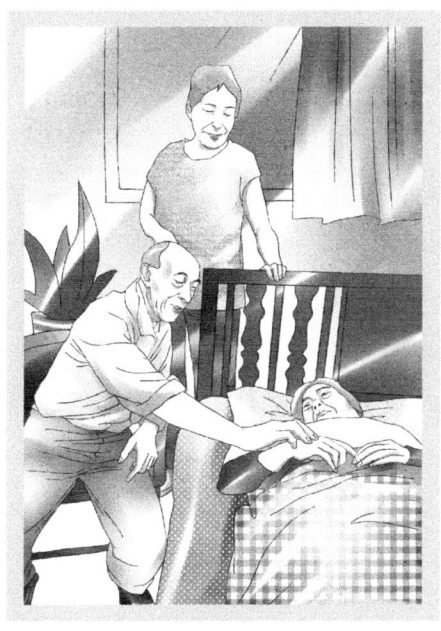

　　李国兴从此在宁波奉化岳林新桥村落下户来。从意气风发的小伙子,到如今已是满口浓重奉化口音、两鬓苍苍的古稀老人,他用了一辈子的时间来履行自己的承诺。这个承诺重若千金。

　　李国兴和陈水晶结婚后,就和老两口住在一起,每月的劳动所得也全部交给应母。随着李国兴的4个子女的相继到来,家庭负担越来越重,但李国兴宁可自己拮据些,也绝不亏待两位老人。

　　1985年,应父不慎摔倒,导致坐骨神经受损,瘫痪在床数月。没几天,应母也不幸病倒了。两位老人都躺在医院需要人伺候,李国兴和妻子每天轮流照顾老人,虽家境不宽裕,但他自己节衣缩食,尽量把好的水果、营养品留给老人。

　　那是一段多么艰难的日子啊,为了维持一大家子的生计,为了支付两位老人不菲的治疗费用,李国兴一边忙农活,一边到外面打零工,拉板车、送黄沙、当

"棒棒"，什么活儿都干过，目的只有一个，就是拼命挣钱。白天累得筋疲力尽，到了晚上，李国兴还不忘细心照顾老人，他从书上学习并摸索中医穴位疗法，给老人按摩身子，帮助身体康复。几十年来，李国兴和妻子一直把二老照顾得无微不至，"一家人"的其乐融融常受到村民的夸赞。李国兴的4个孩子个个也都孝顺有加，从小到大，他们都把应家老两口当作自己的爷爷奶奶。事实上，如果不是李国兴后来说出了事实真相，他们还一直蒙在鼓里呢。

2004年，应父因白内障住进奉化人民医院，手术费就花了一万多元。李国兴的4个孩子都已经成家立业，一大家子人轮流上医院照顾，90多岁的应老汉实实在在感受到了儿孙绕膝的温情。2005年8月，应老汉安然离世。

2007年，应老太太不幸摔倒，瘫痪在床，大小便失禁。为了照顾老太太，李国兴夫妻俩放着新房子不住，依然守在老太太身边，每天悉心照料老人，陪老人说话聊天，给老人按摩洗澡。因为自己也上了年纪，怕老太太叫唤听不见，李国兴就在老人的床头装了电铃，铃声一响，就赶紧跑到老人的身边。

现在，李国兴已步入古稀，也到了需要儿女照顾的年纪。他相信他的孩子们会接过接力棒，一起照顾应老太太，为老人养老送终。为了履行对好友的承诺，李国兴留在奉化，替好友尽孝道，做了应家老人一辈子的"好儿子"；自己不能分身照顾远在常州的父母，这是他心中永远的遗憾，但他相信父母一定能够理解自己的付出。

严意娜：支教情深 兑承诺筹善款建爱心桥

严意娜，宁波市鄞州区横街镇爱岭村人，人称"造桥女孩"，被评为"浙江骄傲——2010年度最具影响力人物"、浙江省杰出青年、宁波市"三八"红旗手，并入选"中国好人榜"。

严意娜，1984年出生于宁波市鄞州区横街镇爱岭村，2006年毕业于嘉兴学院服装设计与工程专业，2008年4月进入通标标准技术服务有限公司宁波分公司工作。

2009年，严意娜得知公司在甘肃贾家洼①地区长期派驻支教员工，便递交了报名申请。同年10月，经过公司层层选拔，以及为期半个多月的心理学、教育学培训后，严意娜只身前往2500公里之外的甘肃省定西市陇西县宏伟乡贾家洼小学支教。

① 洼(wā)：山坡；斜坡。古同"洼"。

怀着满腔热血,严意娜踏进了贾家岇这个贫困偏远村庄。然而第一天,严意娜就深深领教了事先根本无法预料的艰苦,这里缺水严重环境恶劣,没有米饭只有又冷又硬的馍馍、没有自来水只有苦涩的地窖水……自然条件的艰苦已令这个江南女孩难以招架。但是给她带来更大震撼的,是大雪纷飞里孩子们单薄的衣衫,是他们没穿袜子被冻烂了的脚,是寒风中刻苦读书后孩子们啃着那啃不动的冻馍馍。

严意娜抹着眼泪把孩子们的生活和学习场景拍了下来,写成一篇以"在黄土高原的支教生活"为题的文章,发到了宁波东方热线论坛上,她用心写就的文字深深打动了众多网友。宁波一些民间公益组织发起了捐赠活动,宁波市民纷纷响应。12月21日下午,4000多公斤爱心物资到达陇西县宏伟乡,共有1万多件衣物和1000多件学习用品,辖区内15所学校1000多名孩子领到了自己喜爱的衣物和学习用品。

在贾家岇小学,严意娜负责教三至六年级学生的英语和音乐。受条件限制,学生们的英语普遍学不好,严意娜就利用放学时间给他们补课。几天后,一封退休老校长的信递到了严意娜面前,老校长提醒她不能让孩子们太晚回家,因为不少孩子住在槐树岔村,回家要爬一条险峻的深沟,天色晚了看不清路况会增加危险性。

听说正是由于担心这条深沟带来安全问题,不少家长都放弃了让孩子上学。深沟的险峻究竟到了何种程度,竟足以挡住孩子们上学的脚步?严意娜决定和孩子们一起去走走。

当这条名为华尖河的大沟出现在眼前时,严意娜再一次被震撼了。百米深的沟壑成V字形,两边是陡峭的山壁,孩子们要沿着山壁走到河底,趟过谷底的河流,再从谷底沿着另一边山壁爬到山上,看着孩子们几乎是匍匐着在山坡上走,严意娜明白了老校长的提醒。当城里的孩子们享受父母"接送"的同时,这里的孩子们每天却要经过1个多小时悬崖峭壁般的山路才能到学校读书。巨大的反差,令严意娜萌生了一个想法:要是在这里架一座桥该多好啊!

2010年1月,为期三个月的支教生活结束了。严意娜舍不得贾家峁小学的孩子们,她的内心还为有他们造桥的牵挂。临行前她向学生们承诺:"严老师还会回来的,回来后我要给你们造一座桥。"

回到宁波,严意娜开始了兑现造桥承诺的奔波。可心愿很美好,现实却很残酷。造一座桥,这绝不是一件谁都能轻易办到的事。离开贾家峁小学前,严意娜曾经找过当地工程师估算造桥的费用,大约需要57万元。如此巨大的数额,一时很难募集得来。严意娜四处奔走、联络,募集过程并非一路坦途,一度出现了僵局。面对重重困难,严意娜曾经有过放弃的念头,但想起在孩子们面前许下的承诺,她咬咬牙还是决心坚持下来,她告诉自己:"为了孩子们,不管有多难,我都要把这座桥造起来。"严意娜没有停下努力的脚步,在媒体的帮助下,她的造桥愿望被越来越多的人得知,一位不留姓名的爱心人士一次捐来了50万。

2010年5月,严意娜带着57万元造桥预算资金赶赴甘肃,她和桥梁专家再次来到华尖河的大沟边,经过再三勘测,最终预算将近100万。严意娜回到宁波,再次为造桥筹集资金,先后发起多次爱心捐助活动。她的执着与坚持感动了宁波这座爱心城市,在众多爱心人士的帮助下,严意娜最终完成了造桥资金的筹集。

2010年8月29日,被当地群众命名的"宁波爱心桥"在贾家峁村华尖河边正式奠基。12月8日,一座兼蓄水与通行、总长520米的桥坝架立在华尖河上,"宁波爱心桥"正式建成通行。

严意娜和孩子们站在桥坝上一起欢笑一起落泪,这是喜悦的泪水,这是历经艰辛最终完成心愿的泪水。为了让孩子们走上便捷的求学之路,严意娜克服困难,架起了一座连接甘肃陇西与浙江宁波的爱心桥。严意娜虽然只是一个普通的在职员工,但她用自己的力量兑现了为陇西上学困难的孩子们建造一座桥的承诺,她用自己的行动诠释了"诚实守信"的真正含义。

惠跃伦：环卫工人穷志不穷 多次捡到财物不动心

 惠跃伦，宁波象山环卫工人。

2007年，惠跃伦和妻子在宁波象山找到工作，成为环卫处的环卫工人，两人共同承担了县城4条街以及小区18条弄堂的清扫工作。这些路段是进城农民售卖自产蔬果的疏导点，大小摊位多达160多个，保洁任务之重可想而知。但惠跃伦夫妇每日辛劳工作，勤于清理，很好地保证了街道的干净整洁。

2010年5月16日下午1点多，惠跃伦像往常一样，在丹城茂林路段进行清扫工作。一位三十多岁的女士急匆匆走了过来，她几乎带着哭腔问惠跃伦："你有没有看到一个棕色皮包？"原来，她不小心将一个装有几万元现金的皮包丢在了附近，来回找了几遍都没有找着，急得她眼泪直流。惠跃伦想了想，摇摇头说："我一直都在忙着打扫，没有发现皮包……不过，刚才清理的一车垃圾已经运到中转站了,要不我帮你到前面中转站里去找找。"女士感激地看着惠跃伦,抱着最后一线希望跟他一起到了中转站。到了中转站,里面正有几车尚未处理的垃圾,惠跃伦二话不说,跳进散发着恶臭的垃圾槽里,用双手把污浊不堪的垃圾扒拉个遍。惠跃伦深埋在垃圾堆里翻了好久都没有结果,等候在一旁的女士已经觉得没有希望了,她连着喊了好几声,叫惠跃伦不要再找了。但执着的惠跃伦仍旧埋头苦找,一个多小时后,他终于扒出了一只棕色皮包。女士惊喜地发现正是自己丢失的钱包,她接过钱包打开一看,包内钱物分文未少。大喜过望的失主感激地从包里取出1000元钱,非要塞给惠跃伦表示感谢,朴实的惠跃伦推辞说:"这钱我不能要。"

几年工作期间,惠跃伦曾经多次捡到过身份证、银行卡等各类物品,他都及时送交给派出所并转交给了失主。为了表彰惠跃伦的拾金不昧,象山环卫处工会及保洁承包单位诚信物业公司特地奖励他1800元。这笔钱对惠跃伦来说其实是特别急需的,夫妇俩工资并不高,日子过得非常节俭,家里因遭不幸仍欠了2万余元的债,儿子和儿媳又因伤养病在家。但令人吃惊的是,惠跃伦将这些钱通过慈善总会全部捐给了玉树灾区儿童,他的捐款义举得到了周围群众的一致称赞。面对众人的称赞,惠跃伦仍旧说自己只是做了一件应该做的事,他觉得把这些钱捐给灾区的孩子,会更有价值。

10月9日,惠跃伦照例来到丹城绿野路打扫,在清理路口一只垃圾桶时,只听得"咣当"一声,惠跃伦顺着声音在地上的垃圾里找出一包用薄膜袋包着的东西,他小心打开袋子,发现是一包古钱。想起在电视上曾经看到过有关的文物节

目,惠跃伦猜想这些也许是很有价值的古董,他立刻把这个袋子交给了城管局处理。经过专家鉴定,包里的古钱大多数是真品。后来,城管局张贴了"失物招领"启示,几天后,有人来认领了。原来,这些都是退休教师张文达收藏的古物,却被他患有痴呆的老伴当作垃圾丢弃了。发现珍爱的收藏品不见了,张老师心痛不已,他万万没想到最后还能重新得到这些古董。张老师为了表示对惠跃伦的感谢,拿出了500元钱要给他,惠跃伦照旧谢绝了张老师的好意,他说捡到东西还给失主是应该做的事。

三年来,惠跃伦先后多次捡到的财物达7万余元,但每次他都原封不动地归还给失主,他总是说:"我们人穷志不穷,别人的钱不能要。"

孙茂芳：守诺言时时处处做好事 照顾老人17年拒收对方千万房产

孙茂芳(1942年–)，宁波象山人。北京军区总医院原副政委。人称"京城的活雷锋"。

孙茂芳1942年出生于宁波象山东陈乡的一个农民家庭，22岁时离开家乡入伍当兵，退休前是北京军区总医院副政委。在孙茂芳的履历上，"全军学雷锋先进典型""全国优秀社区服务志愿者""全国道德模范提名奖"等荣誉熠熠生辉。从1963年开始，他一直坚持学习雷锋精神，实践雷锋精神，做的好事数不胜数，被首都百姓誉为"京城活雷锋"。

50多年来，孙茂芳帮助照顾了29名孤寡病残老人，32名特困学生，并给11位老人养老送终。他以充满韧劲和热情的实际行动，始终践行着"学一辈子雷锋、做一辈子好事"的诺言。

有一位名叫王炎的老人，受到孙茂芳照顾的时间达17年之久。1974年，孙茂芳在医院看到独自看病的王炎，经了解，得知她身边无人照顾，一直独居生活。从那时开始，孙茂芳便走近老人身边照料老人，直到1991年老人去世。

由于王炎老人年轻时情感上受过挫折，对人缺乏信任，进入老年期后又多病缠身，脾气变得越发古怪，对谁都存有戒心。所以刚开始照顾她的时候，孙茂芳受了不少冷落和委屈。天热了，给老人买来西瓜，她嫌不甜；为了补充钙质，给老人送去牛奶，她嫌太凉；端上一杯略烫的水，她会不高兴地叫喊："你是不是想烫死我啊！"纵使老人这般"刁难"，孙茂芳却始终没有退却，他总是淡淡地对老人说："我就是你的亲儿子。"然后继续去做他认为该做的事。老人脚趾溃烂流脓，孙茂芳搀着她去医院看病取药；老人87岁那年得了白内障，孙茂芳又背着她到医院住院，守在病床前整整15天。王炎老人因骨折卧床4年，孙茂芳坚持每天都去老人家里喂饭喂药、端屎端尿。

凭着17年始终如一的真情实意，老人彻底被孙茂芳感动了。弥留之际，91岁的王炎老人拿出日记本，里面用英语记录着孙茂芳为她做过的所有好事，她拉着孙茂芳的手说："你是我最好的儿子！"并将价值上千万元的四合院和十几万存款赠送给他，但孙茂芳婉言拒绝了："我愿意伺候您一辈子，但绝不要您一根草。"

对老人17年如一日的照顾和付出，孙茂芳从没想过得到任何回报，他心里只想着要照顾好这个孤独的老人，即使面对巨额房产，他依然毫不动心。

除了王炎老人，任何时候任何地点，只要孙茂芳看见需要帮助的对象，他都会毫不犹豫付诸行动。

2010年6月,河北农民卫福安带着13岁的女儿来京看病。为了给女儿治病,卫福安卖掉了老家的房子。得知这些情况后,孙茂芳当即自掏腰包给孩子买药。几天后,孙茂芳在中国政法大学作报告时,他提到卫福安女儿的情况。在座师生即刻募捐6000多元钱送到了医院。在孙茂芳和学校师生的帮助下,女孩得以康复出院。

为了帮助在工作中遇到的一些病困家庭,孙茂芳还专门在家里设立了一张"救急床",先后帮助了200多名来京看病的外地人。1995年,孙茂芳建立了"家庭助困基金",每月从工资中拿出两三百元放在基金里,之后每月的投入又变成500元、1000元。至今为止,孙茂芳用于各种助困的资金已经达到40多万元。

孙茂芳有写日记的习惯,他在日记本上曾经写过这样的话:"只有做一辈子好事,才能一辈子无后顾之忧。学雷锋只有起点,没有终点。"孙茂芳把他写下的承诺,实实在在地体现在了具体的行动中。

胡永良、胡宏串：诚信待客服务细致 夫妻干洗店多次拾金不昧获信任

胡永良、胡宏串，宁波奉化人。

2011年3月的一天，家住宁波奉化花园新村的胡先生正准备出门办事，突然听到手机铃声响起，屏幕显示的是一个陌生电话。胡先生略带迟疑按了接听键："您好，您在我们干洗店洗了一件羽绒服，刚才发现您的羽绒服内兜里有一张银行卡，估计是您忘记把卡拿出来了，麻烦您尽快来取，以免丢失。"胡先生一脸恍然，昨天他还到处翻腾找这张银行卡呢，原来落在已送去干洗的羽绒服内兜里了。当胡先生匆匆赶到干洗店，接过银行卡时，一个劲儿地表示感谢。

就在这个月底，奉化一家服装店店员遇到同样的惊喜。她抽空从店里出来，到附近这家干洗店里，拿出要干洗的衣服，匆忙交待几句便返回了自己的工作岗位。第二天，干洗店店主来了，说她干洗的衣

服里放有65元钱,好在记得她是这附近不远的服装店新店员,所以亲自送上门来了。

两件事情,都发生在一家开在宁波奉化大桥市场门口的菜场干洗店,这家店门面并不大,店老板是来自奉化莼湖的胡永良、胡宏串夫妻俩。开店时间虽然只有几年,但干洗店却很受周围顾客的信任和欢迎,其原因便是夫妻俩的细致服务和诚信经营。

做事认真的胡永良夫妇,总是热情对待每一位顾客,细心询问顾客对于洗衣的具体要求。

交接完需要干洗的衣服后,他们通常还会先仔细检查衣服,看看是否有遗留的物品,若发现有,会马上通知顾客,倘若联系不上,就先代为保管。而店里常常会遇上一些来去匆匆的顾客,他们着急慌忙的样子,似乎确实有亟待要办的事情,常常把衣服放下就走。细心的胡永良夫妻俩每每不厌其烦先检查一遍,然后才有条不紊地处理衣服。

有一次,一位姓杨的女士送来的要洗的衣服里,遗落了一只价值数千元的手表,当时又没有留下联系电话,认真的胡永良就把手表小心收好,待杨女士来取衣服时,才把这只手表拿出来给她,杨女士又惊又喜,说自己以为手表丢失了,愁得几天都没睡好觉。

还有一次,一位顾客也丢了东西在店里,打电话让他来取,可是过了好长时间都没看见顾客的踪影。细心的胡宏串怕自己忘了,就把这件事记在了一个小本子上。

从那以后,胡宏串便养成了习惯,每当有顾客遗落了东西,就在本子上记录下来,不知不觉,小本子已经记录了一长串:2008年3月30日,归还王先生现金1055元;2009年2月14日,归还任先生160元现金;2010年3月10日,归还李女士3000元现金……

据胡永良夫妻俩大概估算,5年时间里,小店归还了顾客钱物200多次,光现金就有1万多元,还有首饰、银行卡等各类物品。

随着生意越做越大,最近几年,胡永良、胡宏串两夫妻带了不少徒弟。他们对徒弟说得最多的,就是"诚信"二字。胡永良说,诚信是为人根本,任何时候都不能忘记。从自己学生意开始,师傅就是这样教育的,现在自己也要把这个优良传统传给下一代,要把诚信坚持到底,代代传承下去。

余祥瑞：退休教师帮人帮到底 坚守承诺帮助病友十余年

余祥瑞(1938年–)，宁波市江北区洪塘中学退休教师。

2001年，宁波市第二医院，从四川来宁波打工的贾启群坐在病床上，她的丈夫陪同在床边，两人的神情看上去都十分沮丧、消沉。

原来，贾启群前几年被医生诊断出患上了鼻咽癌，这对于没有医保、收入有限的她和丈夫来说，不啻于晴天霹雳。贾启群辗转了好几家医院，治疗效果都不理想。最后来到宁波市第二医院，经过激光治疗后，病情才有所好转。但是，医生说接下来必须做化疗。可几年治疗下来，家里积蓄早已用得精光，哪里还拿得出钱来再做化疗啊！唉，还是回家吧，身心疲惫的贾启群有些心灰意冷地想着。在她看来，癌症是治不好的，做化疗只是延长时间而已，实在没有必要再浪费钱了。

夫妻俩的神情引起了同病房一个病友的注意,他是宁波市江北区洪塘中学的退休教师余祥瑞。同患鼻咽癌的经历拉近了病友之间的距离,住院期间,余祥瑞常和贾启群两口子聊天开玩笑。年过六十的余老师非常乐观开朗,贾启群和丈夫也很乐意和他攀谈交流。

当余祥瑞察觉到贾启群两口子的异常时,他关心地走过来询问。贾启群口未开,眼圈却先红了。听到她说要放弃治疗准备出院,余祥瑞显然有些着急,他知道这一家经济上的窘况,估计是受经济制约才出此下策。余祥瑞一把拉住贾启群丈夫的胳膊说:"不要着急,不要放弃,医生说这个病治好后还能活三十年呐。只要有必胜的信心,保持良好的心态,身体就会好得快。医生说要化疗,就一定要做,钱不够,我来出。"

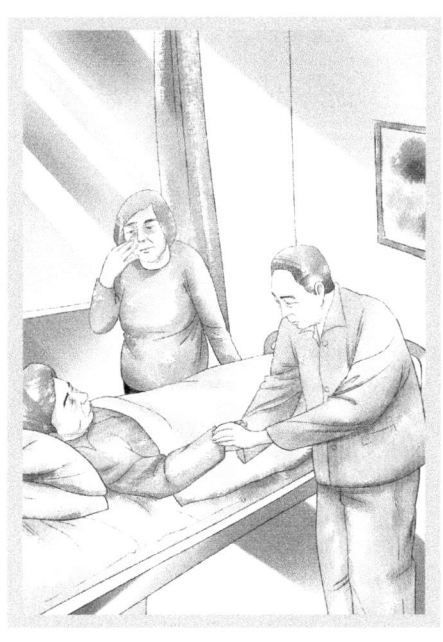

一句话,点燃了贾启群一家人的信心。一个承诺,很轻易地就从余祥瑞的口中说了出来。

余祥瑞没有食言,他说到做到,从承诺说出的那一刻开始,十多年过去了,他对贾启群一家的鼓励和帮助,一直没有停止。

那一年,在余祥瑞的鼓励和帮助下,贾启群做了化疗,病情基本得到了控制。出院后,余祥瑞继续施以援手。每月月初,他都会带上调理身体的中药和一些生活用品,坐上公交车赶去北仑送到贾启群家里,督促她继续与病魔作战。风雨无阻,从未间断。

2005年,余祥瑞准备搬去上海居住。贾启群因身体好转也想去上海打工。热心的余祥瑞待自己安顿好后,立刻帮助贾启群,不仅帮她张罗工作,还把自家多余的房子腾出来给她住，每个月的药品和日用品也继续如期送到。而他自己却过着极其节约的生活，新住的房子不曾装修，家具旧得快破了，却不舍得花钱更换。同样身患鼻咽癌的余祥瑞自身也需要照料，需要服药治疗，但他从来都不曾忘记为这个原本没有任何关系的"陌生人"提供帮助，虽然缘起只是一个小小的随口而出的承诺。

面对余祥瑞无私的帮助，贾启群总是心怀感激，却苦于无法回报。怎奈身体太过虚弱，难以应付辛苦的工作，又怕余祥瑞担心，贾启群硬扛着正转向恶化的病体不吭声。余祥瑞发现后，责怪她不及时告诉自己，生拉硬拽把她送到医院接受治疗。贾启群无奈，又推辞说上海治疗费用太贵，还是回宁波去。余祥瑞二话不说，亲自送她回了宁波，又在医院里陪了整整一个月，每天扶着贾启群去医院做治疗，直到她能独立行走。

十多年来，生活节俭的余祥瑞帮助贾启群看病、配药，花费不下十万，更别说生活上的其他资助了。对于贾启群一家的感激，余祥瑞表现得极其淡然——帮人帮到底。

承诺出口很容易，坚持履诺十余年却很难，可余祥瑞做到了。

邹丹丹：支教女孩重诺守信 远赴贵州送50本字典

邹丹丹，宁波慈溪人。

2012年春节，宁波慈溪女孩邹丹丹踏上了去往贵州的路，身后还背着50本《新华字典》。对邹丹丹来说，这趟贵州之行，是兑现承诺之行，她要对曾经支教过的孩子们兑现许下的诺言。

2010年7月，还在四川大学文学与新闻学院读大四的邹丹丹，报名参加了暑期支教活动，她与另外两个同学被安排到贵州打召小学支教。

打召小学位于贵州省黔南州长顺县敦操乡，这里到处是山，交通极不方便。邹丹丹一行三人风尘仆仆先是赶到长顺县城，然后经过4个小时抵达敦操乡，又沿着崎岖的山路走了足足2个小时后，才最终到达目的地——打召小学。

看到学校来了三个大学生志愿者，掩饰不住喜悦的孩子们纷纷围拢过来，一张张笑脸凑到邹丹丹

跟前来,他们的好奇和兴奋几乎令她有些措手不及。

邹丹丹和她的两个同学很快投入到学校教学工作,平时认真上课,周末还要进行家访。和学生们一起手拉手,走到他们的家中,这让邹丹丹对孩子们的家境有了更多更全面的了解。但随着了解的深入,一种近乎揪心的感觉便时时缠绕着她。

打召小学有将近200多名学生,来自周围23个小村寨,学生中绝大多数是苗族,家境都比较困难,经济来源主要靠父母兄姐外出打工。因为穷困的家境,他们大部分一天只吃两顿饭,小部分学生竟然一天才吃一顿。更别说他们破旧不堪的衣服和那一双双露出脚趾头的"咧嘴鞋",直把邹丹丹看得心里阵阵发酸。在她的学生中,几乎看不到有像样书包的,而《新华字典》这样必备的工具书当然只能算作"奢侈品",一个班共用一本字典的情况司空见惯,遇到不会写的字只能用拼音或叉叉替代。

为期两个月的支教工作即将结束,面对恋恋不舍的孩子们,邹丹丹郑重许下一个承诺:"我会回来的,会给你们带《新华字典》来的。"

结束支教,回到慈溪后的邹丹丹开始上下奔忙,她牵挂着打召小学的孩子们,她为他们募集了好几批爱心冬衣,给孩子们寄去了她浓浓的爱意和关心。

2011年下半年,邹丹丹大学毕业后考上了公务员。忙碌的工作之余,她没有忘记那些孩子们,她还想着对孩子们许下的诺言。

2012年的春节,正月初一那天,邹丹丹就和父亲一起,背上50本《新华字典》出发了。他俩从余姚坐火车前往贵阳,第二天傍晚到达贵州惠水县,又给孩子们买了些文具。第三天中午,当他们赶到敦操乡时,打召小学的校长罗永福已等候多时。雨天路滑,他们在泥泞的山路上艰难前行,2个多小时后才到达打召小学。

没想到一年多未见的打召小学,已经发生了可喜的变化:食堂是新建的,课桌椅是新的,还有了宿舍,路远的孩子可以住校了。看到这些变化,邹丹丹心里感到踏实了许多。

罗永福校长接过邹丹丹赠送的50本字典,对她给予孩子们的帮助表示感谢,他说会把这些字典奖励给学校成绩突出的学生。邹丹丹却不无遗憾地说,因为字典太沉,只能带50本,无法让每一个孩子都拥有一本字典。

在打召小学,邹丹丹还曾经资助了一对兄弟。他们来自一个单亲家庭,父亲患有精神疾病,生活不能自理,需要爷爷照顾,而兄弟俩每天上学的山路需要走上6个小时。这次,邹丹丹特地看望了这对兄弟,除了送上一大包文具,她父亲又拿出1000元钱资助这个家庭。

贵州之行匆匆而过。1月30日凌晨,邹丹丹回到慈溪。虽然一路奔波辛苦,但她觉得放弃春节假期,远赴千里之外的贵州,去兑现自己的承诺是非常值得的。

叶小国：朴实农民守信践诺 照顾邻居孩子如亲生

叶小国，宁波奉化大堰村人。

在宁波奉化市大堰镇大堰村，一个信守承诺照顾邻居孩子的感人故事被广为传扬。

故事要从2002年说起。那年的3月12日，在奉化市人民医院妇产科，村民叶义华的儿子小马呱呱落地，迎接新生命的喜悦没有持续多久，很快被冲得一干二净。因为父母身体状况不佳，所以小马刚出生就营养不良，父亲叶义华生活一直过得很拮据，母亲又体弱多病，根本没有能力抚养孩子。万般无奈，叶义华把孩子托付给邻居叶小国的母亲王妙菊，恳请老人帮忙照料。

年愈七旬的王妙菊老人一口应承，把孩子抱回了家，老人的善行得到了儿子叶小国和儿媳王玲娟的一致支持。新生婴儿小马因免疫力差，回家没几天就出现了浑身抽搐的症状。叶小国和母亲赶紧把孩子送回医院,小马在保温箱里整整待了一个星期,叶小国把小马当作自家孩子一样,日夜照顾,日子过得也很紧巴的叶家人毫无怨言,支付完6000多元的医疗费后,抱着小马回家继续抚养。

小马先天不足,体弱多病,感冒发烧是家常便饭。多少个夜晚,叶小国抱着孩子在村合作医疗站里度过,仅医药费每月就得花好几百,叶小国如数付出,从不说二话。

小马的父亲叶义华外出打工,断断续续给过一点生活费,但杯水车薪。然而,不幸的是,2009年叶义华因病去世,小马的母亲更是不能指望,于是,养育小马的全部重担落在了叶小国身上。

而叶小国一家收入微薄。虽为乡村投递员,但他送报挣的工资每月只有1000元左右,妻子王玲娟在家做些手工活,一个月也就挣600元。即便如此,叶小国一家人仍然把小马当作至亲,处处以小马为先,使小马深深体会到家庭的温暖。

为了小马的身体,虽家境贫寒,但妻子王玲娟尽量为小马做营养可口的饭菜,一周会给小马做两三次肉类,保证他的营养需求。家里被子少,他们总是先保证小马睡得暖和。夏天蚊子多,小马会有叶家人拿扇子为他驱蚊。每天放学后,怕小马肚子饿,叶小国的母亲会为孩子准备一碗面条。遇到恶劣天气,叶小国一定会亲自送小马去上学。

小马在善良的叶小国一家人的精心照顾下,一天天地健康成长,身体也一天天强壮起来,他真切地感受到叶家人家庭般的温暖,小马说:"奶奶、爸爸、妈妈都对我很好,我会记着他们对我的好。我会努力学习,回报他们。"

叶小国,一个朴实的农民,一位普通的农村送报员,一个默默照顾邻居孩子的"父亲"。虽家境贫寒,但十几年来他尽心尽力养育一个与自己无亲无故的孩子。在这个真情故事里,没有气势磅礴的豪言壮语,也没有叱咤风云的丰功业绩,只有一个出生在不幸家庭的孩子,与一个家境贫寒的农村送报员,因为质朴的真情,因为对承诺的坚守,毫无血缘关系的他们成为了一家人。

孙朝礼：废品收购『收到』万元现金 『破烂王』主动交还传佳话

孙朝礼，在宁波北仑从事废品收购生意，2012年入选中国好人榜"诚实守信好人"。

2004年，孙朝礼在宁波北仑开始做废品收购生意。他为人忠厚诚实，待人又和善。几年生意做下来，积累了不少客户资源。很多居民情愿把废品堆积在家里，也要等他上门来收。

2012年春节前，各家各户都忙着打扫卫生，清理出来的废旧物品格外多，孙朝礼自然也忙个不停。

1月5日上午，孙朝礼接到电话来到北仑区新碶街道牡丹社区，应约到13栋一位姓王的住户家里收废品。

走进王先生家，孙朝礼看见报纸、书本、纸箱堆了一地，便立刻麻利地收拾起来。王先生因为有朋友上门拜访，便自顾招待客人去了，只留下孙朝礼一个人忙活。

十几分钟后,两个蛇皮袋快装满了,孙朝礼继续清理收拾。他拿起一本旧杂志,正要往袋子里放时,只听"哗——"的一声,一沓百元大钞从杂志夹页里滑了出来。孙朝礼想都没想,捡起那沓钞票就叫:"老板,快来快来,这些钱你也要当废品卖吗?"

王先生听见声音,走过来一看,连他自己都不敢相信,怎么"废品"里还会有钱?仔细回忆,王先生才恍然想起:去年曾经有一次去银行取钱,当时把钱分成了两部分,其中10000元就夹在了这本杂志里,后来一忙便忘记了这事儿。

废品回收是个辛苦活,一斤只能赚一两毛钱,10000元要回收多少废品才能赚到,孙朝礼当时或许没有考虑这些,那他究竟想了些什么?孙朝礼简单而朴实地回答:"我只想到不是我的钱,绝对不能要。"

孙朝礼的举动感动了王先生,也感动了周围的人们。他拾金不昧的事迹被人发在网上,广为流传,网友们亲切地称赞他是"最美破烂王"。

熟悉孙朝礼的居民们听闻此事后,感叹之余又认为在情理之中,因为孙朝礼平时就给人留下了讲诚信的深刻印象。收废品的人在秤上做手脚的事司空见惯,但孙朝礼从来不会。不仅如此,收废品时,他还经常主动帮居民们搬东西送物件,有人塞钱给他以作"酬劳",每每都遭到拒绝。孙朝礼认为举手之劳的事儿,不需要任何报酬。

孙朝礼平时为人诚恳踏实,关键时刻又表现得很英勇,他曾经有过两次奋不顾身跳水救人的经历。

2005年6月的一天,清早6点多,住在小山新村的孙朝礼还在睡梦中,就被一阵呼救声惊醒了,他赶紧爬起床跑出屋子,看见屋前的小河边,一位老人在喊"救命",河里正有一个小女孩在挣扎。孙朝礼没有片刻耽搁,跃身跳下两米多深的河,把小女孩救上了岸。

还有一次是在2007年腊月里,傍晚7点多,天空飘起了雪花。孙朝礼收完废品回家,发现一位中年妇女因天黑路滑,掉进了河里,岸边还有一个小女孩用力拽那妇女的手,却一时拉不上来。孙朝礼快步跑上前,费了半天劲儿才把中年妇女拉上岸来。

每天辛苦地奔忙,所赚却不多。收废品的职业在许多人眼里或许不够光鲜亮丽,但孙朝礼以他诚实淳朴的品格赢得了人们的尊重和赞赏。2012年孙朝礼入选中国好人榜"诚实守信好人"。

陈洁谊：了却牵挂20年 替父还债守诚信

■ 陈洁谊，宁波余姚临山镇邵家丘村人。

1992年，家住宁波余姚临山镇邵家丘村的村民陈卞江遇上了一件麻烦事，农村信用社临海储蓄所的信贷员找上门了。原来，几年前曾经有个朋友找陈卞江做担保到信用社贷了一笔10000元的款子。谁知贷款到期后，那个朋友只还了8000元，还有2000元没能还上。临海储蓄所于是上门来找担保人陈卞江，可是陈卞江家境也不好，根本没有能力偿还剩下的2000元。

信贷员来了几次后，了解到陈卞江家的实际情况，便没有步步紧逼追着还债了。后来，这笔贷款在信用社账务上几经划转，逐渐无人问津，成了一笔"呆账"。

陈卞江却没有忘记这笔欠款，他无法容忍自己欠债不能还，一直都想方设法要挣钱还债。一开始，他种了两三亩地的葡萄,可一年的收入才两三千元。葡萄收益不够好,不凑巧的是陈卞江身体状况又出了问题,生病吃药耽搁了好几年。好不容易恢复健康后,陈卞江听说菜农挣钱不少,就转去慈溪租地种菜。蔬菜收获后,销量却始终上不去,又亏了不少钱,于是还欠款的事一搁再搁。再后来,陈卞江的身体再度出现问题,双眼视网膜多次出血,去往上海、杭州几个大医院跑了十几次,治疗费用居高不下,家里因而欠下了近2万元的债。

旧债未还又添新债,那笔2000元的欠款久拖未还,眼看着似乎没有指望能还上了。每每想到此,陈卞江都唉声叹气内疚不已。

2012年,陈卞江的儿子陈洁谊退伍还乡,他问父亲家里有没有需要解决的困难,陈卞江第一个说起的事就是这笔欠了20年的2000元贷款。他眼含热泪,痛心地说:"我对不起信用社,更对不起你,我这是往你脸上抹黑啊!"

当时身边还站着几个关系好的邻居和亲戚,他们都劝陈洁谊:"都是20年前的事了,这种陈年芝麻账就不用还了。"

对于这笔欠款,陈洁谊是有印象的。他七八岁时,看见过信用社的信贷员来家里要债,他也记得父亲经常说"欠债还钱天经地义""做人必须要有信誉"这样的话。所以,陈洁谊在部队做采购员时,别的采购员经常趁采购从中赚点小钱,但陈洁谊从来不会。他觉得,如果一个人丧失了诚信,就不会有立足之地了。

陈洁谊安慰一脸愧疚的父亲说:"虽然你不能给我留下什么财富,但我不会让你留下遗憾。做人要讲诚信,要凭良心,欠别人债哪怕一分钱也要还。你放心,我不会把'父辈债'带到'下一辈'的。"

12月3日,陈洁谊走进余姚农村合作银行临山支行营业大厅,当他把事情的原委和盘托出时,银行的工作人员都不由得感叹:如今这样诚信的人太难得了,很多老一辈的旧账早都被人忘得一干二净了,哪里还有主动还钱的。

后来,银行工作人员经过再三查寻,终于查到了这笔账,陈洁谊连本带息一共还了2100多元。

陈洁谊坚持替父亲偿还20年前的欠款,其可贵之处,就在于没有任何规则约束的情况下,他依然选择还钱。这样的诚信,才是真正发自内心的诚信。如果每一个人都能如此自觉地讲诚信,那么我们的社会一定会变得更加美好、和谐。

方海珍：诚实守信好老师 漏扣10万找银行主动办理

方海珍，宁波北仑开发区幼儿园老师。

2012年的一天，宁波北仑开发区幼儿园老师方海珍走进宁波一家银行。干净整洁的大厅里有几个等待办理业务的储户，方海珍在银行叫号机上点击取出一张号码单，然后坐下来等。

听见银行叫号系统呼叫自己的号码，方海珍起身走到柜台前，将存折递进窗口，告诉银行职员，要将存折里的10万元存款从活期转成定期。方海珍安静地坐在柜台前的椅子上等待，只听见工作人员敲击键盘的声音。没过多久，工作人员办理完毕，方海珍接过新办理的定期存折。这时，挎包里的手机响了，她迅速放好存折，打开手机，是幼儿园一个孩子家长打来的电话。方海珍热情地和家长说着话，边走边聊走出了银行。

回到家里，方海珍感觉有些疲倦，坐在沙发上想休息一会儿,低头看见挎包,她顺手找出刚才办理过的两个存折。翻开活期存折时,方海珍惊讶地发现上面的 10 万元原封未动,仍和原来一模一样。回头再看新的定期存折上分明已经存入了 10 万元,她不放心地来回查看了几遍,确实没看错——一个 10 万变成了两个 10 万,凭空"得到"了一个存有 10 万元的存折?!

　　肯定是银行工作人员疏忽了,那个活期存折的 10 万元本该扣除的,方海珍这样想着。她没有丝毫迟疑,把存折放进挎包,即刻就出了家门往银行赶。

　　再度回到银行的方海珍见刚才那位工作人员正为一个储户办理业务,她先

站在一边耐心等候,待那个储户起身离开后,方海珍快步走到柜台前,把自己的两个存折都递给了工作人员。听到方海珍说有 10 万元未扣除,工作人员吃了一惊,仔细看过两个存折后,才发现自己刚才居然出现了这么大的失误。她感激地站起身来,对方海珍连连表示感谢。方海珍倒显得有几分不好意思,她淡淡一笑,离开了银行。

　　特别凑巧的是,几天后方海珍又遇到了一件类似的事。那天,她在一家大型百货商场看中了一双 700 多元的皮鞋,因为实在喜欢,付完款后,就直接穿上了新鞋子,把旧鞋子放进鞋盒里带回家了。可是,当方海珍回到家要取出旧鞋子时,却看见鞋盒里躺着的是一双一模一样的新鞋子。方海珍不由得想起上次在银行遇到的那件事,看来又遇到了一个"马大哈"。和上次一样,方海珍没有片刻迟疑,拎上鞋子向商场走去。

　　商场里,已经发现自己失误的那个营业员正在焦急中煎熬着。按惯例,如果

丢失一双皮鞋,将会受到500元的罚款,这对她是个不小的数目。正在她为自己的行为懊恼不已时,方海珍拎着鞋盒出现了,营业员喜出望外地接过鞋盒,感激得说不出话来。方海珍冲她摆摆手,转身走出了商场。

　　发生在方海珍老师身上的看似不起眼的两件小事,却体现了她诚信为人的可贵品质。一个民族不能没有诚信,否则将得不到长足的发展;一个人如果没有诚信,必然也得不到别人的信任。希望我们的生活能够少一点怀疑与虚伪,多一点真诚与诚信。

胡惊雨：90后支教女生履承诺带25名新疆学生圆寻海梦

胡惊雨,生于1990年,宁波宁海县西店镇人。

2010年9月,胡惊雨从上海应用技术学院国际商务管理专业毕业后,应聘到宁波英孚教育工作。任职8个月,胡惊雨对待工作积极主动,认真踏实。这份工作薪水和待遇都不错,但她心中始终没有忘记自己在高二那年许下的一个承诺……

2005年,胡惊雨还在念高二。那年暑假,她去新疆塔什库尔干看望当时正在那里工作的爸爸。

在当地一所中学门口她看到一张单子,上面写着新西兰的司棣华老师在初中教暑假班英语。胡惊雨好奇地进去听了课,于是认识了司棣华。

在与司棣华的交谈中,听到司棣华感慨地说当地需要英语老师,胡惊雨脱口而出:"那我大学毕业以后,就来这里支教。"

为着这份多年前的承诺,胡惊雨最终放弃了年薪4万、拥有出国培训机会的好工作。2011年9月,她只身踏上了支教之路,一路颠簸来到新疆维吾尔自治区吐鲁番地区鄯善县达浪坎乡一中义务支教——这份"工作"既没工资,也没补助,连路费都要自己支付。在一眼望不到边的戈壁沙漠中,胡惊雨用她的行动兑现了曾经的承诺。

远离家乡,来到这片干旱的土地,胡惊雨一开始对气候、饮食都不太习惯,更困难的是与学生的语言沟通。此外,生活条件也不尽如人意,胡惊雨借宿过学生的家,住过废弃的地下室,半夜被虫子吓醒……其间的艰辛和困难可想而知,但胡惊雨以她坚强的毅力和对这个承诺的坚持挺过来了。

"一个富庶省份的女孩,只身来到千里之外的新疆支教,没有工资,从未给学校提过任何要求,对学生就像对自己的亲弟弟、亲妹妹一样。她是我们学校最优秀的老师!"这是达浪坎一中校长斯迪克·尼亚孜对胡惊雨的评价。这个评价是对胡惊雨教学的肯定,更是对她为人的肯定。

达浪坎一中有13个班级300多名维吾尔族师生,胡惊雨被安排负责8个班级的英语教学。实际上因为这些维吾尔族学生汉语程度不高,她便同时教授英语课和汉语课,一个星期要上二三十节课。胡惊雨无怨无悔,她用心地爱着孩子们,同时她也常常被感动着:孩子们视胡惊雨为姐姐,给她取了个维吾尔族名字——玉尔吐斯艾,寓意为"天上的星星和月亮";孩子们凑钱为她买生日礼物;家长们也对胡惊雨非常好,怕她冷而不停地为她搓手给她温暖……

在与孩子们朝夕相处中,胡惊雨发现了孩子们心中小小的愿望,因为当地水资源极度匮乏,一年难得下几场雨,所以孩子们对水非常渴望,他们在胡惊雨的电脑里看到了大海的照片,他们很想看一次大海。

胡惊雨答应孩子们,有机会一定带他们去看海。

"既然已经答应他们,那就一定要做到,像当初我答应司老师要来新疆支教一样。"胡惊雨言出必行,她决定履行"带孩子们看海"的承诺。

2012年3月26日,胡惊雨在网上发起"沙漠孩子寻海梦"公益项目,这一活动被《宁波日报》《东南商报》《中国教育报》等广泛报道,引起社会各界热烈响应。短短时间里,就募集到5万多元公益资金。她再次用爱心,牵起25个孩子的手,带着他们从沙漠走向碧蓝的大海。

但是,面对25个13岁到15岁的半大孩子,要照顾好他们的衣食住行,难度丝毫不亚于她初到新疆支教面临的困难,而这一次,胡惊雨同样以她的毅力和坚持一丝不苟地做着安排。

2012年7月9日下午,胡惊雨带着25名新疆孩子来到宁波象山松兰山黄金海岸沙滩,孩子们看到了蔚蓝的大海,他们向着大海狂奔而去……

"我答应了孩子们,明年要去新疆看他们的。"帮助孩子们圆了看海梦后,胡惊雨对孩子们又许下一个诺言。说到就一定要做到,胡惊雨,一个90后女孩用她的实际行动诠释了"诚信"二字。

郁丙龙:"补胎哥"一诺千金 深夜奔波无偿补胎

郁丙龙,在宁波从事户外休闲用品销售,人称"80后补胎哥"。

2003年,郁丙龙开始从事户外休闲用品销售工作。因为酷爱骑行,郁丙龙曾经于2005年一次外出骑行时,在一个前不着村后不着店的偏远之地,车胎爆了,一时无法找到修车点,后来花了一个多小时才把车推到修车点。

那一次的疲惫与无助使郁丙龙印象深刻,之后出门的日子,他都会随车携带补胎工具,既预防自己的车爆胎,又可以帮助他人。只要在骑行途中,看见遇到困难的车友,郁丙龙都会停下来,主动提供帮助,为他们免费补胎。

这样的义务补胎,郁丙龙默默坚持了7年。

2012年6月的一个晚上,郁丙龙在环城南路看见一位阿姨正吃力地推着电动车走,原来也是遇上爆胎的麻烦事了。郁丙龙走上前想帮她补，对方一听是免费帮忙，连连表示不需要，她眼里流露出的质疑深深刺痛了郁丙龙。

做一件好事，竟如此之难。怎样才能使真正需要帮助的人相信我、接受我的好意呢？郁丙龙想了好几天，终于想到了在网上发帖，他在宁波"东方论坛"上向公众承诺，凡是自行车、电动车爆胎的，或者汽车爆胎而且有备胎的，只要在环城北路、机场路、鄞县大道、江南路、世纪大道以内，晚7点至凌晨5点拨打他的电话，他都会快速赶到，分文不收。帖子的最后，他留下了自己的手机号。

帖子发出去以后，每天晚上都有求助电话打来，郁丙龙变得忙碌起来，最多的一次一个晚上补了5次胎，很多人都在孤助无援的深夜里得到了他的帮助，人们开始亲切地称他为"80后补胎哥"。

一天夜里1点多钟，林女士和母亲途经环城北路时汽车爆胎了，附近又没有汽车修理点，正急得不知如何是好时，她想到了传说中的"补胎哥"，抱着试试看的心理拨了电话。已经进入梦乡的郁丙龙听见电话铃声，立即坐起身，问清林女士的具体位置和情况后，不到20分钟，"补胎哥"就出现在了她俩面前。郁丙龙麻利地取出备胎，三下五除二拆下破损轮胎，换上备胎，很快就弄好了。

林女士看到郁丙龙收拾好东西就要走，感激地拿出100元钱塞给他，但郁丙龙说他承诺过免费为人补胎，不会收一分钱。

第二天，林女士再次发短信对郁丙龙表示感谢："补胎哥，昨晚的帮助，让我和我母亲感动了一晚。永远支持和感谢您的这种付出，祝您健康、平安、幸福。"

这样温暖人心的场景几乎每天晚上都在上演,从最初发帖的头3个月时间里,接受"补胎哥"帮助的就多达百余人。"补胎哥"的电话也被宁波便民热线81890收录。

"补胎哥"夜夜奔波在补胎路上,他的名字逐渐被越来越多的人熟知。多少个夜晚,郁丙龙从温暖的被窝里爬起来,抹一把脸让自己快速清醒过来,然后驱车去为一个素不相识的人免费补胎。陪伴家人的时间少了,与朋友聊天的时间少了,自己喜爱的书更没有时间看了。不仅如此,还有一些让人无法理解的事,比如夜里打来的无聊电话,有人恶作剧地只打电话不说话,有人先是说在哪里需要帮助,赶过去时却找不到人……形形色色各种情况都有。更有人对他的行为表示不理解,甚至提出质疑。但郁丙龙没有理会这些,他认为人活着的价值不在于挣钱多少,诚信和承诺是必须坚守的,既然已经向公众承诺了,就一定要坚持做下去。

在"补胎哥"的积极影响下,越来越多的志愿者加入了他的行列,他们成立了"补胎哥公益服务中心",每天晚上有好几个人值班,从当初承诺帮人"无偿补胎"到2014年9月为止,已为夜间遇到困难的群众免费补胎500余次,共有800人次享受到他们的免费服务。

"补胎哥"的无私行动感动了无数宁波人,而"补胎哥"郁丙龙这样说道:"我只是记得曾经的承诺,当承诺变成承担,承担或许就是一份责任。这份责任,我想一定不是因为舆论或者名誉,而是作为一个男人对诺言的遵守。"

方亚儿：不离不弃践守承诺 照顾亡友家人20余年

方亚儿(1974年–)，宁波鄞州区高桥镇高峰村人。曾获"中国好人"、"浙江骄傲"、2012年度"最美宁波人"等荣誉。

方亚儿是宁波鄞州区高桥镇高峰村人，1991年在镇上一家纺织厂上班。工作中她认识了来自高桥村的董雪云，两个年轻女孩脾气相投，很快成了一对无话不谈的好姐妹。

1992年底，董雪云被诊断患上了白血病。1993年3月，弥留之际的董雪云看着床边的父母，久久不能闭眼。方亚儿明白好友放心不下自己的亲人，她拉着董雪云的手，眼含热泪许下承诺："你的父母就是我的父母，我一定会代替你好好照顾他们，为他们养老送终。"

董雪云去世后，方亚儿改口叫董雪云的父母董圣华、章勉芬为爸爸妈妈。她并非一时兴起，嘴上说说而已，而是真正落实在行动上，代替故去的好友承担起照顾家人的重担。这个担子一挑就是20多年,从如花的19岁直到如今的人到中年,方亚儿始终没有忘记自己的承诺,替亡友尽孝,照顾亡友一家人,无怨无悔不离不弃。

最初的几年,董家父母身体状况还不错,却担心患有轻度智障的儿子董伟的将来,担心自己百年之后无人照顾。方亚儿看出了二老的心思,她四处张罗着给董伟找对象,热心地促成了董伟的婚事。1997年,董伟的女儿出生了,方亚儿将她视如己出,百般疼爱。

1998年,方亚儿结婚了。结婚前,她就告诉丈夫包成军,自己有两个娘家,会有两个妈妈需要照顾。善良的包成军答应和方亚儿一起承担这份责任。多年的相依相伴,在不知不觉间,方亚儿一家和董家已亲如一家。

平安顺利的日子里,方亚儿时常上门陪陪董家二老。随着时光的推移,二老年岁渐长,身体相继出现了问题。2011年2月,董圣华突然中风,身体半边瘫痪。10月,章勉芬又被查出患了胰腺癌晚期,儿子董伟和儿媳范琴蓉都身有残疾,两个孙女尚年幼,董家顿时陷入了难以想象的困境……

面对突如其来的变故和艰难,方亚儿没有退缩,她坚定地承担起当家人的责任。所有的家务交给丈夫,方亚儿白天守在医院,喂饭、洗衣,细心体贴胜过亲生女儿;晚上匆匆赶回家中,和丈夫一起赶货直到凌晨四五点;天一亮,她的身影又出现在了病房里。章勉芬看到方亚儿日以继夜地劳累,感动之余又倍觉心疼。医生和病友们提起方亚儿都赞不绝口,夸这个女儿太孝顺。

当时医生认为章勉芬的病情不容乐观,难以支撑太久。但方亚儿不轻言放弃,她到处托人打听治疗胰腺癌的专家和医院。有次听说金华有个老中医擅治这个病,方亚儿和丈夫立即开车赶往金华,一次性就买了1万多元的药。出手如此阔绰的方亚儿,平日里对自己却十分节省,一块大排都要分两次吃。那段时间,方亚儿为了章勉芬的病情焦虑不已,吃不下睡不着,大把大把地掉头发。丈夫包成军看在眼里疼在心里,唯有付出更多的行动,和妻子一起照顾董家老小。自然而然地,董家两个孙女管方亚儿叫"姑姑",管包成军叫"姑父"。

兴许老天也被方亚儿这份不同寻常的孝心感动了,在方亚儿的悉心照顾下,章勉芬的身体逐渐恢复过来,竟然可以和从前一样买菜做饭了。章勉芬打心眼里感激不是女儿胜似女儿的方亚儿,她知道如果没有方亚儿,董家早就倒了。实际上,方亚儿的家庭经济条件并不算好,但是,不止丈夫、自己的亲生父母,连公公、婆婆都很支持她,三个大家庭亲如一家人。如今,方亚儿的儿子也懂事地把董家二老当成亲外公外婆。

20多年的坚持,在旁人眼里极为难得,但在方亚儿眼里,这一切显得那么理所当然:"我们就是一家人,照顾他们,天经地义。"

方亚儿的付出和奉献,感动了身边许多人,她对亡友的履诺所表现的诚信精神也影响着越来越多的人。亲戚、邻居、慈善基金纷纷捐款,关心帮助章勉芬一家人。

方亚儿二十年如一日,坚持不懈地承担起照顾亡友家人的重任,她用诚信和坚守,撑起了一个饱经风雨的家,也写下了一个跨越亲情的感人故事。

沈波：救死扶伤 拾金不昧 诚信『的哥』做好事不张扬

沈波（1976年－），宁波余姚人。余姚上海大众交通有限公司出租车驾驶员。

2012年1月7日中午，一辆出租车载着乘客从余姚西站开出，驶往目的地"天鹅湾"小区，出租车司机是余姚上海大众交通有限公司的沈波。行至四明西路兰江商贸城附近，只见前方路口的红灯正在闪烁，沈波轻踩刹车，慢慢把车停了下来。

这时，一阵急促的呼救声传来。顺着声音，沈波看到远处一名妇女抱着孩子正在呼救，身后还站着一位老太太，看上去两个人的神情都十分焦急、紧张。

前面驶过几辆私家车，其中也有停下来询问的，但不知何故，那个妇女并没有上车。

红灯转绿后，沈波赶紧驱车开到她们跟前。抱孩子的妇女似乎抓到救命稻草一般，冲到车前大声呼喊"救命"。再看妇女怀里的孩子，估计一周岁不到，脸色却已发紫，还不停地翻着白眼。看情势紧迫，沈波回头对车上的乘客抱歉地说："我要送这个孩子去医院，麻烦你换别的车吧！"那位乘客也十分明理，很配合地下了车。

沈波帮助抱孩子的妇女和老人迅速坐进车内，然后开足马力，赶往离这儿最近的余姚市第二人民医院。为了救孩子，他也顾不得那么多了，一路上，沈波连闯3个红灯。

赶到医院，沈波不由分说，抱上孩子就往医院急诊室跑。那位妇女和老人紧紧跟在身后。直至看到孩子得到医生的妥善治疗后，沈波才悄悄从医院走了出来。

几天后，一位妇女出现在余姚大众出租车公司，她就是那天为孩子求救的沈女士。她告诉出租车公司的工作人员说，当时孩子突发疾病，几乎虚脱了，孩子爸爸正巧不在家，她和婆婆只好跑到路边呼救。虽然前前后后有20多辆车经过，其中有私家车也有出租车，唯独只有沈波师傅主动出手相救，而且他还主动劝走了车上的乘客，放弃眼前的生意不做，无偿帮助她们娘仨，实在令人感动。因为当时状况紧急，沈女士只关注着自己孩子的病情，都没来得及问沈师傅的车牌号，连车钱也没付，后来还是通过医院监控录像才找到车牌号的。沈女士感慨地说："多亏沈师傅救了孩子一条命。"

沈波听到沈女士说孩子住院后已很快康复，他也开心地笑了。对于沈女士的感谢，沈波只说这是他应该做的，遇到那种情形，谁都应该帮一把。

就在沈女士登门致谢的第二天，沈波又不声不响地做了一件好事。

那天,沈波送一位乘客从余姚到牟山。车开出不久,乘客突然发现前方一辆"帕萨特"轿车很眼熟,仔细一看,确实是他一位朋友的车。他立刻决定下车,换乘朋友的车。可是匆忙之中,那位乘客把一只手包落在了沈波师傅的车上。

不久,沈波车上又坐上另一位客人。几分钟后,这位客人发现了手包。沈波当即请客人下车,说要去找之前那位乘客,把包还给他。紧接着,沈波一路追赶,开了10来公里后,才在马渚收费站附近找到了那位乘客。乘客深受感动,他说包里的钱物价值共达7万多元,万万没有想到沈波这么及时地追送过来。他随即从包里取出1万元表示谢意,却被沈师傅一口回绝了。乘客又掏出两张海鲜提货券作为车费补贴,沈师傅依然没要。

事后,沈波没有向任何人提及这件事。直到那位乘客给余姚上海大众交通有限公司打来电话,公司领导和同事们才知道沈波又做了件好事。

作为余姚第一批出租车驾驶员,沈波经验可谓丰富。更可贵的是他一直坚持认真负责的诚信服务,即便做了好事,也从来不张扬。

宁克英：拾金不昧受冤枉 再拾钱包仍归还

宁克英（1962年— ），宁波市江北区正大社区居民、出租车代班司机。

这既是一个普通的拾金不昧小故事，又是一个不同寻常的感人故事。

居住在宁波市江北区白沙街道正大社区的宁克英是一个出租车代班司机，接送的乘客无数，捡到乘客丢失的财物也很多。有时候，她会开车回原地找失主，有时候则直接上交给公司，由公司负责寻找失主。

有一次，宁克英在出租车上捡到2400元人民币，在没有办法找到失主的情况下，她把钱交到了公司。公司找到失主后，却打电话通知宁克英，让她去公司一趟，原来失主一口咬定宁克英拿走了300元，他说自己钱包里原有2700元。宁克英做了拾金不昧的好事，却白白受了冤枉，心里不免委屈。这件事虽在宁克英心里留下了阴影,但丝毫没有改变她做人的底线。

2013年12月22日下午,宁克英出门办事,走到正大路和大庆南路交界处时,突然看见地上有一个男士钱包。宁克英当时冒出的第一个念头就是,会不会遇到丢钱捡钱的骗局,她环顾四周没有异常后,才慢慢蹲下身子把钱包捡了起来。又想起曾被失主冤枉拿钱的事,她小心翼翼地打开钱包,看见里面有厚厚一叠现金,也没敢碰一下就把钱包合上了。

宁克英站在原地等了一会儿,没有看到失主前来找寻,便先回了家。可当她回到家里,又担心失主着急,便决定自己出门去找。

在冬日的寒夜里,宁克英骑上电瓶车,她按照钱包里身份证的信息,挨家挨户查看门牌号。一个多小时后,她终于找到了身份证上的地址,一个类似四合院的老房子出现在眼前,住在附近的老人告诉她,身份证上这个人曾经确实住过这里,但已经搬走很久,如今也联系不上了。

此时已是傍晚6点,黑夜里的宁克英经过一番辛苦的寻找,最终却一无所获。她只好打电话向民警求助,白沙派出所的民警找上门来,宁克英郑重把钱包交出,还反复叮嘱说一定要把钱包交给失主。

23日上午9点多,宁克英接到民警的电话,说失主已经找到了,她那颗悬着的心总算落了地。

不过,宁克英没有料到,24日上午,失主登门感谢来了。原来,22日下午,失主陈先生和妻子在外散步,不慎丢了钱包,自己却浑然不觉,直到民警打来电话，才知道被好心人捡到了。据说钱包里有4100元人民币、500欧元以及身份证、驾驶证和三四张银行卡，卡内还有20多万元存款。得知宁克英苦寻失主的事，陈先生深为感动，但因公事缠身，便托同事周女士专门向宁克英表示感谢。

当周女士拎着大包小包的礼品，来到宁克英家时，她才了解到这个好心人家境并不好。20多年前，宁克英从安徽来宁波打工，后来嫁给了一个本地人，领了多年低保。1997年她被查出患有坏死性胰腺炎，病危通知书都下了。为了治病，家里的钱花光了，宁克英的丈夫又身患残疾，身体也不好。如今的宁克英靠偶尔代班开出租车，再做点其他零活为生。

对于周女士表达的谢意，宁克英摇头说："当初我重病，多亏政府、街道和社会热心人帮忙，人活着要有一颗感恩的心！"

正因如此，尽管家境贫困，尽管曾经被冤枉被误解，宁克英在捡到巨款时，仍然丝毫不动摇，顶着寒风苦寻失主。她不改初衷，坚持诚信为人的原则，她用实际行动向社会传播正能量。

张铜鸽：诚信『的哥』守诚信 每周一趟早起接送不出错

张铜鸽，宁波光大汽车服务公司出租车司机。

每周六早上6点左右，张铜鸽都会从江北洪塘的家中出发，驱车10多公里，去宁镇公路附近接一个人，这个人是一位姓吴的大学教授。张铜鸽并非吴先生的专车司机，而是宁波光大汽车服务公司一名出租车驾驶员，但为何长达几年的时间里，张师傅都会每周去接送吴先生一趟呢？

事情还要从头说起。2009年12月的一天，张铜鸽途经宁镇公路附近，遇到了路边招手示意的吴先生。坐上车后，吴先生询问张师傅，可否每周六早上6点，接他去鄞州育王。身为大学教授的吴先生是杭州人，目前在宁波工作。之前他已经对好几位出租车司机提过同样的要求，但都遭到了拒绝，原因或是嫌时间太早，或是因为线路太偏。也有司机提出，接送可以,但车费必须加倍。

这次坐上张铜鸽的出租车,吴先生与他聊了几句,感觉甚为融洽,不由得又提到了这个话题。令他想不到的是,张铜鸽思索片刻后竟然答应了,而且车费就按实际单程接送线路的标准算。

从那以后,张铜鸽真的仿若吴先生的"专车"司机,无论酷日寒暑、霜风雪雨,从不间断。尤其到了暑假期间,每周一趟改成了每日一趟,连续一个多月的时间,张师傅天天如约而至。几年下来,这样的接送早已超过百余趟,却从来没有出过任何差错。偶尔家中有事去不了,张师傅必会提前安排别的同事顶替自己。面对这桩辛苦却赚不了几个钱的生意,张师傅不计得失,始终认真对待。深受感动的吴先生不禁提笔给报社写了封表扬信,专门就张铜鸽坚持接送一事表示感谢。实诚的张师傅却淡淡一笑说:"既然答应了客户,就要想办法做好。做人是要讲信用的。"

消息传到宁波光大汽车服务公司,领导和同事们并不觉得惊讶,因为在公司,张铜鸽原本就是出了名的热心人。很多别人不愿干的苦活、累活,张师傅从来不推托。公司组织公益活动,他每次都表现得极为踊跃。

不止如此,张铜鸽还和公司其他同事轮流接送一位身患尿毒症老人去医院做治疗,风雨无阻,分文不取。

2008年4月,宁波光大汽车服务公司接到一个求助电话,市民罗先生因工作在外地,无法坚持每周三次接送身患尿毒症的母亲到医院做透析,希望得到帮助。公司领导第一个就想到了经验丰富的张铜鸽,接到任务后,张师傅毫无怨言,每周三次一大早就按约把老人接到医院,等治疗完毕,再送老人回家。有时,正巧与接送吴先生的时间相冲突,张师傅就托给同事杨明国代劳。后来,公司考虑到两位师傅太辛苦,又加了13位出租车师傅进来。于是,一人接送变为两人接送,两人接送又变为十五人接送,爱心队伍越来越庞大,人数在改变,但坚持不懈为老人无偿服务的行动不曾改变。和张铜鸽诚信履诺一样,他们不求回报,无怨无悔真诚地付出,为建立诚信社会做出了一分努力。

邬荷仙：『放心摊位』有诚信 找寻失主归还数千元

邬荷仙，宁波奉化人。宁波二号桥市场一摊位店主。

位于宁波市江东区宁穿路的二号桥市场，是一个专营副食品，兼营日用工业品的专业批发市场。这个市场远近皆知，知名度高，每天人来人往络绎不绝。

十多年前，来自奉化的邬荷仙就在二号桥市场经营纸尿裤，因为生意做得好，待客热情讲诚信，市场管理处给她颁发了"放心摊位"匾牌。匾牌一直被高高挂在店里，"放心摊位"四个字甚为醒目。

2013年11月8日，邬荷仙和往常一样，坐在店里照看生意。一个20岁出头、有着一张可爱脸蛋的姑娘走了进来。邬荷仙微笑相迎，热心地招呼客人。

这位姑娘一边看一边问，犹豫片刻后，她选了一款纸尿裤，掏出165元买了整整一箱。邬荷仙认真把箱子封好,又拿出包装带结结实实打好包,方便姑娘提着走,临走时还不忘提醒姑娘把东西拿好。

姑娘走后,邬荷仙看着刚才翻出来散落一地的货物,麻利地着手收拾。正整理着,一个黄色钱包跃入眼帘,邬荷仙捡起来仔细端详,从款式上可以看出是一个女用钱包,再看包内,除了一张身份证,还有厚厚一沓人民币,崭新崭新的,估计才从银行取出来。

肯定是刚才那位姑娘遗落在这里的,要赶紧找到姑娘,把钱包还给她才好。这么想着,邬荷仙没有片刻耽搁,顾不得没有整理完的货物,走到隔壁摊位,托相熟的姐妹帮忙照看一下店,然后拿着钱包拔腿就走。半个多小时过去了,邬荷仙在市场顺着摊位挨个找,也没发现姑娘的身影,她又跑到市场外围寻了一遍,依然没有结果。

回到店里,周围店铺的姐妹都围拢过来,她们劝慰因寻人未果而显得有些沮丧的邬荷仙,说那位姑娘发现丢了钱包,肯定会自己上门来找,若久等不来,再报警也不迟。

可是左等右等,眼看两天都过去了,还没等来丢钱包的姑娘。邬荷仙再也坐不住了,她跑到市场管理处反映了这件事。管理处俞康平经理也认为此非小事,他给东胜派出所打了电话,希望帮忙找到这位姑娘。

根据邬荷仙提供的身份证信息,结合曾经登记的暂住证信息,东胜派出所终于查到了姑娘的手机号码。原来这位姑娘名叫贺利,原籍是四川巴中,现在暂住在鄞州云龙镇。

接到派出所的电话，贺利既激动又意外。原本准备用这笔钱交房租的，可这两天她把家里翻了个遍也没找着，万万没想到自己会把钱包落在邬荷仙店里，更没预料到店主会主动寻找她。

得知此消息后碰巧贺利刚满9个月的儿子感冒，她一时脱不开身，因此又拖了两天。直到14日，儿子感冒见好，贺利才抱着儿子赶到二号桥市场，却没见到邬荷仙阿姨，原来她这几日也忙着在家带孙女。最后在邬阿姨儿子和市场管理处两位经理的共同见证下，贺利领回了丢失的钱包。满怀感激的她一再对邬阿姨的儿子说，一定要向邬阿姨转达自己的谢意。

听说贺利已经顺利拿到自己的钱包，邬荷仙心里的石头终于落了地。尽管店里悬挂多年的"放心摊位"匾牌外观已显得有些暗淡陈旧，但邬荷仙阿姨坚守诚信的精神却永远熠熠生辉。

励顺良：好人好心担保背巨债 "砸锅卖铁"还债终不悔

励顺良(1942年-)，宁波慈溪人。知名公益人物，有"好人励顺良"之称。

励顺良在宁波慈溪曾经是一个家喻户晓的新闻人物，他头上有许多响当当的头衔：人大代表、慈善总会理事、社会公德十佳标兵、村委会委员、民营企业董事长等，但最为人们耳熟能详的称号是"好人励顺良"。

1986年，励顺良创办了慈溪天东粘剂有限公司，规模虽不大，但经营状况从一开始就呈现出良好的势头，每年的利润颇为可观。乐善好施的励顺良将每年盈利留下一部分用于再生产，剩余的钱全都捐献给了公益事业。他平时生活十分俭朴，不抽烟不喝酒，但对公益事业总是慷慨解囊。30多年里，励顺良把公益事业当作了自己毕生的追求，扶贫济困，捐资助学，助残解难，尊老爱幼。他出资数百万

元,修桥7座,铺路20多条,扶助当地贫困村两个。励顺良的慈善之举被人们广为传颂,"好人励顺良"的称号由此产生。

然而从2010年开始,这位知名的公益人物忽然"消失"了。起因在于励顺良帮人担保受牵连,导致身背巨债。

励顺良极看重诚信二字,工厂创办多年,从来没有发生过质量问题,也从来没有和人打过官司。从经营企业,到待人接物,他都是诚恳踏实、认真负责,给人以极度的可信赖感。与励顺良打交道的厂商相信他的为人,生意往来上,经常先打货款再提货。身受信任的励顺良觉得理应互相信任,因而当有人请求他帮忙做担保的时候,他都会毫不犹豫应承下来。随着名气越来越大,找励顺良做担保的人也越来越多,虽然深知替人担保存在风险,但他很少拒绝他们的要求。尽管对帮助做担保的这些朋友,乃至朋友的朋友,他知之甚少。

2010年,励顺良的担保开始出现问题。最初一两百万元的债务因为还能承受,励顺良没有放在心上。随着债务越积越多,他才感觉情况不妙,而此时连亡羊补牢的机会都没有了。2014年年初,当得知最后一个欠他200多万元的老板跑路后,励顺良的血压腾地往上飙,当场晕了过去……

为了偿还因担保而产生的巨额债务,励顺良将自己和儿子的多处房产全部变卖,他和小儿子搬离住处住进了厂里,儿媳陪着上学的孩子在学校附近租房住。看着位于市中心黄金地段上曾经的"家"已易主他人,励顺良的心情可想而知。想尽办法变卖房产以后,已年逾古稀的他身上还背着1800多万元的债务。

从前风光时,饭局多得无法应付;如今落魄了,许多朋友都躲得远远的。最

让励顺良伤心的是,曾借过他200多万的一个朋友,在励顺良被债主逼得实在不行去找他时,却吃了使人寒心的闭门羹。后来,励顺良又送去一车红豆杉,那位朋友仍旧不露面,两天后让人把树拉了回来。

前后境遇的巨大反差虽然使励顺良很伤心,可当有人问他,之前做了那么多年的慈善,如今身背巨债,做这个"好人"会不会后悔?励顺良怔了怔,然后一字一句地说:"不后悔。我们家的家教就是这样,做人要有善心,有能力了就要行善。"事实也是如此,励顺良和儿子儿媳一起变卖各处房产,自始至终,一家人没有抱怨过一句。

对于数额巨大的债务,励顺良同样没有怨言,尽管债务是因受牵连而起,但他从没想过赖账。他一心只想着把债还清。"只要还有一口气,砸锅卖铁也要还!"励顺良这样说道,语气悲壮得使人尊敬。

2014年6月,励顺良的故事经过报社的报道后,引起了社会各界的关注。很多人都希望以自己的行动向这位老人表示感谢和敬意,他们纷纷跑到励顺良厂里去买老人培育多年的红豆杉、蓝莓,工作人员接待了一批又一批。不少宁波企业家也加入了援助的队伍。艰难的时候励顺良没有掉一滴泪,这温暖的时刻却把老人感动得潸然泪下。

经受人生重创的励顺良信心满满:"只要企业还在正常运转,我就有信心度过危机;只要把眼下的难关渡过,我就还可以继续做慈善。"这样的信心不仅来自他为人的诚信,更来自各方的信任和帮助。

乐和敏：信守诺言相伴20余年 照顾中风邻居不离不弃

乐和敏（1932年- ），宁波江东区人。曾荣获"宁波好人"称号，入选2015年1月浙江好人榜。

在宁波市江东区白鹤街道白鹤社区，每天早上都能看到这样的场景：

一位体态稍胖的古稀老人坐在轮椅上，另一位头发花白的精瘦老人在他身后推着轮椅缓缓前行，小区的林荫小道上，两人一直有说有笑，看上去关系融洽亲如兄弟。

事实上，这是一对相处20多年的老邻居。坐在轮椅上的老人叫冯长生，推轮椅的则是乐和敏。

1989年，江东区演武街乐和敏家对门，搬来了新邻居冯长生一家。相邻而居的两家人，一开始就特别投缘，谈笑间还得两人同是58岁，亲切感更添了几分。两家你来我往，关系越处越密切，后来干脆一起搭伙做饭。

都说远亲不如近邻,尤其看到儿女大了,都有了自己的家庭和生活,不可能常陪在父母身边,近在眼前的邻居反而更能互相照应,两对老夫妻感叹之余,不约而同地说:"我们两家就这样相依相伴过下去,互相养老吧。"谁也没有想到,当时随口而出的一个约定,不知不觉间竟坚守了20多年。

1992年,乐和敏的儿子给父母换了一套大房子。可是,儿子在国外工作,常年不在身边,乐和敏舍不下亲密无间的老邻居,更担心离开演武街会倍感寂寞。于是,乐和敏对冯长生夫妇提出邀请,希望他们能一起同去新居居住。当时,恰逢冯长生的儿子要结婚,冯长生正发愁家里住不下,便欣然答应了乐和敏,两家人就这样住在了一起。

冯乐两家同住一处后,相互照应,关系如从前一样融洽。在新的居住地,性格开朗、能说会道的冯长生拉着乐和敏一起,很快与陌生的街坊四邻打成一片,日子过得十分舒心快乐。

原以为,和睦相融的两家人能如当初的约定一样,一起相伴到老。怎料1995年,冯家发生了变故。当年5月,冯长生中风住院,妻子又得了癌症。冯长生的两个儿子既要忙工作又要照顾二老,忙得不可开交,乐和敏夫妇坚持每天到医院陪护。由于治疗及时,冯长生很快痊愈出院,妻子的病却越发严重,总不见好。弥留之际,她拉着乐和敏夫妇的手,希望能多加照应自己的老伴,乐和敏夫妇满口答应了。

少年夫妻老来伴,妻子的离世,令冯长生一时无法接受,情绪极为低落。两个儿子怕给乐家带来麻烦,便提议接走老人,却遭到了乐和敏夫妇的婉言拒绝,说两家人相处多年,已建立了深厚的感情,希望他们不要担心,冯长生会得到很好的照顾。此言非虚,冯长生在乐和敏夫妇的用心照顾和儿子的劝慰下,逐渐从悲伤中走了出来。

2005年,乐和敏夫妇搬迁至白鹤新村,冯长生仍旧一同前往。第二年5月,冯长生中风复发。住院期间,尽管冯家儿子请了护工帮忙,但乐和敏夫妇仍坚持每天去医院照顾。出院后,冯长生两个儿子又说要把父亲接回家住,但乐和敏继续坚持由他们夫妇俩照料。

此时的冯长生生活已不能自理,不仅说话含糊不清,还无法站立行走。乐和敏老两口像照顾自己的亲人一样,洗衣喂饭、说话聊天、理疗就医,样样不落。

看到乐和敏夫妻对自己父亲如此尽心的照料,冯家儿子感动之余又觉得过意不去。2006年,他们把冯长生发放退休金的存折交到了乐和敏手中。为了使小辈安心,乐和敏收下了存折,每月只从中取600元作伙食费。几年下来,存折里已存了18万元,乐和敏说这些钱要留待冯长生真正需要的时候再用。

20多年过去了,在这段不短的岁月里,随口一句约定,将冯乐两家紧紧连在了一起,他们早已融为亲密的一家人。在冯家接连发生变故后,乐和敏夫妇不忘约定,谨守承诺,对生活不能自理的老邻居不离不弃、悉心照料。乐和敏夫妇说,只要他俩还能动,就会一直陪在老邻居冯长生身边。

蔡惠星：押钞车驾驶员拾金不昧好品质 捡到贵重物品不动心

蔡惠星，宁波市市区信用联社押钞车驾驶员。

2014年3月3日下午，家住宁波市江北北岸琴森小区的王女士骑着电瓶车驶进了附近一家银行，她要去办理一张到期存单的销户手续。正逢周一，银行人不算多，没用多长时间，王女士就办完了销户手续。出了银行门，王女士骑着车又去了公交卡充值点，为儿子的公交卡充完值后，这才回了家。

在小区存放车棚里，王女士熟练地把电瓶车放在合适的位置上，然后打开车头放杂物的篓子，却发现自己的拎包不见了。王女士当时急得冷汗直冒，因为包里放着她刚从银行取出来的17000多元现金、一个钱包、一本学生证和多张银行卡等贵重物品。可是，她左思右想，却怎么也想不起究竟在什么地方把包给丢了。王女士只好沿着电瓶车方才行驶的路线回头去找。一路上,她放慢速度,边骑边仔细留意路上有没有丢失的拎包,从小区门口,到银行,然后到公交充值点,再返回寻找一趟,可惜的是,她最终一无所获。

王女士迈着沉重的步子回到家里,唉声叹气得连晚饭都不想吃,家人的安慰也无济于事。大约到了晚上八九点钟,王女士仍在百般懊恼的时候,一个电话迅速使她转换了心情。这个电话是福明派出所民警打来的,说是有人捡到一个包,通知她立刻去派出所取。

欢呼雀跃的王女士起身迫不及待就往派出所赶。到了福明派出所,接待民警认真询问了她包里具体装了哪些物件,确认无误后才把拎包交到她手中。王女士没有忘记问民警,自己的拎包怎么会到了派出所。民警告诉她,拎包是由一位名叫蔡惠星的押钞车驾驶员送来的。说是傍晚6点多,蔡惠星在回家路上,途经清河宾馆前面的通途路段时,在路边发现了这个包。一看包里装着不少钱物,他还在原地等了好久,却总不见失主来找,蔡惠星就把包送到了附近的福明派出所。说到这里,接待民警说,对于蔡惠星的举动,他深受感动,所以赶紧行动,经过多方努力才找到了失主王女士。

第二天,王女士根据派出所民警的提示,找到了在市区信用联社运行保障中心工作的押运车驾驶员蔡惠星。她掏出现金想塞到蔡惠星手里,以表示自己的谢意。但蔡惠星连连摆手,只说知道拎包物归原主,他就很高兴了。

面对捡到的贵重物品,蔡惠星不为所动完璧归赵,这已不是第一回。就在2014年年初,他还曾经在单位的洗手间水槽边捡到过一枚金戒指。最终,也是经过多方打听,交还给了失主。据说,金戒指是失主的结婚纪念物,对于失主来说是至关重要的一个物品。当满怀感激之情的失主向他表示谢意时,蔡惠星同样不要任何回报。

黄吉祥：鞋店老板诚信为人 上门归还顾客钱包拒酬谢

黄吉祥，宁波市鄞州区人。宁波灵桥市场某鞋店店主。

2014年10月26日上午，宁波市灵桥市场里一如既往的热闹，人来人往川流不息。家住常青藤小区的吕女士走在市场里，似乎有些着急，但摩肩接踵的人群使她无法加快脚步。

走到东门一号摊位前，吕女士停了下来。这是个卖鞋的摊位，里面摆满了各式各样的鞋子，令人目不暇接。店主黄吉祥正招呼着三两个客人，看见吕女士，他热情地迎了上来。其实吕女士前一天才从这里买走一双鞋，但穿了一天之后，感觉不太合脚，便找到店里来，想找老板换一双。听清吕女士的来意后，黄吉祥爽快地答应了，一边接过她手中的鞋子，一边迅速找到几双同款的鞋子，拿出来让吕女士试穿。吕女士坐了下来，试穿合适后，她没要盒子，只把鞋子装进了身后的双肩包里，就离开了。

三三两两的顾客来了一拨又一拨，黄吉祥忙上忙下，习惯了忙碌的他倒也不觉得累。中午时分，人流量渐渐小了些。趁着这空当，黄吉祥坐下来歇息片刻，他漫无目的地环顾四周，目光落在自家店铺摊位处的还算干净的地上……突然，他发现角落里有一个钱包。黄吉祥立刻起身把钱包捡到手里，打开钱包翻看，里面有3000多元钱，还有身份证、信用卡之类的。细看身份证上的照片，很像今天来换鞋子的那位女士，黄吉祥隐约记得她试穿鞋子时，确实就坐在掉钱包位置的凳子上。

黄吉祥再次打开钱包，细细翻找，希望能翻到失主的联系方式，可惜没有一点收获。黄吉祥想，还是等等吧，也许失主发现丢钱包后，会主动上门来找。

年过五十的黄吉祥，处理顾客丢失钱物的事情已经颇有经验。他在灵桥市场开鞋店快20年了，每天面对的顾客很多，丢三落四掉东西的也很多，最常见的就是雨伞、钥匙和钱包。每当那时，黄吉祥都会先寻找联系方式，倘若能找到，就尽快通知失主来取；如果找不到联系方式，便只能等待失主自己来找；怕事多容易忘记，他还把失物详细记录在一个小本上，妥善保管起来。

可是，10月26日这天下午，一直等到5点多，仍不见失主来找钱包。黄吉祥决定根据身份证上的信息，亲自上门把钱包送去。大约3年前，他也曾经这样依据身份证的信息，把一个小伙子丢失的钱包送上门去的。

黄吉祥骑上电瓶车，寻找身份证上显示的常青藤小区。由于不熟悉路况，他只好一边骑一边问，待他找到小区时，已是傍晚6点多了。

在一位热心大娘的指引下,黄吉祥来到吕女士家的楼下,他扯开嗓子叫着吕女士的名字。吕女士从窗户探出头来,天色已暗,看不清对方的面容,只听到有人问她有没有丢钱包。吕女士以为自己遇到了骗子,但当她将信将疑回到屋里找包时,才发现自己真的不知什么时候丢了钱包。吕女士赶紧跑下楼来,看清是上午买过鞋的鞋店老板,她感动地把黄吉祥请进家里。细心的黄吉祥取出钱包,他先让吕女士说出自己的身份证号码,又让她拿出在店里买的鞋子,一一确认无误后,这才把钱包交到吕女士的手中。

接过钱包的吕女士十分感慨,她想拿点钱或礼品给黄吉祥,表示谢意,但黄吉祥一口回绝了,他说回去还有生意要做,便转身走了。

10月27日下午,吕女士再次来到灵桥市场,她拿出1000元钱硬要往黄吉祥手里塞,但依然被黄吉祥拒绝了。

"别人到我的店里来,就是照顾我的生意,丢了东西我给送上门是应该的。捡到的钱终归不是自己的,还给人家,心里才会安宁踏实。"黄吉祥的回答如此平淡、朴实。

张如普：将承诺兑现到底 退休老职工助学之路不停歇

张如普（1946年— ），宁波镇海人。曾当选为2006年度镇海区十大爱心感动人物。

张如普是宁波镇海蛟川街道保洁中心的一名普通退休干部。从1995年开始，张如普走上了助学之路，20年时间里先后资助了52名贫困学生，支出的数目不下35万元。即使身患重病，张如普也不忘对助学孩子们的承诺，他说："就算卖掉房子，也要坚持下去！"

时间回到1995年，张如普得知一个远方亲戚因家境贫困无力供养孩子上学，无奈之下准备让孩子弃学回家。他火急火燎地跑到亲戚家，力劝亲戚一定要让孩子继续读书，并许诺会承担孩子的所有学费，直到孩子完成学业。

老伴知道这件事后，责怪他多管闲事。谁知从此以后，张如普却"管"上了瘾，而且一"管"就是十年、二十年,资助对象也扩大到未曾谋面的陌生孩子。每一年,他都会通过报纸、电视和身边的亲友,挑选合适的捐助对象。只要知道哪里有贫困学子,张如普都会想方设法取得联系,毫不犹豫伸出援助之手。

张如普的付出完全是无偿的,他不要求任何回报。刚开始资助时,有家长提出以后要偿还、回报他,他就想出和受助者签署爱心协议的办法来打消他们这个念头。他在协议上明确写清,坚决不要求受助孩子对他作出任何形式的回报。

张如普对待贫困求学的孩子出手如此"阔绰",不知情的人还以为他家境有多富裕。实际上,张如普只是一名普通退休干部,每月退休工资6000元,老伴儿还没有收入。但他每年用于助学的钱至少是3万元,相当于一年收入的一半。而张如普平常的生活却非常俭朴,身上穿着的洗得发白的衣服,还是退休前单位发的工作服。他曾经答应给老伴儿买一条金手链,也迟迟没有兑现。甚至对自己的孩子,张如普也很"抠",自他们成家立业后,就再也没有给过一分钱"贴补"了。

2014年3月,张如普被查出患有食道癌,他辗转宁波、上海几大医院,进行治疗复查,大包小包带在身边的全是药。到上海治疗,每去一次就要花费一万多元,每月吃的中药也要5000多元,家里的积蓄已用得精光。如此境地,张如普仍放心不下那些需要资助的孩子。为了不中断助学,他向老战友、老朋友借了五六万元。朋友们都劝他,结对的学生可以由他们接手过去,借的钱就不用还了,但张如普坚持说这些钱是借的,等自己病好了再还。私底下,他对老伴儿说,如果哪天自己不行了,就算把房子卖了,也要把结对的孩子继续资助下去。

几次化疗之后，张如普虽然身体还很虚弱，但助学之路没有停歇。2014年10月的一天，张如普通过电视得知一名从内蒙古来宁波某大学读书的女孩，因父亲身患重病不得不打算放弃学业。张如普心急如焚，他拖着病体赶到学校，找到这女孩，不由分说塞给她几千元钱，并对她说："我就是要告诉你，生病不可怕，读书一定要坚持。"面对一个素不相识的人如此的爱心，女孩深受感动，她拉住张如普非要拍一张合影，说要寄给父亲看，这是她遇到的宁波好人。

患病后的张如普根据自己的经济情况，对助学计划做了一些调整：以前延续下来的结对助学，要坚持下去；对于新的助学，则要适度控制一下。虽然计划有所调整，但"计划外"的助学，仍时有发生。因为20年来，张如普已经习惯了，面对需要资助的学子们时，他忍不住就会伸出援手。

正如张如普自己所说，他就像牛耕田，一犁耕到头，为了孩子们，他要把承诺兑现到底。他会在助学这条路上一直走下去。

黄莲芸：尽心照顾孤寡邻居二十载 无怨无悔付出只为那份信任

黄莲芸(1966年–)，宁波江东区人。曾获得2013年"宁波好人"、"感动宁波"十大慈善新闻事件和人物、2014年"浙江好人"等荣誉，人称"双心阿姨"。

黄莲芸，曾经是宁波江东区福明街道七里垫后西河自然村一名普通村民。隔壁邻居王信达父母早逝，年轻时因视神经萎缩双目失明。他终身未婚，亲戚又不在身边，一直孤身一人生活。

见王信达身边无人照顾，黄莲芸的母亲经常会尽己所能关心帮助这位起居不便的邻居。后来年岁大了，黄莲芸自然而然就接过了照顾王信达的"接力棒"。她每天像照顾自家亲人一样事事都想着王信达，从买菜、打扫卫生，到带王信达看病吃药、负责处理他的工资卡等等。20多年过去了，黄莲芸早已把王信达当作自家人，而王信达也把她看成亲生女儿,经常"阿琴、阿琴"(黄莲芸小名)地挂在嘴边。

也许出于本能,双目失明的王信达自我保护意识很强,有人想帮忙时,他总会不由自主地怀疑别人是否另有企图。唯独对黄莲芸,王信达十分信任。这份信任并非空穴来风,它来源于黄莲芸多年来实实在在、默默无闻、不求回报的关心与照顾。

起初,王信达对黄莲芸也有过怀疑的举动。他曾经在福利厂上班,从工资卡里取钱的事儿都交给黄莲芸去做。王信达背着黄莲芸问过好几个人,看取出来的钱数是否与存折相符。黄莲芸帮他买菜,他事后也会拉着邻居问问价格。

有人把王信达的行为告诉了黄莲芸,她却一笑置之,认为这样的心理很正常。黄莲芸丝毫没有责怪老人的意思,反而行动上更加体贴、更加顾及老人的心理。需要买什么东西,她会尽量先征得老人的同意再去购买;不论买何物品,也尽量替老人着想,选择物美价廉、真正适合老人的东西。

2004年,七里垫村后西河开始房屋拆迁,村民被安置在张隘临时房里。当时,王信达和黄莲芸两家一个在西,一个在东,但黄莲芸每天都会挤出时间看望照料王信达。

2008年,碧水和城作为七里垫村村民的安置小区交付,黄莲芸和王信达同住一个小区,照顾老伯更方便了。新房分下来,黄莲芸顾不上自家房子,赶着先操持王信达的房屋装修、家具购置,让老人早早住进了自己的家。

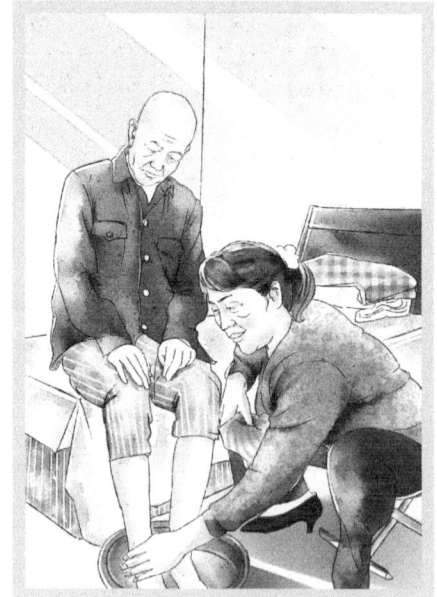

黄莲芸日日年年无微不至的照顾,王信达深深记在心里,他把黄莲芸当成了自己最信任的人。身份证、工资卡、房门钥匙甚至房产证,他统统交给黄莲芸。

需要外出办事时,黄莲芸也一定会陪在身边帮忙,对外办事需要留电话也都留黄莲芸的号码。

王信达不仅完全信任黄莲芸,也越来越依赖她。有一次,王信达高血压病发,连路都走不动,有邻居提出陪他去医院,老人不同意,非要等到黄莲芸来才肯去。

王信达人高体胖,有一天夜里,他上完厕所回到床上时,不小心坐翻了床板,由于不会打电话,他干坐在地上等了一夜。直到第二天早上黄莲芸过来看他时,老人拉着她放声大哭,说自己一夜没睡等着她。

老人年纪大了,有时会乱发脾气,黄莲芸也忍不住气恼地撂下"狠话":"下次不来看你了。"老人哭着说:"你不能扔下我,你就像我闺女,你说过待我如亲人,不能赖的。"黄莲芸心软了,她安慰老人说:"你放心,我答应过的事,一定不会赖的。"

2013年初,王信达老人身体每况愈下,日常生活已无法自理,最后住进了医院。黄莲芸天天往医院跑,为他擦身、洗衣、喂饭,悉心照料,亲如父女。有一天,老人拉着黄莲芸的手,要求她为自己送终。黄莲芸一口答应了下来:"阿伯放心,你的事我一定会尽全力去办!"

之后,王信达两次当着社区干部和老年协会负责人的面,要把自己价值百万元的房产和17万元存折交给黄莲芸。但黄莲芸当即摇头拒绝:"我一直把阿伯当作自家的亲人来照顾,后事我会处理,但这些东西,我不能要。"

2013年4月,王信达老人因医治无效离世,黄莲芸守在他身边,陪着老人度过了生命的最后一刻。

黄莲芸牢记对老人的承诺,一手操办了老人的后事。她把坟址选在自己父亲墓地的附近,方便以后给阿伯扫墓。又通知老人在外地的亲戚,帮助办理老人遗留的房产继承事宜。

黄莲芸,一个普通的农村妇女,20多年尽心照顾与自己无任何血缘关系的孤寡失明邻居,这样无怨无悔的付出,究竟为了什么?无数人问过黄莲芸这个问题。黄莲芸淡淡地说,坚持这样做,是因为老人的那份信任,能帮的一定帮,答应他的就一定要做到。

傅家甫:"诚信老人"为邻居守护房产50余载

傅家甫(1927年—),宁波鄞州五乡镇人。

宁波鄞州五乡镇回江西房116号,是一座建于1948年的老房子。房子的主人名叫傅其庚。1948年底,为躲避战火,傅其庚带着一家人去了上海,不久又辗转到了台湾。

傅家年迈的奶奶为了照看祖屋,独自一人留在了五乡。此一别后,傅其庚一家便与老人失去了联系。

当时,傅家甫一家租住在对面,看到傅家奶奶孤身一人,每每多加照应,因而两家相处甚为融洽。上世纪50年代,傅家奶奶过世,邻居们替老人操办了后事。不久,经傅家奶奶的族人出面介绍,傅家甫一家住进了这座老屋。

谁也没想到,傅家甫这一住就是半个多世纪。居住这么多年里,老傅一直告诉自己的孩子,他们只是租住别人的屋子,虽然房子的主人已经离开了宁波,但一定要替房子的主人好好照看着,等到哪一天,屋主回来的时候,他们可以将房子完璧归赵。

口头上如此交待,傅家甫实际行动上也是这么做的。历经60多年风吹雨打,屋子总会有破损,他就像对待自家房子一样精心维护着这座别人家的老屋,虽然经过多次翻新和整修,但这座老屋一直保持着"青春"。

1976年,傅家甫的大儿子要结婚了,按那时的风俗习惯,男方是要打家具的,但当时木材却很紧张,老傅几乎跑断了腿也没买到木头。隔壁邻居好心提醒他,他们家阁楼上就有不少木头放着,老傅连连摇头说,那是房子主人家的东西,自己只是租住在这里,怎么可以不经允许随便取来用呢?

1992年,农村开始登记土地证。又有人提醒傅家甫,傅其庚一家离开这么多年,肯定不会再回来了,老傅完全可以将房子登记在自己名下。傅家甫不仅摇头拒绝,反而一心扑在为老屋主人办理土地证的事情上。因为这栋老宅建在解放前,当时就没有房契证明,而房主又多年没有出现,所以在办理上颇费了些周折。为了保障屋主的权益,已年过六旬的傅家甫几次三番到区政府解释说明相关情况。为了证明屋子的权属,傅家甫又挨家挨户找左邻右舍签字作证,然后把情况一一写明。虽然他连傅其庚是否还活着都不知道,但他仍旧想尽办法,把房子的土地证和房产证都登记为傅其庚的名字。

一切办理完毕后,傅家甫觉得好像完成了一件大事,一块石头终于落了地,他对孩子们说,以后万一傅家后人回来,也能有个交代了。

终于在 2006 年 2 月 25 日,在阔别家乡 58 年后,傅其庚的儿子傅金荣带着妻子从台湾回到了魂牵梦绕的故乡。傅金荣本以为风雨沧桑,历经多年变故的一切都已物是人非。却绝没有想到,度过童年美好时光的老屋居然完好无损地出现在自己眼前。当傅家甫递给他资料齐备的老屋产权证明时,他更是感动得无以言表。他深知,如果没有傅家甫的精心维护,老屋恐怕早已成为一片废墟。他感激傅家甫一家这么多年的诚信付出,不仅使老屋安然无恙,更帮他保留了那份难得的儿时记忆。

自此以后,傅金荣和傅家甫两家仿如一家人,逢年过节都会通电话表示问候。到 2013 年下半年,年已 74 岁的傅金荣知道自己回乡的机会日渐渺茫,他下定决心要将祖屋出售,心中唯一的人选便是傅家甫。

2014 年春节前,傅金荣专程从台湾赶到宁波五乡,在当地村干部的见证下,以五到六折的价格把房子转让给了傅家甫老人。这个跨越了半个多世纪,诚信守祖屋的感人故事终于有了圆满的结尾。

殷立明：爱心履诺感天动地 四年陪伴唤醒植物人妻子

殷立明（1957年— ），宁波市江东区人。被评为2014年度"最美江东人"。

家住宁波市江东区东柳街道华侨城社区的殷立明和妻子俞惠娟，同是宁波商业系统职工，30年前两人情投意合结为夫妻。婚后夫妻恩爱，后来又有了一个儿子，这个和睦美满的幸福家庭很是令人羡慕。可是，一场飞来横祸，无情地阻止了本该继续的美好……

2010年9月1日中午，俞惠娟骑电动车回家，经过彩虹南路时，一辆出租车突然蹿出来停在路边，车上的乘客猛地推开门。俞惠娟来不及刹车，连人带车被车门撞了出去，当场昏迷，满脸是血。

此时，因为单位效益不好，殷立明正在北仑一家企业打工。当他接到从李惠利医院打来的电话时，当即懵了。心乱如麻的殷立明赶紧从北仑赶到医院，妻子已经被推进了手术室。医生告诉他，俞惠娟的头部受伤很严重，要施行开颅手术，让他做好最坏的打算。

手术进行了近十个小时后，俞惠娟才被推出手术室，医生无奈地对殷立明说，她这个病，就算治好了，也很可能是植物人。

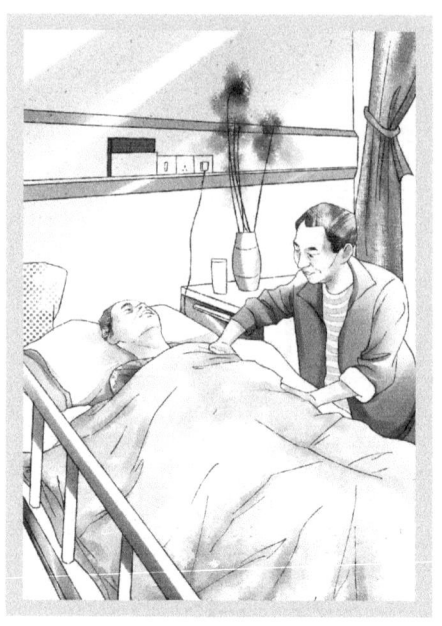

"她就是变成植物人，我也要养她一辈子，不管用什么办法，我都要守着她。"殷立明信誓旦旦说了这一番话。从这天开始，他用超乎寻常的细心呵护和陪伴履行着自己的承诺。

老话说"夫妻本是同林鸟，大难临头各自飞。"殷立明恰恰不是这样。妻子住院的第二天，他就把工作辞了，全身心扑在照顾妻子上。

这年10月，俞惠娟被送到宁波市康复医院接受治疗。殷立明开始"披挂上阵"：从不进厨房的他现在天天学习煲汤，因为听说汤对恢复病情有帮助；他买来榨汁机，把做好的饭菜全部打成流食，因为妻子吃饭只能鼻饲；他在病床边陪着妻子，没事的时候就对她说话，因为医生告诉他，妻子的脑子损伤厉害，可能会忘记以前所有记忆……殷立明就是这样以一个丈夫的挚爱坚定执着地为妻子默默付出着，他相信昔日坚强的妻子不会就此沉睡下去。

事与愿违，同年12月，俞惠娟再次被送到李惠利医院，因为开颅手术留下后遗症，出现了脑积水，必须做修补颅骨手术。俞惠娟的头盖骨被补了两块后，回到康复医院。殷立明没有灰心，他继续坚持不懈地努力，继续陪着妻子说话。妻子可以进食了，但只能用针筒喂饭，每次喂饭要花上两个小时，他也没有怨言，每天雷打不动坚持着。为了避免肌肉萎缩，他每天夜里给妻子翻三次身；白天还学着给妻子做全身按摩,一按就是半个小时。

如此痴情的丈夫,令人感动,使人羡慕。或许上天也被殷立明的真情付出触动,一个被称为"生命的奇迹"出现了:2013年11月的一天下午,殷立明刚给妻子喂完饭,忽然听到妻子嘴里发出了含糊的声音,趴下去仔细一听,又有一个声响,他激动得不敢相信,立即叫来医生和护士,共同见证这"生命的奇迹"。

俞惠娟之后的恢复可谓突飞猛进,不久就可以独自坐起来了。但在那段时间里,殷立明更加辛苦,他24小时守在妻子身边,只为了妻子突然坐起后不会摔倒。日夜操劳的殷立明,心里只想着妻子的身体康复,全然不顾自己身形日见消瘦,175厘米的身高却不到90斤,看到妻子恢复得越来越好,他的心里比蜜还甜。

2013年12月,经过医生的同意,殷立明把妻子接回家里。他一如既往,继续坚持帮助妻子做各种康复训练。看到妻子恢复得不错,他心情愉悦,照顾得更用心了。

现在的俞惠娟,已经能独立行走,并且能讲一些简单的话语了。听到这些消息,李惠利医院的医生们都说"简直不可思议"。在这短短几年时间里,殷立明一家经历了太多坎坷和艰辛。因为他对心中承诺的坚持,因为他的执着、不懈的努力,因为他对妻子精心的照顾和呵护,才使我们看到了生命绽放的奇迹。如今,这个奇迹仍在延续……

冯君民：面对2.8万现金不动心的哥忍腹痛觅失主显诚信

■ 冯君民，宁波启运出租公司司机。

2014年6月21日上午8点多，宁波启运出租公司司机冯君民开车在月湖菜场附近转悠。经过路口，红灯亮了，他轻踩刹车，静静地等候通行。

"笃笃笃"，有人在叩敲车窗，冯君民转头之际，两个中年男人已经打开了车门。在红绿灯路口上车，既不符合交通规则又不安全，但看这二人一前一后已坐上车，似乎很着急的样子，冯君民也就没再多说。

坐定后的两位乘客告诉冯君民，目的地是附近一家信用社，同时略带歉意地解释说，因为急着要赶车回温州，所以看见出租车就想往里钻，也顾不得红绿灯路口是否合适了。冯君民笑笑说，以后尽量还是要注意，毕竟安全最重要。

几句话后，车将开至三市路时，冯君民发现前方路口摆放着临时修路的告示牌,看来得绕道行驶了。为了节约时间,两位乘客一合计,决定就在路口下车。

送走两位乘客,冯君民拐过路口,行至开明街时,上来了一位年轻女乘客,她是去欧尚超市的。

等到了欧尚超市门口,乘客下车后,冯君民突然感觉肚子有些疼,开始以为不打紧,撑一撑也就过去了,不曾想疼痛越发剧烈,无奈之下,只好暂时"歇业"停运了。

冯君民在附近找好停车位,正准备关窗下车,他习惯性地往后排座位看了看,却发现座位上躺着一个黑色男士皮包。冯君民伸手拿过皮包来,打开一看,竟然有厚厚一沓现金。

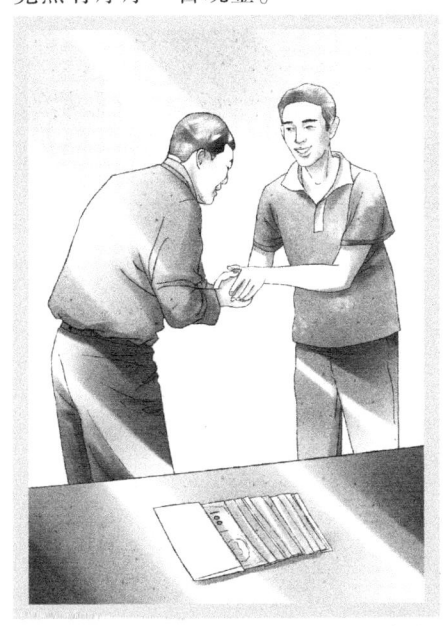

已有将近10年驾龄的冯君民师傅,第一回遇见乘客丢失这么多现金,他想着失主肯定心急如焚。仔细回忆一下,刚才在欧尚超市下车的乘客是坐在副驾驶位置的,皮包应该不会是她的;再往前回想,两个急着赶回温州的乘客,其中一个就坐在后排,莫非这个皮包是那两个乘客的?冯君民脑海里不由得浮现出那两位乘客着急慌忙的样子来,要尽快联系到失主才好。冯君民一边这么想着,一边拿起手机,拨打96520反映目前的情况,同时掉转车头往公司赶,却把自己肚子疼的事完全抛在了一边。

回到公司,冯君民把皮包交到值班工作人员手中,仔细检查才发现,包里的现金足有2.8万元,还找到了几张一模一样的名片,估计名片就是皮包主人的。照着名片的电话打过去,果然是刚才坐车的陈先生。

电话里能听出陈先生十分意外的口气,他说自己是温州人,和朋友一起在宁波办完事,准备下午坐动车赶回温州,没想到半路上把钱给丢了。他估计把钱掉在出租车上了,但当时着急赶路,打的发票随手就扔了,更没可能记住车牌号,实在没办法,他只好报了警。接手的警察也颇为担心,认为这样的情况不容乐观,找回的可能性很小。

当冯君民和陈先生按约好的方式见面时,陈先生接过皮包,紧紧握着冯君民的手,不住地感叹,真是遇上好人了。他万万没有想到,在钱包丢失仅仅半个小时后,就能失而复得。陈先生当即掏出2000元,硬要塞给冯君民,冯师傅笑着摆手拒绝了,他说自己不能收,如果看中这些的话,也就不会着急找陈先生还钱包了,并且再次叮嘱陈先生,下次坐出租车,一定要注意下车时检查一下看是否遗忘了东西。

这位普普通通的的哥冯君民师傅在金钱面前不为所动,一心为失主着想,置自己的病痛而不顾,急失主之所急,尽快如数将失物交给失主。他以自己的朴实、诚信,擦亮了宁波市出租车这一流动的城市名片,反映了宁波市民的文明素质和崇高精神。

陈华民：诚信的哥坚守承诺 四年如一日免费接送老人做血透

陈华民(1962年–)，宁波市出租汽车有限公司出租车司机。以诚实守信入围2014年12月"中国好人榜"。

2011年2月的一天，宁波市出租汽车有限公司领导微皱眉头看着手里的一张罚单，这张罚单来自公司一位已有14年驾龄的司机陈华民。令领导疑惑的是，平时的运营中，陈华民绝对是一个工作认真负责，又热心助人的优秀司机。而产生这张罚单的原因是没有及时更换车子座位的头套，这对于从未发生过违规、没有受到过乘客投诉的陈华民来说，显得难以理解。

问到陈华民本人，他只是略略一说："因为送病人上医院，时间紧，来不及更换。"公司要对此作出最低标准50元的处罚，当追问陈华民个中详情时，得到的回答仍旧含糊不清。

直到几天后,一面写有"品德高尚、热情周到"八个大字的锦旗送到公司,并指明感谢的正是陈华民时,这个无法得到明确解释的"谜底"才终于得以揭晓。

来送锦旗的是一对老年夫妇潘小毛、李德利,家住宁波鄞州姜山镇仪门村。他们唯一的儿子20多年前因精神分裂离家出走,从此音讯全无。李德利悲痛欲绝,每日以泪洗面,日复一日,身体每况愈下,患上了糖尿病,后来又被查出患有尿毒症。病魔残忍地折磨着李德利,但老人心里总有一个期盼,希望等到儿子回来的那一天。

可是家里唯一的经济来源只有潘小毛每月2000元的退休工资,为了支付不低的治疗费用,老两口省吃俭用努力支撑着,只为了心里那个暖暖的期盼。怎奈病不由人,随着尿毒症病情日益加重,连每周两次去医院做血透,对于李德利来说都显得异常艰难,老人双腿肌肉已经明显萎缩,无力行走了。从姜山仪门村到鄞州二院,不到10公里的路程,对两位老人来说显得如此艰难。但治疗不能中断,潘小毛一咬牙,决定找出租车接送。由于接送都在规定的时段里,这势必会影响到出租车的营业收入,潘小毛老人因而遭到了一次次的回绝。

一个偶然的机会,老两口坐上了陈华民的出租车,听到老人说想一周两次预约去医院,陈华民心里不免也犯起了嘀咕,考虑到定时接送的限制,他有些犹豫,但当他看到老两口憔悴苍老的面容,实在不忍拒绝,最终还是答应了老人的请求。

尽管陈华民当时答应得不是很爽快,只是简简单单的几个字:"放心吧,以后我来接你们。"但陈华民没有食言,从那天起,不管刮风下雨还是逢年过节,每逢周三周六,他都早早等在老人的家门口,送老人到医院做血透,4年来从未间断,并且坚决不肯收钱。

从老人的家到医院,单趟车费是21元,一个月是168元。但陈华民看到老人生活拮据,从来不肯收一分钱,反而在老人生病住院期间,他还要送东西送钱去看望老人。4年多来,陈华民不知推掉了多少生意,只为按时接送老人。每每说到这些,老夫妇俩总觉得过意不去。其实最初几个月他们坐车都执意要付车费,说不收就不坐陈华民的车。谁知道陈华民当时暂且收下了,等到逢年过节的时候,就加倍还给他们。这样一来,老人便不好意思再说付车费的事了。说起陈华民,老两口总是满怀感激:"要是没有他,真不敢想象现在会是什么样子。遇上陈师傅,是我们不幸中的大幸。"

一句承诺,看似简单,而难能可贵的是陈华明执着坚持了4年。风雨无阻免费接送老人去医院做血透,这是一个男人对诺言的坚守。

方明富：诚信保安尽忠职守 雨夜苦守20万巨款等失主

方明富（1956年– ），宁波镇海炼化社区物业保安。荣获2014年镇海区"诚实守信"道德模范称号。

2015年3月19日下午，在宁波镇海区2014年度爱心感动人物（道德模范）表彰大会上，镇海炼化社区物业保安方明富被评为"诚实守信模范"。"大雨淋湿了衣裳，只是为了业主的财产安全；一夜的守候，只是为了等待业主的到来。那一夜，你在雨中的身影，如高山一样矗立！"这是活动组委会对老方的颁奖词。

时间回到2014年5月19日晚上，在时大时小的阵雨中，亚太物业保安方明富正在炼化公司桔园小区进行夜间巡逻。大约20点30分，在一栋楼附近，有过多年保安经验的他隐约看到一辆越野车车窗没关。当他快速走近细看时，果然没错，这辆车的副驾驶车窗大大敞开着。肯定是车主大意了,想到这里,方明富透过手电的亮光,细心查看车内的状况。这才发现副驾驶座位上还放着一个电脑包和一个手提包,他把手伸进车窗,往提包上一摸,大吃一惊,估摸着包里面装有不少现金。

方明富站在越来越大的雨中等了一会儿,周围一个人影都没有。一时又没办法联系到车主,怎么办?雨下得这么大,难道就这样干等着吗?要不干脆不管了?可是,万一有人顺手牵羊拿走车里的财物呢?不行!如果因为自己的疏忽或不作为,给业主造成财产损失,于心何安!不能保护业主的财产安全,要我保安员有何用?思虑至此,方明富不再犹豫,他决定就在车旁守护,直到等来车主为止。雨夜中,方明富无比坚定地站着,他顶着风雨,守护着小区业主的财产,也守护着一名普通保安员的诚信。

持续了整整一夜的雨,陪着站了整整一夜的方明富。终于在清晨6点左右等来一个人,他匆匆向车子跑来。认真负责的方明富疲惫之余,仍旧不忘自己的职责,他上前一步挡住来人,直到确认对方是车主后,才放心地让他拿回车里的包。

看着衣裤全湿的方明富,车主感动地拿出一沓钱就往他手里塞,方明富却怎么也不肯收。过了十几分钟,车主夫妻俩第二次找到方明富,再次拿出5000元钱一定要他收下,车主感慨地说:"车上光现金就有20万,您帮我守了一个晚上,一定要好好谢谢您,要不我们请你去旅游吧?"

方明富拒绝的态度依旧很坚决:"这没什么大不了的,是我应该做的,为小区业主服务是我应尽的职责。"朴实的话语再次感动了夫妻俩:"你说得我们心里热乎乎的,有你这么好的保安在,我们真的很放心啊!"

方明富尽忠职守的事迹在社会上引起了强烈反响,多家媒体对他进行了宣传报道。当媒体问到他雨夜苦守的感受时,方明富的回答依然令人感动:"我作为一名亚太物业的员工,一名曾在部队荣立过二等功的退伍军人,一名拥有30多年党龄的老党员,自己的所作所为都是职责所在。"

方明富以他的实际行动,守住了一个老党员、一个退伍军人、一个普通保安员的忠诚和信誉,赢得了人们的肯定与赞美!

伊祥华：坚守承诺 义务照顾孤寡邻居二十年

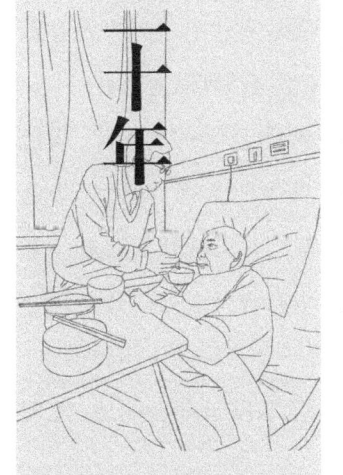

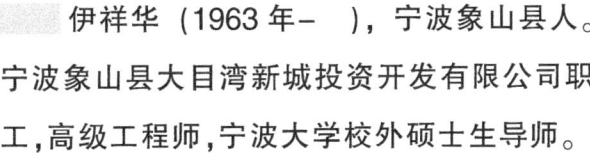 伊祥华（1963年– ），宁波象山县人。宁波象山县大目湾新城投资开发有限公司职工，高级工程师，宁波大学校外硕士生导师。

事情发生在上世纪90年代，宁波象山县城，大目湾新城投资开发有限公司职工伊祥华在岳母家遇到了董阿香老夫妇。他们是伊祥华岳母的同事，老两口年事已高，董阿香阿婆70岁，她的老伴74岁。夫妇俩一直没有生育，后来抱养了一个女孩儿。怎料天有不测风云，女孩长到20岁时突然因病去世。老夫妇悲痛欲绝，顿觉天都塌了下来，对生活充满了绝望。

看到满脸哀伤、几乎以泪洗面的老人，善良的伊祥华作出一个出人意料的决定。他拉着两位老人的手，认真地说："阿公、阿婆，不要伤心，以后我来照顾你们。"

区区十几个字,说来容易做来何其困难!对于董阿香夫妇来说,这是一个温暖的承诺,字字落在心坎上,感动的泪水夺眶而出。对于伊祥华来说,则是一份沉甸甸的责任。

从那以后,伊祥华走进了董阿香老夫妇的生活。或许当初的"承诺"只是一时冲动才脱口而出,或许连伊祥华自己也没想过,这一照顾便是20年。憨厚朴实的伊祥华就这样为履行承诺而默默地行动着。

十多年来,伊祥华总是隔三差五就去探望老夫妇,陪他们说话,帮他们做家务,买菜时捎带着一起买,逛超市时也先想着挑选老人需要的东西。

董阿香夫妇住的是单位公房,房子简陋,没有抽水马桶,起居很不方便。此时,伊祥华刚搬了新家,原来的住处由一个朋友暂住,他就让朋友搬出来,腾出房子让老人住。

日复一日年复一年,伊祥华真诚的付出,终使孤独敏感的老两口打开心门,从不放心到信任,再到最后的无比依赖。一天看不到伊祥华,两位老人的心都觉得空落落的。

伊祥华常年照顾毫无血缘关系的老两口,对于他的这种行为,不理解的声音常有,甚至还有非议和指责,连同他的家人也屡受其"扰"。但是这些声音都丝毫没有影响到伊祥华,他依然坚持默默地做着。

几年前,董阿香老伴病重住院,病情加剧,几乎成了医院的常客,而伊祥华也成了医院的"常客",每天都往医院赶。老人去世了,伊祥华亲自将老人的骨灰送上了山。他在做着一个亲生儿子该做的事。

前年,董阿婆半夜起来上厕所,发现

有辆电瓶车着火了,赶紧叫邻居救火,慌乱中在楼梯晕倒烧伤。老人被送进医院疗伤,伊祥华天天跑医院照顾老人。街道和社区工作人员看见忙里忙外的伊祥华,以为是老人的儿子。后来因为给董阿婆办理有关赔偿手续,工作人员才了解到真相,而伊祥华二十年如一日照顾老人的事,才以这种方式被公众所知。

正如伊祥华一直默默无闻照顾孤寡老人一样,他在工作和生活中同样脚踏实地、不事张扬。作为一名高级工程师,伊祥华主持和参加完成的各类项目有50多项,获得各级科学技术奖励20多次,拉开家里的抽屉,装满了他荣获的各种奖杯、奖章、荣誉证书。对于这些成绩,他低调地说没什么。他把名利看得很淡,却把承诺和责任看得很重。

陆泉良：遵爱心约定13年 "警察爸爸"无私呵护车祸遗孤

陆泉良（1958年— ），宁波慈溪交警大队民警。入选2014年10月浙江好人榜。

2014年2月18日，宁波慈溪交警陆泉良和妻子周素芬双双走出家门，手里捧着一束鲜花和一盒蛋糕。他们要赶往宁波市区，为一个叫秋珊的女孩过18周岁的生日，同时还要兑现13年前的一个约定。

一想到秋珊，陆泉良眼前就会闪现出那个瞪着大眼睛、脸上挂着泪珠的小女孩。

2000年9月15日下午，一辆自行车载着一对父女奔驰在慈溪浒山西二环公路上。车行至客运中心附近时，迎面"飞"来一辆货车。两车相撞，父亲倒在血泊中，让孤伶伶一个小女孩哀伤地哭泣。这样的场景，纵然铁石心肠也会瞬间柔软下来，而处理事故现场的交警陆泉良恰恰看到了这个此生都无法忘记的场景。

陆泉良第一时间把这对父女送进附近医院，医生给出诊断，父亲已经死亡；事故责任也有了明确结果，死者负主要责任，而且身份不明。

晚上，陆泉良回到家中，小女孩悲伤哭泣的脸庞许久都挥之不去。躺在床上，他辗转反侧，久久难以入眠。天刚亮，陆泉良就带上一条毛毯往医院赶去。病房里，那个年仅5岁的小女孩正在安静地睡觉，她的嘴角漾起一丝笑意，也许她正和父亲在梦里相会，一如从前的开心、无忧无虑。可是梦醒之后的小女孩又该怎么办？以后的日子该怎么过？陆泉良默默地守在床边，静静地想着。

孩子伤势不重，很快可以出院。陆泉良与妻子商量后，决定先把孩子接回家中。夫妻俩都是善良又热心的人，看到有困难的人就会伸出双手相助。其实当时他们自己也很窘迫，妻子下岗，儿子正读初中。

当小女孩踏进陆泉良家门时，一大盆洗澡水和刚买的新衣服在温暖地迎接她。整理梳洗完毕的小女孩，依旧瞪着大眼睛，脸上挂着泪珠。陆泉良终于打破沉默，轻声对女孩说："想爸爸吗？小朋友，我做你的爸爸，好吗？"小女孩一下就搂住了他的脖子。因为女孩是中秋节过了三天后到家里的，陆泉良给她取名"秋珊"。

安顿好秋珊以后，陆泉良开始着手为她寻找亲人。因为孩子年龄尚小，无法提供明确信息，兜兜转转了6天，才得知孩子姓刘，四川南溪县人，母亲已于三年前去世。因为种种原因，两个姨妈不愿接收孩子。

陆泉良无奈，他联系到南溪县交警大队以及当地政府工作人员，经过多方协调，尽管死者负主责，但货车司机仍赔偿了3万多元。陆泉良提出用这笔赔偿金给孩子购买保险，使其成长有保障，大家都表示赞同。陆泉良再三比较，最后给孩子买了"子女教育婚嫁备用金保险"和"简易人身保险"。

保险虽已买好,但是孩子最终由谁抚养仍是最大的难题。虽然陆泉良夫妇与孩子在不多的时日相处中,逐渐有了感情,但因他们已有一个儿子,无法办理领养手续,只能另择人家领养。

经过当地媒体的宣传,先后有几户人家表示愿意领养孩子。陆泉良逐一上门细致了解,最后选择了宁波市区的老忻夫妇。办完收养手续后,陆泉良与老忻夫妇约定:保守孩子身世的秘密直到她成年,两份保险由陆泉良保管,等到她成年之时再亲手转交。这是一个爱心的约定,没有纸没有笔没有像样的文字记录,只有满满的爱深深的爱充盈在陆泉良的心里。

11月初,秋意尚浓,秋珊即将去往一个新的家庭。陆泉良又为秋珊买了一套新衣,相处了45天的父女俩在照相馆留下了一张合影。

"孩子就交给你了!"陆泉良把孩子交到老忻夫妇手里,孩子听话地跟在新爸妈身边,慢慢走向门外,没走几步,孩子回过头向陆泉良喊了一声:"警察爸爸。"陆泉良急忙背过身去,眼泪忍不住地往下流。

……

时光像流水一样一天天消逝。13年来,陆泉良夫妇无时不在牵挂着孩子,但他们始终遵守着那个约定,从没有向孩子提及身世,只是经常打电话给老忻夫妇询问情况。有时候,他们会带着新衣服新玩具去探望孩子。有时候,老忻夫妇也会带着孩子来慈溪看他们。每一次见面,秋珊都会亲热地叫陆泉良"警察爸爸"。

当年的小秋珊如今已长成18岁的大姑娘。儿时记忆已经模糊,秋珊已记不得从哪天起,自己就有了这样一个慈爱的"警察爸爸"。

今天是秋珊18岁的生日,她有些不解,隐隐感觉到这个生日和以往不同。"警察爸爸"郑重地拿出两份保单,轻轻放在她的手里。老忻也缓缓走到她的面前。

默默遵守了13年的约定,是时候告诉孩子了……

王吉祥、胡汝丽：送钱还钱 诚信接力传递爱心

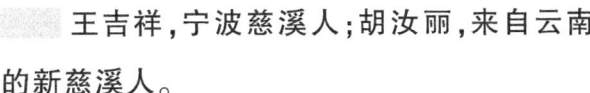

王吉祥，宁波慈溪人；胡汝丽，来自云南的新慈溪人。

2014年1月12日，宁波慈溪市人民医院发生了一个充满正能量的感人故事。

那天上午，从安徽宿州来慈溪某渔具厂打工的朱清山突然晕倒，未婚妻胡汝丽赶紧把他送到慈溪市人民医院。经检查，医生诊断为消化道出血，并下了病危通知书。事发突然，来时走得又匆忙，胡汝丽也是从云南来打工的，一时实在拿不出足够的钱。好在医院考虑到患者病情较重，不容耽搁，便为他们开通了绿色通道，先住院，费用稍后再交。

胡汝丽也没敢耽搁。她四处打电话找亲戚朋友，总算东拼西凑借来了3000元。下午1点多，胡汝丽来到大厅收费处，她站在长长的交费队伍后面，准备交住院押金。怀里揣着救命钱，胡汝丽担心

兜太浅容易丢失，就用手紧紧握着，可是心急燎燎地手心直冒汗，又怕把钱揉坏了，便把钱揣进兜里。站在交费队伍中的胡汝丽看上去显得有些焦灼，心里想着医院收费的速度怎么如此缓慢。

终于轮到胡汝丽了，可是万万没想到的是，裤兜里的钱竟不翼而飞了！这可是未婚夫的救命钱啊，胡汝丽越想越着急，眼泪止不住地奔涌而出。听到哭声，大厅的人纷纷聚拢过来，关切地询问她发生了什么事。有人建议她打110报警，胡汝丽醒悟过来赶紧拨打，她一边等警察，一边嘴里直念叨："救命的钱没了，人还怎么救啊……"

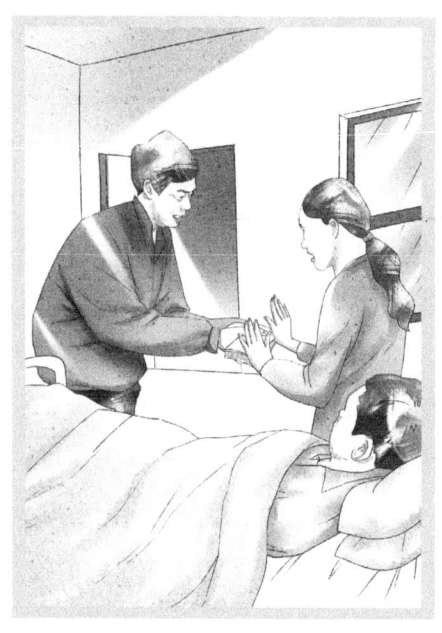

这时，一名中年男人正巧路过，问清缘由后，他径直走到交费处，帮胡汝丽付了3000元押金，转身又问她："钱够不够，不够我再付。"交完款，中年男人趴在交费处的台子上，给胡汝丽写下了手机号码，让她有困难随时打电话，然后转身离开了。也许是受到中年男人的感染，先前围观的人群中，有一位好心人塞给了胡汝丽200元钱。

胡汝丽满怀感激，办完了住院手续。坐在病房里，看着躺在病床上等待治疗的未婚夫，胡汝丽的心慢慢平静了下来，无意中她把手伸进了自己的上衣口袋。"啊呀！"只听得胡汝丽惊叫一声，原来她摸到了原以为丢失的3000元钱！估计是她那会儿嫌裤兜太浅，才把钱放进了上衣口袋。唉，怎么这么糊涂啊！胡汝丽责怪自己当时太不冷静，以为钱不见了，就慌了手脚，不知如何是好了。

这时，胡汝丽想起了帮自己交住院费的恩人，既然自己的钱已经找到了，就应该马上还给他,谁的钱不是辛辛苦苦挣来的呢?不能再耽搁了,胡汝丽立刻找到恩人留给自己的纸条,拨通了上面的电话号码,最终把3000元钱如数奉还。

说到这位令人敬佩的恩人,他就是慈溪市新浦镇西街村村委会主任王吉祥,今年48岁。这天上午他正好去医院看望病人,恰巧遇到胡汝丽的窘况,便毫不犹豫解了她的燃眉之急。不过,令王吉祥更为意外的是,胡汝丽很快把钱还了回来,他不禁为这位打工姑娘的诚信、朴实叫好。

1月15日中午,王吉祥再次来到市人民医院,他原是来看望一个住院的朋友,顺便再看看胡汝丽未婚夫的状况。看到恩人的出现,胡汝丽非常意外,她不断地向王吉祥表示感谢,说自己不经事,一摸口袋没了钱,就六神无主了。王吉祥则像一个亲切宽厚的大哥,关心地问她未婚夫的病情怎么样,有没有困难。

从病房护士嘴里,王吉祥得知朱清山已经度过了危险期,病情已有明显好转,但血压偏低,还有些发烧。当王吉祥了解到由于费用问题,他们已经办理了出院手续,准备第二天就回家休养。听到这些,王吉祥着急地阻拦道:"不行不行,还是在医院先把病治好再说吧。"说着他掏出早已准备好的3000元钱,再次塞到胡汝丽手中,"收下吧,这是我的一点心意。"

对于恩人的再度相助,胡汝丽感动得不知道说什么才好……

而发生在王吉祥和胡汝丽之间的送钱还钱的感人故事,很快传扬开来,人们纷纷为他二人的诚信接力点赞。这一送一还之间,是充满正能量的爱心传递。

张继惠：高校食堂主任有大爱 敬业诚信传播正能量

张继惠(1972年—)，宁波江东区人。宁波大学第五餐厅主任。

"今天中午的苦瓜没有炒熟！希望以后能有水煮肉片！""好的，水煮肉片会有的。"

"早饭能不能加油条？""我们正在外面请油条师傅。"

"最近中午和晚上菜太咸了。""对不起！我会安排厨师，让他们改正，尽量以清淡为主。"

……

这有趣而实在的一问一答，摘自宁波大学科技学院第五餐厅一本厚厚的意见簿，里面写满了学生们对餐厅服务的留言，回复这些留言的便是餐厅主任张继惠。

张主任对工作一贯尽职尽责。自从2010年下半年在餐厅挂出意见簿后，他每天都会坐下来，静静地翻看意见簿里各种各样千奇百怪的留言,然后一一作出答复。张主任不仅用笔认真地写下回复,更把这些回复真真切切落实在行动上。

留言簿上曾经有一则这样的请求让张主任为了难:"早饭请热一点好么?还有,我们都想吃富贵虾。"虽然文字下面画了一只"富贵虾",但实在很难看出究竟是一种什么虾。即便如此,张主任仍旧作了诚恳的回应:"好的,我会做好早点保温工作。还有同学,这个'富贵虾'我不了解,请与我联系,可以当面向您请教。"一旁附上了自己的电话号码。

可是等了好几天,这位留言的同学也没打来电话。看着那张四不像的"富贵虾",张主任仔细研究了好久,最后判断可能是虾蛄。因为这类海鲜价格太高,餐厅只能偶尔进几次,平时则用长毛虾替代。餐厅平常若有虾供应,去得晚的学生往往买不到。自从出现有关"富贵虾"的留言以后,张主任调整了供应方法,每次改为两批供应,这样就能让去得晚的学生也吃到虾了。

可爱的意见簿在餐厅与学生之间架起了沟通的桥梁,把二者紧密地联系在了一起。来自全国各地的学生口味不一,众口难调,通过意见簿,餐厅就能及时了解到学生们的各种需求,方便对工作进行有效的改进。每天上午10点左右,张继惠主任都要召开例会,总结餐厅的工作情况,把学生们提的意见真正落到实处。这种诚信务实的服务促使张继惠把工作做得更仔细更具体,对于学生来说,则犹如在家里享受父母呵护般的温暖、贴心。

2013年11月19日,宁大科院团委官方微博发布了科院女生叶敏兰拍下的意见簿组图,一条条"神吐槽"的后面,是张主任一条条认真的回复。这篇微博立即引来网友的如潮好评,纷纷夸赞"张主任太有爱了",同时,还引来网友们对宁大科院学生的百般羡慕妒忌恨,恨不得自己学校餐厅也有一个"张主任"。不过,他们更没有想到工作如此认真细致的张主任,不是温柔的阿姨,而是一位身形厚实的"70后"大叔。

生于1972年的张继惠,家住宁波江东区宁东家园,每天早晨7点前就赶到学校,晚上6点后才离校。他16岁的儿子正上高一,在学校寄宿。听儿子说他们学校餐厅比张继惠所在餐厅的饭菜好吃,积极进取的张主任就偷偷跑到儿子学校去"取经",学习这家餐厅好的措施和做法。

张主任的事迹经由网络迅速在全国范围内传扬开来,他的敬业和诚信在社会上引起了强烈反响。民谣歌手川子被有爱的张主任感动,专门为张主任撰写网络民谣。2014年2月,川子专程从北京赶到宁波,在学校餐厅为张主任现场演唱网络民谣《张主任》。同一时期,张主任的故事还被搬上了央视新闻频道"真诚·沟通"栏目。

一曲《张主任》专为张继惠而作,而谦虚低调的张主任则认为这首歌是写给他的团队的,是对他们共同付出的回报。有人曾经问张继惠对自己的工作为何如此用心,他笑笑说:"把学校当作自己的家来看,把学生当作自己的孩子来看。"

张继惠在这份看似普通的饮食服务工作中付出了不普通的努力,透过意见簿上他一笔一画的认真回复,我们看到了诚信、敬业、奉献。

娄锡英：清洁工捡钱不动心 彰显诚实守信传统美德

娄锡英(1962年–)，宁波市宁海县公安局交警大队清洁员。

2014年6月23日，宁波市宁海县公安局交警大队一楼大厅里，来来往往的人不少，清洁员娄锡英正埋头做着清扫工作。

已有8年清洁工作经验的娄锡英，手脚麻利，做事勤快，为人又诚实，很受领导和同事的好评。这天下午，她和从前一样，清扫着熟悉的场地，效率也如前一样高。大厅快打扫完时，娄锡英忽然看见大厅柱子旁有一个黑色小包，她快步跨过去，细看才发现，原来是一个钱包。她蹲下身子捡起钱包，环顾四周，人们来去匆匆，似乎没有谁丢了钱包。娄锡英想打开钱包，看看能否找到失主的线索，却惊讶地发现里面装有一沓现金，目测估计约有五六千元。

虽说娄锡英在交警大队做清洁工也有好几年

了,但工资并不高。她每周工作5天,每天大清早6点多就来上班,上午扫到10点多收工,中午休息后再打扫一个下午,一个月收入却不足1000元。手里拿着的这一沓钱,差不多够她半年的工资了。

不过,这样的诱惑对于诚实的娄锡英来说,似乎算不了什么。她并未多加考虑,见没有人来找钱包,便直接把钱包上交给了大队领导。

继续回到工作岗位后,娄锡英猜想丢失钱包的人或许会回头来找,于是她一边继续手头的工作,一边留心看大厅进出的人。

果然没隔多久,一个"异常"的身影引起了她的注意。这个人步子迟缓,一边走着一边低头扫视脚下的路,看上去神情也显得颇为沮丧。又见他还找到大厅工作人员询问是否看到钱包,娄锡英眼前一亮,她断定自己等的人就是他。

娄锡英三步并作两步,走到那个人跟前,主动问道:"你刚才丢钱包了吗?"惊喜的表情立刻浮现在了那个人的脸上,他用力地点点头说:"是的,是的。"然后,他做了自我介绍,言语中免不了自责:"我叫王文斌,在厦门一家水产开发有限公司工作。刚才来交警大队办理业务,却不小心把随身携带的黑色钱包弄丢了。唉,钱包里有不少现金,心疼得不行……"

娄锡英带着王文斌到大队领导面前,说失主找到了。王文斌接过自己的钱包,一个劲地说谢谢,又想拿出钱来表示感谢,娄锡英谢绝了:"不是自己的钱不能要,这是一个人起码的道德良心。如果收了你的钱,那当初我捡到钱包就不会还给你了。"

娄锡英的一席话说得朴素而实在,周围人却不由得为她竖起大拇指。虽然月薪不足 1000 元,但在轻易可"获得"的 5000 多元现金面前,娄锡英不为所动,毅然上交,并交还失主。她的拾金不昧彰显了诚实守信的传统美德,为社会带来了正能量。

杨瑞珍：好妻子坚守承诺坚守爱 照顾高位截瘫丈夫24年

杨瑞珍(1972年—)，宁波宁海县人。

2014年4月1日，宁波市宁海县西店镇团堧村戴加军家里，迎来了宁海县红十字会和县妇保院的工作人员。戴加军委托妻子杨瑞珍填写了人体器官捐献志愿书，因此成为宁海县第23位人体器官捐献志愿登记者，宁波市第411位人体器官捐献志愿登记者。戴加军高位截瘫卧病在床多年，在外人看来，生活必定苦不堪言，却为何还会有捐献器官的心愿呢？

事情发生的根源，要从1991年开始说起。那年夏天，戴加军和往日一样，邀了村里几个同伴一起去水库游泳。戴加军自小在海边长大，水性很好。那天他纵身一跃跳进水库，却没有和往常一样很快从水里钻出来。只听一个坠落的声响，戴加军也发出了沉闷的叫声。同伴们心知不好，赶紧扑进水里去救。被捞上岸的戴加军双眼紧闭,脖子明显往一边歪着,一丝丝微弱的呼吸声,只有趴在跟前才能听见。

此时,杨瑞珍带着刚满周岁的女儿正住在金华大哥家。当一封写有"丈夫病危,速回!"的电报出现在她面前时,杨瑞珍立时懵了,离家前丈夫还好好的,怎么突然之间会有这样的变故?杨瑞珍急匆匆赶到宁波医院,看到丈夫头发已经剃光,脑袋钉着两个很大的钉子,她心痛得眼泪吧嗒吧嗒地流。好几天过去了,丈夫仍旧昏迷不醒,每天靠氧气维持生命。医生告诉杨瑞珍,戴加军即便醒过来也是植物人。家人都劝她放弃算了,但杨瑞珍抱着昏迷的丈夫不松手,不管结果如何,她一定要试试。在她的坚持下,第21天,丈夫睁开了双眼,意识也恢复了,只是手脚无法动弹,脖子以下的肢体完全失去知觉。

为了使丈夫得到最好的治疗,杨瑞珍执意要带着丈夫去上海大医院找名医。在宁波医院一个月的治疗,所用医药费已近10万元,杨瑞珍咬咬牙又向亲戚借了一笔钱。可是,到了上海,医院找到了,床位却没有。杨瑞珍就和丈夫一起租住在医院附近的地下室里,半个月的等待过去了,因为潮湿和经验缺乏,身体不能动弹的丈夫身上长了严重的褥疮,医生摇头说根本没法治疗。

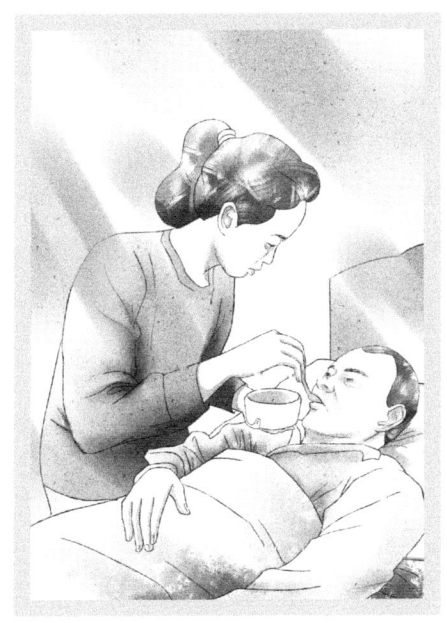

杨瑞珍无奈地带着丈夫回了家。当她想尽办法给丈夫治好了褥疮,再次重返上海时,听到的却是医生无情的宣判:这样的病根本治不了。

杨瑞珍彻底死了心。"既然治不好,不能让他站起来,那就让他好好躺着,我来照顾他。"从此以后,杨瑞珍再也没有睡过一个安稳觉,无论白天还是黑夜,每隔一两个小时她都要帮丈夫翻身。每天都重复着这样看似简单的动作,日复一日,年复一年,杨瑞珍从1991年一直坚持到了今天。

而丈夫戴加军从知道自己不能站起来的那一刻开始,就一直有寻死的念头,他不想拖累着妻子跟自己一起受苦。坚强的杨瑞珍总是宽慰丈夫,只要一家人都在,再苦的日子也是甜的。她每日每夜无微不至地照顾着丈夫,20多年来,没有出过一次远门。需要出门办事时也一定速战速决赶快回家,因为她心里始终放心不下病床上的丈夫。虽然生活贫寒,丈夫无法行走,但只要能守着丈夫,她就觉得充实而满足。

23年过去了,杨瑞珍和戴加军的女儿已经长大,并参加了工作,夫妇俩倍感欣慰。

2014年3月,当他们一家的事情被媒体报道以后,社会反响很大,都被杨瑞珍23年如一日的执着付出感动。许多好心人到杨瑞珍家来探望。宁海县妇保院更是第一时间上门来给杨瑞珍做全身体检,定期随访,以减轻他们的家庭负担。

来自社会的温暖同样感动着杨瑞珍和戴加军。从电视上看到有人捐献器官,戴加军就想到自己也可以用这样的方式回报社会,以表达23年来周围人们对他们一家的照顾。

或许有人无法理解杨瑞珍为何能坚守承诺,坚持20多年对丈夫始终如一的照顾。其实答案很简单,杨瑞珍这样说过:"既然结为夫妻,就要终生不离不弃,这是很简单的道理。"只要一家人开开心心平平安安,她就愿意陪着丈夫一起走下去。

贺耀峰：老教师一诺千金 义务守护烈士墓18年

贺耀峰（1937年—），宁波象山县人。

1998年清明节，细雨纷纷中，一个老人沿着泥泞的山路缓慢前行，他是宁波象山县贤庠镇退休老教师贺耀峰。半路上，贺耀峰遇见了老朋友汪友世，两位老人停下脚步聊天寒暄，原来汪友世老人刚刚祭扫完贺威圣烈士墓。听到汪老守护烈士墓已有多年，又想到他头发花白年事已高，贺耀峰大为感动，他紧紧握着汪老的双手，大声对汪老说："你年纪大了，以后就由我接替你来扫墓吧。"

一句话，寥寥几个字，却因贺耀峰老人自此之后坚持履诺而显得那般掷地有声。

这一坚持，就是18年。漫长的时光里，贺耀峰守护烈士墓风雨无阻，从不耽搁，尤其在每年清明前的半个月，更是每日都按时出门。

烈士墓建在海墩村，距离贺老家里将近两公

里，每次要花上20多分钟才能抵达烈士墓地。如今墓地经过象山县文物办整修后，墓道及周边环境焕然一新，踏着地砖铺成的小路，方便易行得多。但18年前脚下走的却都是沙石路，倘若遇上下雨天，更是泥泞不堪，深一脚浅一脚地，很不好走。即便如此，却仍旧阻挡不住贺耀峰坚持的脚步。现在路好走了，交通也方便多了，老人高兴之余，去得更加频繁了。

18年了，贺耀峰老人年已78岁了。两鬓斑白、步入古稀的贺老，仍旧身背柴刀，一步一步坚定地走在通往烈士墓的路上。由于年岁大了，身体状况渐渐没有以前好了，腿脚也更不听使唤了，以前20多分钟的路程现在要走半个多小时。烈士墓周围恣意疯长的野草、杂枝一日清理不完，贺老就分好几天打扫，直到清理干净为止。老人的手掌布满伤口，那是在墓地拔草砍枝留下的。日复一日年复一年，新伤加旧伤，老人守护墓地的决心从未减弱，干劲依然十足。

近两年，贺耀峰老人被诊断出身患癌症。年初，他还在宁波医院动了第二次手术。为了身体的康复，医生建议老人多休息少走动。祸不单行的是，清明前，老人又扭了腰，家人担心他一心挂记着守护烈士墓，便苦心相劝，希望他好好休养身体，不要出门。但贺老却不以为然，与身体的病痛相比，他更看重对友人的那句承诺。贺老瞒着家人偷偷溜出家门，身背柴刀继续上路了。也许在他看来，守护烈士墓早已成为他生活中不可或缺的一部分了。

一句简单的承诺说出来很容易，但要化作具体的行动，十八年如一日，坚持不懈地实现，却很难很难。这个故事看上去也似乎不够波澜起伏、轰轰烈烈，但在简单的背后，是为履行承诺而付出的令人敬佩的坚持。

胡朝霞：最美警察大爱无疆 默默履诺抚养弃儿20年

胡朝霞(1969年—)，宁波市公安局北仑分局出入境管理大队大队长。曾被授予"全国公安机关爱民模范"、"浙江省优秀人民警察"、"全国最美基层干部"等荣誉称号，又被网友称为"北仑最美警察"。

1995年春天，在宁波北仑公安分局出入境管理科窗口工作的胡朝霞接待了一位特殊的咨询人。一个老奶奶走到胡朝霞窗口，向她咨询如何办理去香港的手续。

接过胡朝霞递过来的纸巾，这位姓金的老奶奶一边抹眼泪，一边诉说事情缘由：1992年，老奶奶家一个侄女抱来了一个刚出生15天的女婴，说是暂时寄养几天，过些日子就会来把女婴领走。谁知，这一去就是4年，再也没了音讯。老人考虑到自己年纪已大，又听说孩子的父母在香港，便打算去香港

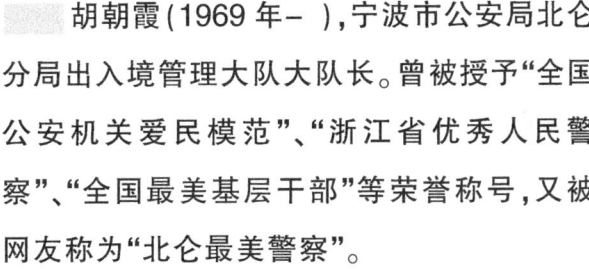

寻亲。

后来,因为种种原因,金奶奶最终放弃了去香港的念头。可是,接下来这个女孩的命运又将如何?胡朝霞心里迟迟放不下这个并未谋面的4岁女孩。当天晚上,她赶到大碶牌门村,走进了金奶奶的家。一间不到40平米的木屋里,陈设极为简陋,除了一张大床和一张用条凳搭起的临时小床外,便再也看不到什么像样的东西了。躲在金奶奶身后的那个小女孩个头很小,看见有陌生人来,小女孩显得有些惊恐,又掩饰不住内心的好奇,不时探出半个脑袋打量着胡朝霞。

小女孩随金奶奶姓,取名金淼。胡朝霞温柔地把金淼拉到自己身边,想到她出生没几天,就被父母抛下,善良的胡朝霞内心不由一阵酸楚,眼泪都快掉下来了。那一瞬间,胡朝霞下定了决心。她对金奶奶说:"大娘,您别担心,我和您一起来养这个孩子。"

这个承诺掷地有声,胡朝霞从此踏上了默默奉献的履诺之路,一路上她不求回报只问耕耘,她把满腔的爱心倾注在女孩身上,使原本孤苦无依的金淼得以在温暖的母爱中健康快乐地成长。

胡朝霞当时收入并不高,但她承担起了金淼全部的生活费和学杂费。每到月末,她都会准时把钱送到。平常的日子里,胡朝霞总会隔三差五地去看望孩子,孩子上学后,她还抽空把孩子接到家里,给她辅导功课,陪她去动物园、公园玩耍。金淼上小学、初中、高中,所有的学校都由胡朝霞早早联系好,学校里所有的家长会也都是胡朝霞以妈妈的身份去参加。

2009年,正在上职高的金淼在学校被传染上了甲流,高烧不退。胡朝霞心急如焚,为了方便金森治疗和休养,她专门在医院附近一家宾馆开了一间房,每天送金森去医院治疗。

胡朝霞奉献爱心做好事从不声张,直到 2009 年 5 月,她坚持默默照顾弃儿十多年的事才偶然被同事发现。一时间,胡朝霞的爱心故事在北仑传为美谈,自豪的北仑人在网络上争相传颂这个感人的故事,网友们称赞胡朝霞为"北仑最美警察"。

实际上,胡朝霞不止拥有金森这样一个照顾了 20 年的"女儿"。从警 27 年来,她共拥有 76 个"儿女"。从 2011 年开始,胡朝霞与贵州省台江县方召乡巫梭小学的 75 名贫困生结对,每年都会按时给每个孩子寄去 500 元助学款。

除此以外,胡朝霞还不惜重金捐助肌无力患者胡明清。2010 年,她获评"全国公安机关爱民模范",所得 1 万元奖金悉数捐给了北仑区一个叫林麟蔚的患病女孩。

胡朝霞就是这样一个事事都替别人着想的人。工作中,她埋头苦干勤奋努力;生活中,她尽己所能帮助他人。胡朝霞的爱心深深感染着周围每一个人,越来越多的人和她站在了一起,去敬老院看望老人,为贫困山区的孩子捐钱捐物……

2010 年,从职高毕业的金森已经能够自食其力了,胡朝霞仍旧一如既往地去看望她和金奶奶,为她们购置洗衣机、电冰箱。耳濡目染,深受妈妈胡朝霞影响的金森,如今也和胡朝霞一起,经常去敬老院照顾老人,为老人剪指甲、洗脚。她要像胡朝霞妈妈一样,将妈妈给予她的爱,传递给他人。

刘国娟：传承宁波帮精神 弘扬诚信家风

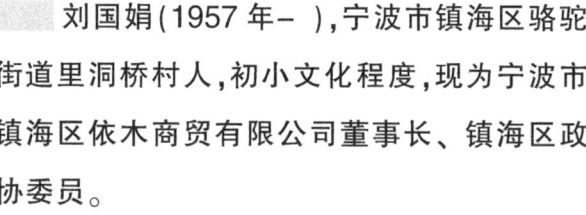

刘国娟（1957年— ），宁波市镇海区骆驼街道里洞桥村人，初小文化程度，现为宁波市镇海区依木商贸有限公司董事长、镇海区政协委员。

她是一个朴实善良的农村妇女，毕生恪守传统美德，孝老爱亲，是家乡老人眼中的好闺女；她是一个"爱心妈妈"，六个女儿中四个是收养的孤儿，在将她们抚养成人后她又设法找到她们的亲生父母并送回他们身边；她是一名热心公益的政协委员，乐善好施、扶危济困，几十年如一日为社会奉献自己的爱心。她曾先后荣获镇海区"十佳"敬老好公民、镇海区"十大爱心感动人物"、镇海区十大杰出女性、宁波市第三届"我身边的文明之星"、全国敬老爱老助老"中华孝亲敬老之星"、宁波市"三八红旗手"等荣誉称号。

三十多年前,刘国娟还只是一个摆水果摊的小商贩。有一日傍晚,她收摊的时候,在箩筐里发现一只金戒指,在那个年代,金戒指还是稀罕物。但她没有丝毫犹豫,心里打定主意一定要把金戒指还给失主。她花了4元钱买了块小黑板,写上"谁掉了戒指,请速来认领!"这样一来,村子里来认领戒指的人还真不少,但刘国娟不敢马虎,她会仔细询问他们关于戒指的细节,可是都对不上号。这块黑板一挂就是三个月,刘国娟没想过放弃,终于等来了一位城里来的姑娘,她正是这个戒指的主人。她握着刘国娟的手,感激地说:"阿姐啊,天底下没有比你再好的人了。"

刘国娟的心里始终有一杆秤,信义远远重于金钱。三十多年来,她为助贫捐献了多少钱,别人说不清,她自己也从来没有计算过。

探寻刘国娟爱心的源头,要追溯到早期贵驷镇里宁波帮人士的影响。贵驷是一个典型的江南小镇,被誉为镇海母亲河的中大河穿过老街中心,傍河是一排鳞次栉比、色泽幽深的店铺,成为早期宁波帮人士的聚集之地。

刘国娟的爷爷刘根堂就是其中一位宁波帮先贤,因为在无意中帮助了宁波帮巨商刘聘三的母亲,而被举荐到上海并谋得了一份在洋轮上的美差。之后,刘根堂又开设了一家钟表商店,事业风生水起,却始终不忘"守信好义"的优良品质,深受员工的爱戴。

从小在诚信家风的熏陶下,刘国娟对爷爷所做的这一切铭记在心,她说:"我要做一个像我爷爷这样的好人,要把爷爷的品质遗传下去。"虽然刘国娟没有读过多少书,但她就是在这样一种浓浓的宁波帮精神的氛围中,形成了最初的人生观、价

值观和世界观。

梳理刘国娟的发家史,从只有初小文化水平的农村妇女,到拥有多家超市和家纺店的女企业家,宁波帮"乐善好施、务实诚信"的精神在这个过程中体现得淋漓尽致。

在刘国娟的言传身教下,女儿们一个个都很像妈妈。有一年,刘国娟的四女儿小银在上海读大学,因为成绩优异,获得了 3000 元奖学金。去银行取钱的时候,小银惊讶地发现账户里多了一个零,有 3 万元入账。她没有半点迟疑,对刘国娟说:"妈妈,这钱不是我的,我不能拿,马上要去还掉。"小银到邮电局汇钱的时候,已经 5 点多了,邮电局已经关门,她又打电话给领导,再把多出的钱一分不差退还给银行。

家风就像城市里鲜活的文化根脉。正所谓"上行下效",刘国娟的爱心源于上一代宁波帮精神的熏陶,同样的,她又把诚信家风传承给她的六个女儿。

虞春玉：承诺践诺的孝媳妇

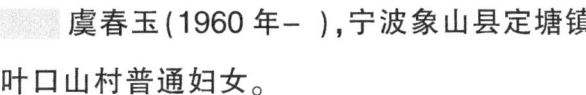虞春玉（1960年— ），宁波象山县定塘镇叶口山村普通妇女。

有人说，天底下最难处理的就是婆媳关系。但是在象山县定塘镇叶口山村却有一位孝顺媳妇虞春玉。1991年，身为家庭"顶梁柱"的前夫因病撒手西归，只留下老迈病残的公婆、年幼无知的孩子以及治病留下的几万元债务，家庭所有的重担一下子压在虞春玉一个人身上！多少次虞春玉的脑海里想过放弃的念头，但是自己在前夫面前允诺的话总是提醒自己，就因为这句"你放心，我一定会照顾好公公婆婆，带大孩子"的话时时激发起她与命运抗争的勇气和力量。二十四年来，她辛苦持家，抚育儿女长大成人；二十四年来，她侍奉婆婆，端水送羹，洗脚擦身，无微不至；二十四年来，她对婆婆和言细语，体贴入微。她的事迹就像农村小巷里的更声，平

淡而悠深,诉说着信守一句话背后的绵绵延延的亲情。虞春玉也因此被评选为2013年度"最美象山人"。

每天早上6点帮助婆婆穿衣起床吃早饭,然后下田打理农作物,耕地、施肥、洒农药……忙到近10点,回家做中饭,10点半,虞春玉准时做好两盘热菜,盛了米饭后马上将热腾腾的饭菜端到婆婆房里。虞春玉细致耐心地把鱼刺挑掉,像对待小孩子一样一口一口喂婆婆吃饭。虞春玉说,婆婆是童养媳,从小裹脚,没有什么劳动能力,生育了7胎,只养活了虞春玉前夫一人,24年前老人唯一的儿子去世,之后老人就每天以泪洗面,直至将眼泪哭干、眼睛哭瞎。虞春玉总是说:婆婆的命已经够苦了,作为媳妇,我理所应当孝敬她,我自己也有嫂子、儿媳妇,我对我婆婆好,她们也会对我妈好、对我好,一样的。

后来虞春玉为了有个帮衬,经人介绍,和现在的丈夫邱振贵结婚,但在虞春玉要求下,邱振贵入赘了。18年来,夫妻俩未再生育,共同承担起照顾老小的重担,邱振贵跟人外出捕鱼,虞春玉在家打理田头并照顾婆婆。现在三个孩子长大成家了,公公也离世了十多年了,生活的一切艰辛随着时间的流逝都已成为回忆。如今,陪伴和照顾婆婆的生活起居已经成了虞春玉生活中非常重要的一部分。走进老人住的房间,房间里打扫得一尘不染,比年轻女孩子的闺房还要整洁。老人的床头还放着饼干等食品,这些是虞春玉为婆婆备的,怕她饿了渴了。这些细节足见虞春玉照料婆婆的细心。

孝敬老人更要关心老人的心理。除了尽量让老人吃好喝好住好,平时只要一有空,虞春玉就坐在床上陪婆婆唠嗑。婆婆一个人呆在房间里,有时候心情难免不好,虞春玉就常常开导婆婆,让她放宽心,自己和全家人都会好好照顾她;太阳好时就搀扶婆婆出来晒晒太阳,院子里散散步。在她和家人的劝导下,老人的心情一直都不错。虞春玉对婆婆说得最多的一句话是:阿妈,现在生活好了,你要心情好点,多活几年。

虽然久病生活不能自理,可老人每天都穿戴整齐干净,看上去精神很好,比同龄的老人还要年轻。"多亏了春玉服侍得好,我才能活到现在。"老人说起自己的媳妇,眼睛有些湿润,她觉得媳妇真的很辛苦,既要田地里干农活,又要照顾她,一个人撑起这个家。

虞春玉跟周围邻居都相处得十分好,有时家里农具坏了就跑到邻居家借,说好几时还就几时还。孩子读书欠下的债务她都连本带利一分不少的还给了别人。虞春玉的为人、虞春玉的好,几十年来邻居都看在眼里。因此平时看到春玉忙不过来时,他们都愿意主动搭把手,纷纷提出农忙时帮助她照看老人、送个饭什么的。

"上行下效。"虞春玉勤劳朴实孝敬婆婆的举动也深深影响和感染着丈夫邱振贵和儿女们,他们把她当作榜样。在她的言传身教下,邱振贵把老人当做自己的亲娘,儿女们也都非常孝顺老人。大家有空就会陪老人唠嗑,外出捕鱼或打工前会跟老人道别,外出归来会第一时间跟老人报到。前年虞春玉三个孩子集资给老人买了一枚近2000元的金戒指,老人每天都戴着戒指,心里甚美。

提起虞春玉一家,村里人都跷指称赞。邻居俞林芳告诉笔者说:"阿拉看在眼里,春玉一家人对陈阿婆确实是好,为了照顾老人,春玉基本上都不出远门的,丈夫也支持,小孩也都很孝顺,我们邻舍隔壁看了也都感动。"

后 记

诚信自古以来就是中华民族的传统美德。以商帮文化著称的宁波,诚信之风源远流长,流传着大量诚实立身的佳话美谈,涌现了大批诚信兴业的商贾巨擘。

从宁波第一商才孙春阳到近代宁波帮先驱叶澄衷,再到为了信诺宁愿一贫如洗的宁波商人沈祝三……他们身上所流淌的宁波诚信血液,已深深注入到宁波的城市文化中。当下宁波,诚信依旧薪火相传,从无偿捐献肝脏的林萍到慈溪交警陆泉良,再到义务照顾孤寡邻居20年的伊祥华……诚信精神不断得到发扬和升华,诚信已经成为宁波的城市特质和精神内涵。宁波历史文化与现代文明的深厚积淀中,蕴含着丰富的诚信故事,是宝贵的精神财富,为此我们组织编写了此书。

本书的编写得到了市委宣传部、市文明办领导的高度重视,市委宣传部副部长、市文明办主任李正平同志审定全书,市文明办副主任邓晓东同志牵头主持并统稿。宁波大学曾行健老师负责编写,市文明办城市处戴建立、钟学政、徐华、朱薇、楼杰艇同志负责校对,宁波大学戴光中、张如安、孙善根教授和宁波地方文化研究者水银老师给予了大力支持,在此,一并表示感谢。

因时间仓促,书中难免存在一些疏漏和不足,尽请广大读者批评指正。

编 者

2016 年 4 月